刘华 ◎ 著

与克拉玛依
分居的美人

三联书店

图书在版编目（CIP）数据

与克拉玛依分居的美人 / 刘华著 . -- 北京 : 生活·读书·新知
三联书店 , 2014.4（走向田野）
ISBN 978-7-108-04406-8

Ⅰ . ①与… Ⅱ . ①刘… Ⅲ . ①散文集 – 中国 – 当代Ⅳ . ① I267

中国版本图书馆 CIP 数据核字 (2014) 第 017108 号

责任编辑　伍　众
装帧设计　朱丽娜　张　红
责任印制　卢　岳
出版发行　生活·讀書·新知 三联书店
　　　　　北京市东城区美术馆东街 22 号
邮　　编　100010
经　　销　新华书店
网　　址　www.sdxjpc.com
排版制作　北京红方众文科技咨询有限责任公司
印　　刷　北京市松源印刷有限公司
版　　次　2014 年 4 月北京第 1 版
　　　　　2014 年 4 月北京第 1 次印刷
开　　本　635 毫米 ×965 毫米　1/16　印张 20.5
字　　数　190 千字
定　　价　36.00 元

（印装查询：010-64002715；邮购查询：010-84010542）

目录

过去的雨

　　岁月改变了许多的人，许多的物事。没想到，江南的雨也会被它改变了形象，改变了性格，甚至连命运也改变了啊。

　　在最近的几年间，下雨好像成了稀罕事，伏旱、秋旱连春旱，旱象环生。有一阵子，我常常下乡，驱车奔走在连绵起伏的丘陵间，对干旱的感受尤其强烈，车窗外不时掠过片片焦土，间或，尚可看见远处的黑烟和近处的火光，被火焚毁的山林叠印在我的记忆里，甚是触目惊心。

　　最让我震撼的是在某个干旱的春天去湖口，经鄱阳湖大桥时，竟见烟波浩淼的鄱阳湖居然成了一马平川，唯有一条窄窄的河沟尚珍藏着湖的记忆、湖的梦想，所有的船只都瑟缩在这条河沟里，所有的鱼鳍都躲藏在劫难的阴影里。其中，有我在上世纪八十年代初期结识的"江猪"吗？我还记得它们一群群在水面上拱动的那副样子。

可惜，我没有带相机拍下那百年不遇的经典场景。我一直为此懊恼不已。

罕见的干涸，也把一个美丽的诗意的千古之谜彻底戳穿了，它的谜底袒露无遗。

湖口，顾名思义，是鄱阳湖水的入江口。县城边有座著名的石钟山，临水耸立。石钟山缘何以"钟"命名，历来有不同说法，苏东坡还曾亲临湖上探究，终于发现如钟鼓不绝的噌吰之声，"则山下皆石穴罅，不知其浅深，微波入焉，涵澹澎湃而为此也"。他在著名的《石钟山记》中，不仅通过自己的经历论证了石钟山地名的缘起，还进一步引申发挥，得出了凡事要亲自见闻、不可主观臆断的结论。不过，明清时期有人又提出异议，认为石钟山"全山皆空，如钟覆地，故得钟名"。究竟若何，在这个春天里大可以西装革履信步走进往昔的龙宫去从容勘察的。我因当时来去匆匆，竟疏忽了这千载难逢的机会。想必湖口人该看清了石钟山的本来面目。

到了第二年春天，连许多游客也走进了溶洞。他们中有人描述道：站在石钟山底下的溶洞前，正如《石钟山记》所描绘的那样"大石侧立千尺，如猛兽奇鬼，森然欲搏人"。十几个溶洞互相通连，各种险石林立，钻进洞穴二十多米以后漆黑一片，充满鱼腥味，而且洞径愈行愈小。经千百年来的湖水冲刷，溶洞里大多淤满了泥沙，在一块绝壁上还留存着江西巡抚蔡士英镌刻的"玉壁铃宫"四个大字。据说，每年枯水季节，这些溶洞大多会显露出来，但像如今这样连年完全裸露的情况，历史上很少见到。

久旱之后必有久雨。后来的雨颠倒了季节，把个本该秋高气爽的秋天淋得落汤鸡似的。那年秋天，连续六年裸露湖体的鄱阳湖，忽然变得丰腴起来。我在国庆节前曾泛舟湖上，由鄱阳县城至湖中的长山岛，沿途时有片片树林摇曳在水中，却几乎看不到湖洲了，水警的巡逻艇好像总也走不出茫茫水天。此时，鄱阳的水文记录竟达到了 19.3 米的高程。

江南的雨怎么啦，如此任性，如此乖戾？

我并非仅仅为反常的气候而感慨。我的感伤更多地来自对下雨的况味。在我的经验中，雨在不同的季节里有着不同的心情，或者说，每场雨都有着自己的性格和思想，有缠绵的，有奔放的，也有暴烈的，有深沉的，有爽朗的，也有忧郁多愁的。在我的记忆中，很多时候，雨是可以入诗入画的，而不似现在的雨，分不清季节，也失去了各自的形态。

此时，我沉浸在对它们的风姿情韵的想象之中。

我已经有好多年未曾领略牛毛细雨的缠绵了。

牛毛细雨可以发生在春天，也可以发生在秋天。在我的小学作文里，春雨绵绵，秋雨也绵绵，说的就是毛毛雨。雾一般的毛毛雨一旦下起来，能延续好几天，把我的小城包裹得像一只巨大的蚕茧。我曾傻傻地站在火车头边，仔细端详过被探照灯照亮的细密的雨丝，我发现毛毛雨并非像雾那么飘忽不定，那些锃亮如蚕丝般的雨丝其实有着非常清晰的形迹，在强烈的灯光里，它们就像细菌游动在显微镜下。所以，童年的我一直以为毛毛雨是有生命的，如一种昆虫或微生物。大人们就常常说，淋了毛毛雨头上会生虱子。尽管如此，下毛毛雨的时候，我们上学还是不肯带伞，一路上还张着嘴伸长舌头去捕捉那甜甜的雨丝，青蛙也有那样的舌头。走到学校，一个个都成了白头发、白眉毛的小老头了。我们穿的都是改小了的铁路制服，黑呢子衣服上染了一层白霜。蹦一蹦，拍一拍，雾珠凝成水珠便被抖落了。

毛毛雨在不知不觉间润湿了我的童年。后来，读中学时号召师生们"斗私批修"，进驻学校的工宣队总喜欢以"毛毛细雨湿衣裳"的比喻来阐述防微杜渐的道理，这个比喻让我备感亲切和生动，顿时有一种鞭辟入里、大彻大悟的感觉。

在早春，更多的日子是被淅淅沥沥的小雨淋湿的。持久的小雨有一种坚韧的力量，一点一点地把冬天融化了，而土地则被膨化得酥松、油润。雨后的晴日，便有一团团蒸腾的水气贴着地面奔跑，仿佛在追赶着擦身而去的阳光。六年插队的经历使我得以亲近土地，那时候我几乎每天都在以土地的心情窥望着天气。我刻骨铭心地记得，早春的雨水其实是富有歌唱性的。它沙沙地落在屋顶上，然后滴答滴答地在檐下织成一道雨帘，节奏时而舒缓时而紧张，但总的感觉是简洁明快的。在凌晨，躺在黑暗中，我能听到檐下成串的雨珠溅起来的和鸣，甚至能听到远处刚刚做好的秧田里雨的呢喃。我说的歌唱性不只是雨声的节奏，还有藏在云层中的歌声。那是一种看不见的鸟，在高空中啼啭的鸟。云端是它栖息的枝头，云罅是它往来的谷壑。它叽叽喳喳的鸣唱，穿透了云层和雨阵，既遥远又贴近，缥缈而真切，总在若隐若现之间。我不知道它是哪座林子里的鸟。我相信它是春雨催生的。只要雨一停，漫空尽是它的歌唱。我相信，它一直歌唱着，只是雨声淹没了它的歌声罢。

淅淅沥沥的小雨很有耐性，往往能够断断续续地下个十天半月。其间，也许会陡然开天，雨停了，云薄了，天空露出几分清新的晴色，高天上的鸟儿啼鸣得格外欢畅，但这短暂的开天很可能只是一个情绪性的片断。有农谚云："当昼一现，两头不见。"说的就是中午的开天预兆着更多的风雨。

被春雨淋湿的季节，最容易染上相思病，严重的就是花癫了。我有几位下乡插队的同学就是在淅淅沥沥的春雨中匆匆地娶了房东的女儿，或者，草草地嫁给了队长的儿子。

在被鸟鸣滋润的春雨中，许多枝条上的芽苞悄悄地鼓突着肚子，它们和江河湖泊、山冈田野一道受孕了。我想，春雨应该是许多生命的父亲。

"清明要晴不得晴，谷雨要雨不得雨。"农人们这样抱怨栽种时节的天气。凭着插队六年的经验，我惊讶于这一自然规律的精确无误。是的，过去的雨虽然有些矜持，但却是真诚守信的，它的行踪是有规律可循的。

我想，清明时节的雨不顾农人对烂秧的担忧，可能也是十分无奈吧，谁让这个节令承载了那么多的纸钱、那么浓稠的缅怀？雨水融化了香火里的哀思、纸钱里的告慰、新土里的祈祷，一点点渗入冥界，渗入先人的遗嘱中。

如今的清明节倒是很难得下雨了。于是，此时成了山林火灾的多发期。我不知道是不是因为天气晴朗的缘故，扫墓的风俗虽愈演愈烈，墓园与坟山总是车流浩荡人头攒动，但情绪氛围却是可疑，非但谈不上庄严肃穆，有时竟让人觉得充满了娱乐性和游戏感。比如，我年年都能在故乡小城的郊外遇见扫墓归来的、喜气洋洋地手捧杜鹃花的队伍，那几乎是一支花枝招展的队伍。

过去的清明雨会把满山的杜鹃花撕碎，用来祭奠我们逝去的亲人。那些肥硕而鲜嫩的花朵，绽放在坟茔边、山崖畔，仿佛就是为清明准备的祭品，如香烛之一种，听任感伤的雨叩击着自己，撕扯着自己，最后零落成泥，只剩下几茎花蕊。

春雨也会以欢乐的心情抚弄花朵，当天气暖和的时候。从小城去我插队所在的农场，要过连通鄱阳湖的信江。江上的浮桥每遇涨水，就得拆除。桃花汛下来的时候，浮桥在一年间首次解开锚链一分为二靠着两岸歇息去了。这时河边的村庄就有了挣钱的营生，大大小小的渔船都投入了摆渡。那个村庄也有我的已婚同学，他的房东女儿的嫁妆当然是一只渡船。他学会了撑船，铠甲似的蓑衣斗笠把他打扮得像个威风凛凛的将军，向我收钱照样铁面无私。

渡船穿行在闪电和滚滚春雷中，穿行在滔滔奔流的花瓣之间。现在想来，那几乎是一次次浪漫之旅。一个打进船舱的浪涌，也许就是为了朝人们撒一把桃花和浪花。而密集的雨点总是很耐心很细致地把沾在船上、脸上的花瓣洗了去。雨好像要把成群的花瓣撵到什么地方去。雨水和花朵之间似乎有着不可告人的秘密。雨水和花朵像一对初恋的情人。

它们早就在果园里眉来眼去了，接着便是非常频繁的约会。它们的约会不仅发生在夜晚，也常常躲着阳光，发生在一片云影的遮蔽下，实在按捺不住了，它们便无所顾忌了，勇敢地在阳光的注视下热吻。小时候，我把这种天气叫作"太阳拉尿"，却不知阳光在雨水和花朵之间从来就是一个暧昧的角色，所以，这时候阳光经常会久久潜藏在厚厚的云层后面，暗自羞恼。有一年，因为花期久雨，把农场的蜂群憋闷坏了，几乎就要兴师动众转场北方，然而，做出决定的当天，雨立刻停了，天放晴了，蜂群炸了营似的冲出蜂箱，格外亢奋扑向每一条花枝。蜜蜂会把花朵珍藏在内心中的雨珠当作花蜜采了去吗？

我用这个例子证明过去的雨是通情达理的，它并不会忘情地沉溺在花朵的姿色里，它缠绵于枝头好像正是为了荡漾春心。

事实上，我的果园从未因花期久雨影响收成，雨大概也是传播花粉的一种媒介，像风和带翅膀的昆虫一样。

每年当枝头已经坐果，禾苗已经抽穗，雨总会像生养了许多孩子的父亲一样，变得脾气暴烈。这时雨后的梨园桃林里，遍地落果，那些青涩的果实其实是被暴雨击落的。当我得知这是一种自然的疏果手段后，我恍然，雨水原来还是一位了不起的园艺师。

端午节前后是江南的主汛期。在进入主汛期前，雨会通过我们身边的众多事物发出预告，比如，冒汗的墙，潮湿的织物，发霉的食品、书籍、照片及其他收藏物。我所有的黑白照片几乎都毁于那个季节。读初中时，正值"文革"，课程也被革命了，数理化分别被改为"工业基础知识"和"农业基础知识"，教"农基"课的化学老师操着浓重的方言背的一些农谚，我至今记得，如"云行东，雨无踪；云行南，雨成潭"，"一日南风三日雨，三日南风涨大水"，等等。这些农谚看似矛盾，其实分别指的是不同季节的雨。端午前后的云正是南行的云，很低，很沉，云层很厚，但灰色深浅、明暗、厚薄的丰富变化和云朵之间因为凝滞或游离所形成的对比关系，使满空的乌云有了错落有致的层次，像一幅情绪饱满的油画。那时的云真是一位擅长运用灰色的油画大师。现在的天气许多时候都是灰蒙蒙的，晴天如此，雨天也是如此，大师老去了吗？

雨是随北风一道抵达的，这时屋里的墙面、地面和潮湿的收藏物奇迹般地变得干爽了，而窗外是暴雨如注。我在作文里称之为倾盆大雨或瓢泼大雨。这样强劲的大雨能一口气下个几天几夜，让被拆除的浮桥好长一段时日不能连接起来。信江的江面宽阔了许多，浑黄的波涛席卷着大大小小的泡沫似的浮沤，汹涌而去。暴雨如鞭，尽管涛声如雷，我坐在渡船上也能听得暴雨抽打江水的凌厉之声。

　　狂风骤雨中的渡船，时时可能遇到惊险。端午时节的雨，由此让我对它心存敬畏。也许它的暴烈，就是为了赢得我们的尊重吧？

　　真的到了端午节那一天，一直嚣张的雨反而平和了。我对每年端午节的天气记得很清楚，出太阳的时候居多，而且是一阵零星小雨一阵燥热的阳光。那天信江上要举行赛龙舟，划船的农民往往来时还穿着蓑衣，开赛时全脱了。那时的阵雨和阳光仿佛是在两岸人群中追逐嬉闹的男孩和女孩。

　　最让我的小城担惊受怕的，是六七月间的暴雨。这场雨年年都会把我认识的火车头和列车员阻隔在武夷山中，甚至暴雨的内部。鹰厦铁路好像是一条最经不得雨淋的铁道线，不是泥石流，就是路基塌方，灾祸的消息弥漫了我的记忆。火车站最外面的那一条股道，平常停靠着救援列车，有客车车厢，也有载着吊机和枕木、石砟的车皮，静静的，像一条冬眠的蛇。每年到了那时节，它就出洞了，无影踪了。我经常通过它的在场与否来感受远方的雨。

汪洋恣肆的雨季，在我的父辈中成就了许多英雄和先进典型。比如有位司机在来不及制动的危急关头，喝令副司机和司炉跳车，自己则陪同他的机车一道钻进了泥石流中，他的生命成为一首歌，曾经传唱一时。我认识的几位站段长，却和暴雨有缘，暴雨制造的险情给他们提供了立功的机会，从此走上领导岗位。现在他们都老了，回味人生，他们会感激暴雨的知遇之恩吗？

我尤其喜欢夏天的雨。过去夏天广播里的天气预报几乎每天都有雨的消息，说"午后到傍晚有雷阵雨，雷雨来时伴有六级以上大风"。雷阵雨果然在低飞的蜻蜓的邀请下如约而至。雷阵雨虽然短暂，但足以逼退蒸腾的暑气，给人们带来一阵凉爽。读小学时，我每年暑假都是在南京外婆家度过的，南京虽是"四大火炉"之一，可那时并没有感觉特别热，原因就在于几乎每天下午都会有雷阵雨。雨把火炉泡在水里。外婆家附近被法国梧桐遮蔽的严严实实的马路，一遇雷阵雨就变成了一条条小河，我每天蹚在水里，听任过往的车辆把自己浇得浑身精湿。

插队的经历，让我对夏天的雨有了更为深刻的体验。尽管伴随雷雨而来的大风曾屡次掀去了我们的屋顶，尽管漫空的闪电霹雳曾驱赶得在田野里劳作的我们无处藏身，我还是对它的翩翩而至心存感激。在酷暑难耐又紧张劳累的夏天，它是唯一能不时把关怀送到田间地头的朋友和师长了。

当然，雷阵雨是个殷勤的小伙子，经常眼看着就要过来了，忽然一拐弯，跑到别的地方给人帮忙去了。农场旁边有个村庄，那里有知青八姐妹，她们相濡以沫创办了"姐妹灶"，一时传为佳话，县里和公社的干部、四乡八村的男知青都喜欢去那里做客。午后到傍晚的雷雨也喜欢。我经常眼巴巴地看着雨在八姐妹的村庄里，井台边，田埂上，谈笑风生，虽距我咫尺之间，就是不肯过来。我甚至能听到八姐妹穿透雷声风声雨声的清脆笑声。

我并不嫉妒。我说雨可以入画，指的就是夏天的雷阵雨。它健康开朗而充满活力，正像我们现在所说的阳光少年。我在田间地头仔细观察过雨的生成过程。在闷热的正午，它就和瑟缩在远天的那些诡秘的云密谋着，把许多的云彩团结成一朵凝重的积雨云。然后，拖着长长的雨脚，披着后面的阳光，追撵着前方阳光驰过来。倾斜的雨脚，是一种行走的姿势。我经常爬上山冈，眺望雨的行走。拖着风在旷野上行走，把风拖累了。在阳光里行走，把阳光淋湿了，融化了。

那么浩大的雨阵，在苍茫无垠的天地之间，只是一团云和一束雨而已；而在它的衬托下，它前面泛黄的稻田更加明亮，它背后的阳光穿透雨阵，雨之林因此疏朗而温馨。当阳光照耀着雨阵，当飘荡的雨脚闪烁着阳光，这是不是某种寓言？

我期待那带着阳光的斜雨，绕过迷迷蒙蒙的城市、村庄，涉水跋山赶到我的身边。如贵客临门，给我一个收工的理由，让我理直气壮地高喊；要下雨啦！然后扔掉耘禾耙或别的什么农具，往农场跑，钻进四围堆满松柴、里面熏得黢黑的小楼。在昏暗的寝室里，点亮一盏油灯，心安理得地看书，或把借来的《李白诗选》赶紧抄完。和着阳光的雨敲响了楼顶上的缸瓦，敲疼了我的窗户和前额。打开窗来，飘洒在书桌上的，一半是阳光，一半是斜雨，我知道还有风溶解在阳光和斜雨里。

即便最后雨偏斜了离我而去，也不要紧，我已真切地感受到翩翩而来的雨意，感受到雨阵背面的风，前后左右的阳光，和内部的电闪雷鸣。直到今天，我仍常常在怀念中想象着雨倾斜的角度和受光的程度；想象着弥漫于画面的暖色，穿透了雨阵的诗情；想象着对抗中的统一，矛盾着的和谐，以及由此构成的自然的内在情绪。

我怀念过去的雨。

是的，很久以来我一直纳闷：如今的雨怎么会像如今的建筑变得那么潦草且雷同，怎么会像如今的语言文字变得那么直接又枯燥，怎么会像如今的大自然变得那么冷漠和无常？

老去的河

最近的十年间，我遍访江西的古村古镇，因而结识了许多不知名的河流。如今看来，它们只是一条条干瘦的沟渠、山溪罢了，或者，虽有着宽阔的河床，生长其中的却也并非粼粼波光，而是灌木、杂草和乱石，一线细流小心翼翼地穿行在荒滩上，游蛇一般悄无声息。

尤其遇上大旱年份，那种感受就更加强烈了。而干旱，始终蔓延在我的记忆中。其中虽没有水文记录，却保存了太多的干涸的影像。那些片段的影像，几乎贯穿了所有的年份所有的季节。

一年又一年，行走在深山里，已很难听到峰回谷应的鸣瀑，潺潺湲湲的流泉。而连绵的丘陵间，浅浅的河床令人吃惊地全裸着，脱了水的礁石暴露无遗，骄阳下的卵石被晒得黢黑，最惹眼的是那在岸边樟树林的反衬下，显得更加白亮的沙滩，如肥胖的老妪横陈着身体，肌肤的皱褶层层叠叠，慵懒的卧姿松松垮垮。

凭着一脉脉日渐瘦弱的河水，已经很难想象它们曾经的丰腴，曾经的壮阔了。河流仿佛老去，显现的河床是它们嶙峋的骨骼。它们的躯干旁边，还有岁月的骸骨和断发。我在吉安富水几乎干涸的河床上，便拾得了能够印证历史的残片。萎缩的河水把藏了许多年的青花瓷片交了出来，陈列在沙滩上，听说常有外地客人在此寻寻觅觅，视若珍宝般收入囊中。瓷片已被河水冲刷磨蚀得没了棱角，但素雅的青花出污泥而不染，依然清新俏丽如沐新雨。那些青花该是一个个俏立于船头的撑篙女子吧？要不，是船老大手里斟满冬酒的粗瓷大碗？或者，是在归途上被狂风恶浪颠覆了的一船船好梦？

河床上俯拾皆是的瓷片证明，我们眼里的小河小溪，曾是许多村庄、城镇连接世界的通衢大道，承载过穿梭忙碌的船只，飘摇着繁华记忆的樯帆。

瓷都景德镇的远郊，也有一条用青花瓷片镶嵌河床的小河。它叫瑶河，发端于与安徽交界的山里，流经瑶里、高埠这两个著名的古镇，然后跟随昌江汇入鄱阳湖。长江日夜在湖口守候着瑶河的水、瑶河的梦，携着它漂洋过海。

瑶里正是景德镇过去的瓷业中心，曾经是"十万窑工，万炮齐轰"，"夜阑惊起还乡梦，窑火通明两岸红"，在那里，人们"富则为商，巧则为工"。瑶河两岸瓷窑遍布、水碓密集，瑶河之上舟楫往来、商贾辐辏；而高埠镇则是高岭土的产地，沿河一座座寂寞的古码头依然在追忆着往昔的热闹。要知道，高岭土就是从那儿登船离岸的。

今天的瑶河里，尽是一堆堆的沙石丘，一堆堆高过人的茅草，人们在河床上筑起一道道低矮的石坎，才留住了在卵石和草窠中匍匐潜行的流水。静悄悄的流水被石坎挡住了脚步，便成了一汪汪死水。

瑶里镇有禁鱼的传统，那里的河段是观鱼的好去处，大鱼小鱼成群结队地在薄薄的水中贴着瓷片和卵石游弋，悠闲而自在。它们大概还不知道，自己其实是被圈养在水的栏舍、水的囚笼里，永远也走不出那方逼仄的天地，除非山洪暴发。

过去的鱼，可以追逐着过去的鸥鸟过去的帆，一直把它们送到长江边。而今却不可以。而今连浩淼的鄱阳湖竟也罕见地连年干涸。

鄱阳湖是与赣江、抚河、信江、饶河、修水等五大河流尾闾相接的似盆状天然凹地，是受长江和五河经制约水量吞吐平衡而形成的连河湖，本来就具有"枯水一线，洪水一片"的自然景观。随水量变化，它的水位升降幅度较大，年内水位变幅在九米多到十五米多。水位变幅造成了湖泊面积的巨大变化。汛期，湖面陡增，辽阔无垠；枯期，洲滩裸露，水流归槽，归于几条蜿蜒曲折的水道。

可是，当河流老去，湖也老了。老得忘记了自己的规律和信条，老得记不住事了。它不分季节，总是干涸着，而且，呈现的是古往今来少有的旱象，一年比一年更甚。

它的确是老了啊。就像一位白发苍苍的老人，端坐在暖阳下絮絮叨叨。它把许多珍藏在水底的记忆也晾晒在阳光之下。它把许多被水湮灭的秘密都告诉了我。比如，一张已被沤烂的渔网，可能还纠结着某个美丽的神话；一件锈迹斑斑的铁器，可能还记得某次水上的兵戈相见；一块被水冲刷得没了棱角的瓷器，可能就是一条梦想着漂洋过海的船所留下的遗言；一片雕刻精美的瓦当，可能就是一座沉陷湖底的古城在诀别时所赠的信物……

我经常好奇地在龟裂的洲滩上搜寻湖的履历，拾取湖的心思。我曾看见一只小羊钻进渔网里，左冲右突，怎么也退不出来。那张网为等待丰水时节，锲而不舍地眺望在湖滩上，不承想，收获的竟是一只羊。湖应能听到那一声声咩咩的呼号，河呢？

河听不到。我相信，有些河流已老眼昏花，有些河流正苟延残喘，还有一些也许早就寿终正寝了。

孩提时，每个暑期，我天天跟着伙伴去钓鱼。我们常去两座铁路桥下，垂竿于横架在桥墩基座之间的钢梁上。那两座桥分别坐落在浙赣线和鹰厦线上。不时有列车从头上隆隆驶过，能咬钩的鱼一定是想去远方旅行的鱼。所以，更多的时候，我们横卧在钢梁上，横卧在碧波上，听涛声拍岸，看浪花惊颤。是列车让浪花受惊的。为了保证第二天不为家长阻挠还能来钓鱼，我们在回家之前总要在沙滩上捡一鱼篓蚬子蚌壳，以贿赂家中饲养的鸭子。

郊外的两条河，竟因城市的不断扩大而不见踪影。我无数次经过从前的河道所在，地形地貌均已改变，那变化恰如人们乐于夸耀的翻天覆地。我很难想象两条河流的去向。对了，从前的河流永远地留在了不远的从前。

武夷山下的石塘镇，在明代中叶造纸业十分发达，最盛时仅抚州籍工人就有三千人，并建有抚州会馆，到民国时期附近山区还有纸槽五百多家，此地生产连四纸和二洋纸。连四纸有"寿纸千年"之誉，而这个古镇的历史却无须到故纸堆里去翻寻，它印在明澈的溪流里，装订在高耸的砖墙上，雕刻精美的门面就是它的封面，敞亮气派的厅堂就是它的内容，鳞次栉比的建筑曾是财富的纪念碑。

沿着鹅卵石铺就的街巷进入纸上的历史纸上的生活，指认着"赖家字纸行"、"查家纸行"、"复生源纸行"、"金鸿昌纸行"、"松泰行"等建筑，我感觉，"品重洛阳"的匾额决不是自吹自擂，它的骄傲底气十足，年三十夜弄、商会弄、天后宫巷这样的地名，让我尽可以任意想象当年的纸醉金迷。在众多纸行的院内门前，青石板下有水声潺潺，一条沟渠时而隐没，时而显现，为人们的生活提供便利那是无疑的了，我想探问的是，这引自山溪的源源活水是否倾注了人们对财富的来势的渴盼，对石塘所依傍的那条溪流的感恩呢？

那条山溪横穿古镇，横穿千年。来自武夷山区的溪水，浸泡着采自武夷山中的嫩竹，酿成了一段回味不尽的历史。我宁愿相信，人们把溪水引入自家庭院，是对水的尊崇，对河的缅怀，是一种珍藏和陈列。我不知道是造纸业的颓败导致了溪流的枯萎，还是溪流的老迈决定了造纸业的衰落，正如岁月的沧桑爬上纸行的门额，宽阔的、浅浅的河床上，怪石嶙峋，草木萋萋，草木上随风飘扬的附着物不过是某次山洪的记录。

曾经年轻健壮的小河小溪，孕育了像瑶里、石塘这样的工商重镇，也孕育了众多令今人留连忘返的古村。

在流坑人的心目中，宗族的根盛叶荣，与堪舆大师杨筠松步龙相地密切相关。流坑的东侧，乌江自南向北、再转西绕村北流去，村庄的西侧有一条长湖，江湖相通，合抱着村庄，这番地形水势被杨筠松认定，"活水出簰形，簰中人富贵"；有如石印般的两块巨石挡住乌江水流，使之折而西流的景象，被杨筠松诠释为"印浮水面，焕乎其文章"；乌江流至村庄西北角江面狭窄了，成为流坑的出水口，于是这片河谷地又被杨筠松喻作"鱼袋"，它的好处是"鱼袋若见兑，位卿相可期"。因此，他认为保固"鱼袋"地势，关系到将来流坑的兴旺，而把好水口尤为重要。

民间传说他曾手持"撼龙鞭"企图将别处的山脉移至水口，以固河防，却是未能如愿。想来这位大师也是心有余而力不足。见杨筠松赶山把水口不成，村人只好自己动手在那里栽树植竹，蓄成一片洲林，抵挡泛滥的江水，保住"鱼袋"地形。两宋时极其兴盛的董氏大家族，到了元代日渐衰落，并遭草寇的屠戮，以致族人流散，村野荒凉。流坑人很自然地把那段屈辱的历史和风水联系起来了，认定那劫难缘于洲林被水毁之故。入明以后，洲林得到培蓄维护，林木再茂，江水复归西流，流坑董氏重又振兴。尽管历经了盛衰兴废，人们对杨筠松赶山不成却没有丝毫怨怼，相反，对他更是顶礼膜拜，说是如此变故，恰恰被他言中。他说了些什么呢？他说："五百年中犹解败，辛戌水流大，若见水流庚，依旧好流坑。"他说此话时至水毁洲林，其间恰好相距五百年左右。

被堪舆先生做足了文章的乌江，的确是流坑生活富裕、家族兴旺、人文昌盛的环境要素。它在"天马南驰，雪峰北耸，玉屏东列，金绛西峙"的盆地中间缠绵环绕，滋润了两岸的沃野良田，尤其是它贯通赣江的舟楫之利，不仅为流坑带来了繁华的贸易，也引来了灿烂的庐陵文化的辐照，使地处偏僻山区的流坑与当时的吉州"序塾相望、弦诵相闻"，以至"文风盛于江右"。从这个意义上看，可以说，是乌江孕育了流坑"五百年耕读、五百年农商"的历史。也正是依靠乌江的水运，流坑一带丰富的竹木资源浩浩荡荡地流向广阔的市场，兴起于明代中期、繁盛于清代前期的竹木贸易和竹木运输业，成为流坑的经济支柱，对它的发展产生了非常重要的影响。乌江流经此处由湍狭变宽缓的地利，被董氏家族充分利用以控扼乌江，独占了这一水系的竹木贸易，这真的应了杨仙的把守水口的"鱼袋"之说。乌江造就了众多腰缠万贯的商人，而流坑现存古民宅绝大多数建于商业繁荣的清康熙至道光年间，可见，正是发家致富的商人们在大启土宇、高堂华构。

村人传说，与乌江共同怀抱着村庄的龙湖，当年开掘它的目的之一，就是要连通乌江，使之成为藏竹木排的避风港。究竟若何，并不要紧。因为在乌江河沿上，至今还残存着三个石阶码头，它们当目睹了满江竹木顺水而去的壮观景象。

聚于水口的生气，能化作灵泉，让人文思如涌；也能凝为星辰，引人平步天衢。当然，人们对水的寄予并不仅限于此，还有人丁兴旺的心愿，安康幸福的祷祝，财源茂盛的梦想，水承载着人们太多的祈望。所以，有时候我会觉得，过去在乡间做一条小溪也挺累的。

比如，在婺源汪口，其水口处曾有一个皇皇大观的建筑群，除了文昌阁外，还建有西峰亭、关帝庙、五显庙、汇源禅院、三相公庙、拱文亭，和旌表俞氏兄弟同榜进士的同榜坊、旌表俞一贯的柱史坊，以及石狮、石人等。看看，人们把驳杂的民间信仰与平凡的生活理想都堆砌在这里了。这个庞大的建筑群还伴有樟、楠、檀、柏、紫薇等古树，遮天蔽日的浓荫与那些建筑一道，构筑起为村庄拱卫好运的门户。遥想从前，往来于水上的船只、跋涉于陆路的行人，望着这个临溪耸立的水口建筑群，注定也会对这个村庄肃然起敬的。

汪口是一个两水汇合、三面临溪的半岛，来水一股为正东水，一股为东北水。自宋大观年间俞氏祖先迁居此地，人们凭着耕读并举、儒商结合而苦心经营，在人丁繁衍的同时，财富也迅速积累起来。汪口的发达正是得"通舟至此"的舟楫之利，古时这里是重要的水陆码头，俗称"草鞋码头"，沿着弯月形官路正街辟有溪埠码头多达十八处，其间依稀回荡着商贾辐辏的市声。

河水把大地养成了沃野。于是，河水被盛情的人们请进了村庄。河水被有心留客的村庄灌醉了。醉倒在幽深的村巷里，就是幽深的水井；醉倒在开阔的坪地上，就是开阔的水塘；醉倒在绿树成林的村口，就是绿荫环抱的水口。

与汪口巧合，傍水的渼陂也在河边建了十八座码头。那条河叫富水河，经渼陂村西流，村中一条长街顺势蜿蜒于河边。宽阔的河面，成了那条长街的来路，成了临街人家的后院。那些码头无疑也是村庄的气场了，财富在此离船上岸，功名在此衣锦还乡，一切生气都得益于这舟楫之利，源源不断地注入村庄。

大概正是出于对富水河的膜拜和钟情吧，渼陂人并不满足碧水环绕，他们还要让那不尽活水滋润整个村庄，滋润每个日子。一条深一米、宽三米的渠道，把河水引入村庄，在万寿宫那儿一分为二。一支在富水河和街市间流淌三百米后回到富水河；另一支向东入村以明渠串联四口池塘，再次分流，流向东北的暗渠斜穿街道汇入富水河，向东的渠水时明时暗，串联起九口池塘，最后也折入富水河。有着数百年历史的水渠枝蔓横生，就像大地的经络，就像村庄的血脉。而这些水渠的使命是，为分布在村里村外的二十八口池塘灌注源源活水，灌注蓬勃生气。

据说，因为从前那些池塘都有沟渠连通，夏天孩子们在池塘中嬉水，可以通过沟渠在池塘之间捉迷藏。显然，在那二十八口池塘中荡漾着的是人们的心思，它们错落有致地排列成八卦图形，象征着天上的二十八星宿护卫着村庄。然而，那金线串葫芦的动人形态，何尝又不是瓜瓞绵绵的寓意呢？

贵溪曾家村现存的一副楹联，精辟地道出了此地的好处："一萦流水漾文章，四壁青山罗保障。"它的横批是"含宏光大"。饱受颠沛流离之苦的曾氏祖先，决定在这偏僻的深山之中定居，安全稳定无疑是首选条件。以青山为障，安全无虞；有竹木成林，衣食无忧；而村前的泸溪河，正是曾家村于封闭的环境中"含宏光大"的必由之路，是财源的来路，抱负的去路。这个依山而建的村庄，如同一个严密而亲和的整体山庄，伫立在村里村外的棕榈树，仿佛在痴痴地翘望着蜿蜒流去的一河叶影，一河花容，一河富足生活的记忆，一河世外桃源的梦想。

河是村庄的门户，村庄的前途，河让村庄顾盼远方内心骚动。没有沟通外界的河流，村庄的发达是不可思议的，同样，人文兴起也是不可思议的。人们择水而居，水才是古村真正的命脉，也是古村建筑艺术的命脉。然而，那些小河小溪竟能为村庄带来舟楫之利，总叫我耿耿于怀，因为我一一拜访过的那些河流，早已告别了帆影桨声，有的甚至难以承载一只纸折的小船。

河流也会老去么，当河水枯萎、码头冷落、舟船消逝？

我流连在一座座古村镇里，想象着它们曾经的年轻丰盈，曾经的充沛浩荡，曾经的激昂澎湃……

想起紫云英

多么稀罕,我竟看见一片紫云英。一丘稻田里的紫云英。久违了的紫云英。

那丘田很小,怕只有两三分地吧。那丘田也很瘦,一簇簇紫云英稀稀拉拉地长在田里,草茎短短的,却开花了。伞状的花序,环绕着细碎的紫红色花冠,一朵朵,像蝴蝶翩飞在暖风中。

不记得从何时起,再也不曾领略紫云英的花海,紫云英的原野。而从前,冬天的稻田是属于紫云英的,所以,到了春天,紫云英回报给土地的是遍野红花,然后,它们将所有的花、茎、叶和根系,都化成了田土,营养了田土。

一种肥田的植物,在人类更加贪婪地向土地索取的时候,居然被人彻底抛弃了。

我无数次行走在乡间,只是偶遇过三三两两的紫云英。它们流落在路边、溪边，混迹于杂草丛中，竭力举起几茎瘦弱的红花，一副委屈且无奈的样子。

　　我想起紫云英的春天。

　　南方的春天曾是紫云英的春天。农人在头年的十月就开始播种来年的春天了。他们把紫云英的种子套播在晚稻田里。我也曾是他们中的一个，我清楚地记得其中的细节。他们管紫云英的种子叫草籽。撒草籽的时节，晚稻已经灌浆。"早稻易老难黄，晚稻易黄难老。"晚稻稻穗黄了，成熟仍需等待一段时日。那时，农人便在稻田里开沟排水、播撒草籽。排水，有利草籽落地生根，又可防止晚稻倒伏发芽。为避免撒得不均匀，草籽里往往掺和着草木灰。待到收割晚稻时，紫云英已经出苗。一对对嫩嫩的小小的圆叶，藏在禾蔸里，藏在禾衣下，憨憨地窥望着，像所有破土而出或破壳而出的生命。是的，在农人眼里，它们像禾苗一样尊贵，像鸡雏一样可爱。我一再被告知，扎禾秆，要好生打净禾衣。有农谚称："早稻是草，晚稻是宝。"它指的其实是稻草。早稻的禾秆只能沤肥，晚稻则不然，禾秆可作牛的饲料，亦可铺床取暖。所以，收割晚稻的同时，要将脱粒后的禾秆扎好，一把把立在田里晒干，再挑回去码成垛。扎好的每一把禾秆，要以十指为梳，捋下蓬乱枯黄的禾衣。天冷了，禾衣可以给越冬的紫云英当被褥呢。

　　禾衣温暖着紫云英。绿茸茸铺展在冬天里的紫云英，则温暖着疲乏的土地。其实，被当做草的早稻禾秆，喂养的也是土地。那种方形的用来打谷的禾桶上，总是装着两把铡刀。打落谷粒后的禾秆，得一铡两段，再抛撒到田里。烈日当头，晒得头昏脑涨。一身泥水，泡得全身难受。万一腿脚不稳，寒光闪闪的铡刀就可能割肉饮血。然而，没人敢省略这一环节。也许，他们担心土地囫囵吞下禾秆，不易消化。他们把土地当做了自家的孩子，或者，掉了牙齿的老人。

从前的农人真是把土地当做父母来疼的。一年忙到头，盼到农闲了，他们还得精心侍候那么滥贱的紫云英。又是撒草木灰，又是施钙镁磷。紫云英长得好，裸露的土地就盖上了厚厚的被子。土地也怕冷，紫云英不怕。

做知青的时候，我喜欢留下盛钙镁磷肥的袋子，拍净灰，用来包书。然而，那时没有书。我借来《李白诗选》，买来《现代诗韵》，抄成了两本书。抄在铁路上用的列车编组顺序表上，封面正是包装钙镁磷的牛皮纸，那该是最肥沃的封面了。

我装订的笔记本也有那样的封面。里面抄录的，是报纸上的诗歌和散文。报纸刊发文学作品并不多见，因而，对我来说，很珍贵。它们通常是礼赞花朵的。比如，木棉花格桑花杜鹃花英雄花。也有歌唱紫云英的。那时，所有的花朵都被人格化了，或者说，政治化了。花朵是品格和精神的象征。无疑，紫云英象征着牺牲精神。

紫云英在春天里义无反顾地牺牲了自己。

一开春，天气暖和了，紫云英疯长起来。紫云英比任何草木都更加珍惜春光。当枝头绽绿、河边泛青时，紫云英已用嫩绿覆盖了稻田里的禾蔸，覆盖了去年的记忆。也许，经历了漫长的冬天，紫云英知道自己属于春天。

田野上弥漫着阳光撩起的青涩气息。紫云英匍匐在田里，曲里拐弯地迅速长成了三节，长成了绿肥的模样。我曾拽起它来比量。倘若它能挺直腰身，便能没膝呢。然而，那样的话，它就必须有比较坚韧的主干，比如辣椒和茄子。紫云英没有。紫云英是水做的。它将溶于水而化为泥。所以，它青翠欲滴，鲜嫩无比。

农人总是说，千万不要让牛吃紫云英，吃多了，牛会胀死。也有另一种说法，说是紫云英里藏有蹦蹦虫，牛误食小虫就会死。书上则称，紫云英分为无毒和有毒两种。可是，整个冬天都在反刍干草的牛，怎肯放过嘴边鲜美的青饲料呢？事实上，插队几年，我不曾亲见也未曾听说哪里的牛真的因为偷吃紫云英而毙命。

于是，我怀疑农人的说法很可能是一种禁忌。就像他们不许牛啃噬庄稼一样。紫云英也是庄稼，土地的庄稼。他们要让土地得到足够的粮食。

三年困难时期，在南方，苦的是城里人，有钱也买不到吃的。黄菜叶烂菜帮子剁巴剁巴拌上糠，就能当粮食，家家几乎餐餐都是糠菜团子就清汤寡水的稀饭。凭着供应证去粮站买米，得排老长的队，排着排着就没了米。粮食定量很少，有限的口粮中还要配售百分之十的糠，细糠掺些面还能对付，买来的若是粗糠，嘴和屁股就遭罪了，粗糠几乎就是稻谷的谷壳，咽不下去，屙不出来。也是饿极了，我家楼下的列检员瞄准了人民公社稻田里的紫云英。他养着一群孩子。下班路上，他经常顺手牵羊薅它一把，藏着掖着带回家来给孩子充饥。终于有一天，他在众多社员的围追堵截下，被逮住了。愤怒的社员剥光他的衣服，狠狠揍了他一顿，口口声声臭骂其是"做贼的"。可是，薅紫云英能算偷吗？吃绿肥能算馋吗？

为了紫云英，列检员哼哼唧唧地在床上躺了好几天。从此，他脾气变得更加暴躁。有一天夜里，他从梦中惊醒，听说外面捉住了一个小偷，便冲出去，凶神恶煞一般，对着捆绑在电线杆上的小偷就是一榔头。讨厌他的人都说，他的坏脾气是吃绿肥吃的，绿肥胀气。

好些年后，我从菜市场买回一小把紫云英。清炒出锅，多半是水。尝一尝，紫云英的嫩茎不失为一道美味。

紫云英开花了。普天之下，尽是它的颜色，尽是盛开的红花。所以，紫云英有个乳名叫红花草。红花铺在大畈上，便是一望无际的花海。铺在山坳里，便是倒映着桃红李白的花的港湾。铺在梯田里，便是梦里花世界。

紫云英中一定有一些花朵是报春使者。它们最早感受到春意，率先绽放，成为始花。真个是一花引来万花开。星星点点的红，丝丝缕缕的清香，仿佛在一夜之间，唤醒了万紫千红，也唤来无数的翅膀。

养蜂人也有一对翅膀。他们长年在路上，飞赴一个又一个花期。我家住在铁路边，我居住的那个小城有江南最大的铁路编组站。每到春天，车站的股道间，沿线的路基上，总是摆放着很多蜂箱。晴日里，蜜蜂们飞去飞来，采的正是紫云英蜜。可是，漫山遍野的红花，绵延一个月的花期，也不能挽留蜂群，等待数日，蜜蜂们又出发了。仿佛前方有无尽的春天。

是的，春天也在路上行走，从南方到北方，直到遥远。蜂群紧随着春天。这是一个养蜂人告诉我的。他承包了农场的养蜂场，每年只在紫云英花开时节很不情愿地回来一趟。好像他对紫云英蜜不屑一顾，向往的是槐花蜜苜蓿蜜椴树蜜似的。其实，那是因为农场老是催逼他上缴管理费。每每回来，他根本顾不上动员蜜蜂们去采紫云英，他得绞尽脑汁琢磨如何赖账。他赖账的策略是以柔克刚、绵里藏针。他以嬉皮笑脸对付凶凶喝喝，然后，再以死乞白赖的方式反击。最终的结果，竟然让他占着理。农场不仅没有得到拖欠几年的管理费，反倒给了他一些补偿。他得胜的理由是，春天在行走。为了追赶花期，所有的费用都超支，他亏了。

有一年，职工群众忍无可忍，把他押到场部来批斗。我还记得其中的痛斥：田里有红花，山上有梨花桃花，你为什么还要满世界乱跑？为什么大肆浪费运输费？你存心想逃避群众监督！

他仍然嬉皮笑脸：春天也在跑啊。等到采完紫云英，春天跑远了，就追不上了。

批斗依然没有好结果。到头来，农场还是不甘而无奈地补了他几百块钱。那年雨水多，他得买白糖喂蜜蜂。

养蜂人有一对儿女。当时，他女儿十八九岁。圆圆的脸，大大的眼睛，皮肤白白净净。挺漂亮一个女孩，见人却不说不笑，自然也就不怎么招人喜欢。听说，她没读过几年书，小小年纪就当了养蜂女，过着到处流浪而孤独的日子。如此看来，养蜂人的确亏大了。

火车载着蜂群，一路走走停停。由蜂群北上的路线，可以想见，当年的江南是红花江南，如霞似锦的江南。而今，在田野上几乎看不到紫云英的风景了，也不知超市里那许多的紫云英蜜采自何处。

我曾经鞭牛扛犁走向紫云英。犁尖之上，花浪翻涌，泥浪翻涌。一行行的泥浪，覆盖了一道道的花浪。

稻田该换季了。脱去绿茵茵的冬装，褪去艳丽的春装。这时的稻田赤裸着，不过，它把自己藏在水里。露出水面的那些零星红花，大约是攥在它手里，衔在它嘴上。

因为紫云英，我更愿意把春耕时繁复的精耕细作，想象为制作某种美食的工艺流程。譬如，犁田耙田耖田，好比是原料加工的多种手段；放水沤田，好比是泡制发酵的过程。如此等等。不错，紫云英正是献给土地的美食。

饱食后的稻田里蛙鸣如喁。一声声，越来越响亮。它们是催促着农人快快插秧。我记得，从前的蛙鸣和从前的紫云英一样，有一种铺天盖地的气势。紫云英消失了，蛙声也微弱了。因为土地饥饿着。

水平如镜的稻田里，刚刚栽插的禾苗转眼间就返青了。紫云英早已溶于水而化为泥。或者说，蓬勃盛开的紫云英，此时一定盛开在泥土里。要不，稻田里怎会有那么多的泥鳅黄鳝和鲫鱼呢？

鲫鱼喜欢斗水。田缺处，一群群的小鲫鱼迎着来水雀跃不停。用土箕菜篮一捞，就是一盘好菜。捉泥鳅则要到天黑之后。打着灯，沿着田埂弯着腰，瞪大眼睛去寻找。泥鳅睡在浅浅的水下，睡在紫云英的梦里。看到它，尽可以从容地用带齿的泥鳅钳夹上来。黄鳝不比率性的鲫鱼和呆傻的泥鳅。黄鳝藏在田埂下的洞里。先得摸到它的藏身洞，再将钓钩挂上蚯蚓，塞入洞中。黄鳝一咬钩，就难以脱逃了。钓钩是钢丝做的，锉出倒刺就行。

没有紫云英的田野，所有的生灵都稀少了。

所以，我想，鲫鱼泥鳅黄鳝和青蛙，该是水里的蜜蜂蝴蝶和别的什么逐花的翅膀吧？它们一定是因紫云英变化为泥而幻化成水族的。是吗？

小心火车

火车从记忆隧道里冲出来了。是那种蒸汽机车，呼啸着穿山而出。浓烟从山的肚子里往外喷涌。

我知道是我的扬旗倒了，给了它放行的信号。

小心火车！

我是在这样的警告里长大的。在道口、扳道房，以及靠着铁路的墙上随处可见。有时是圆圆的警示牌，有时是用石灰水刷的歪歪扭扭的字迹，更多的是喝斥或叮咛。

到了奶奶嘴上，就是唠叨了。奶奶能把学龄前儿童都认识的四个字，演义成永远也说不完的故事，悲壮的或凄惨的，然后，她警觉地抬头侧耳，捕捉着隐隐约约的汽笛声。

住在铁路边，每天有几十成百对列车打窗下通过，她对汽笛却仍然敏感。在悠长或急促的汽笛声中，她总会放下手里的针线活儿，惶惶不安地凝视飘散于远天的煤烟。灾祸的消息传播得风快，一时半会，整个铁路新村都朝着报警的尾笛狂奔，挣出怀的奶子和扶摇于风中的白发，孩子和冲在他们前面的狗，咬着他们裤脚的鹅。其中少不了奶奶那拳头般的小脚。无论汽笛是否属人身事故，是否与自己的亲人有关，所有的心都在路上狂奔或张望，那场面很像暴雨之前的蚁阵，浩浩荡荡却又慌慌张张。

今天我为之感动的，却是少年的我所无法理解的。也许，汽笛长鸣，只是为倒在轮下的扒车的流浪汉或捡煤核的老太婆致哀，但即便是平凡的生命，也把一座火车拉来的城市惊醒了，并为之掩面而泣或扼腕长叹。

不会是对火车的警惕和敬畏浸透血液，成了集体无意识吧？

长鸣的汽笛的确是恐怖的。偶有事故发生，随着报警的呼号，东边的调车场，西边的客站，北边的江边货场，所有的机车都拉响了尾笛。此伏彼起，如惊涛拍岸，乌云压城。凶讯是漫空飘洒的煤灰，把所有的脸色都熏黑了。

仔细看，奶奶白净的脸上还有六十年前的烟灰残存在皱褶里。她丈夫是火车司机，驾着车在日本人的刺刀和游击队的导火索上往来穿梭。终于有一天汽笛为他长鸣。我能想象出灾难的现场，被炸的火车冲出轨道一头栽到桥下，车头砸在干涸的河床上引起锅炉爆炸，列车垂挂着像一条被击中七寸又砸碎了脑袋的黑蟒，满地是钢铁的碎片和火焰，满地是血肉和煤炭。

而唠叨的奶奶几乎从不向我们描述与自己有关的那场灾难的细节。即使回答邻居的再三追问，她反复陈述的也只是自己在事故前的预感。我隐约得知，那天本该她丈夫歇班，因为当班的同事病了，他自告奋勇替班出车去。丈夫出门之后，她坐在门口纳鞋底，不祥之兆在穿针引线时接踵而至。那天的针锥很不好使，一再断针；那天的顶针极不安分，一不留神就挣脱手指蹦到地上；那天的麻绳锋利如刀，勒得她掌上一道道血痕。更出奇的是，丈夫忽然打门前一闪而过，诧异间她紧追出门，却见一马平川的远方黑烟如柱，腾空而起，漫卷残霞。接着，就是凄厉的尾笛声裹胁着她，裹胁着所有人，朝车站狂奔。

每当这时，她的表情很奇怪，没有悲伤，没有冤屈和悔恨，仿佛那些情感已被岁月稀释了，只剩下浓得化不开的命运之谜，对那个谜的恐惧、疑惑和执著的探究。

不该他的！那死鬼不是存心撇下我和孩子吗？你说说。她恨恨地问邻居。

可能就为了破解内心深处的疑惑，她守着青春岁月，寡居在浓黑的烟云和洁白的汽雾里，在机车卸下的煤渣堆里翻寻着煤核和命运的谜底。靠着拾得的煤核，她拉扯大两个孩子；而扑朔迷离的悬念融化成了泪光闪烁的叮咛：小心火车！

我记得曾有两次，我临时被老师或同学带去看演出，来不及告知家中。那两个夜晚奶奶寻遍了车站、道口、调车场，叩问了煤台、水鹤、三角线，却偏偏忽略了学校和灯火辉煌的铁路俱乐部。她呼喊着我的名字，用尾笛一般惊心的声音。

一场演出的时间可以想象，我回家并不算晚。然而，第二天所有的目光都在追问我，指责我。他们说：你这孩子真是！你奶奶杵着小脚，黑灯瞎火到处找你，摔着怎么办！

在警告和叮咛中长大的子弟中学的学生，仍然无法抵御火车的巨大诱惑。那铿锵有力的出发，那风驰电掣的到达，调车员手里的信号旗，守车上车长的大檐帽，如同童话中的小木屋一般的扳道房，甚至火车头有意吓唬孩子而猛然放汽，都能唤起我们亲近火车的念头。

可能老人们至今还不知道，初中三年，男孩子们上学放学大多是以车代步的。出入库的机车便是接送我们的校车。那些火车头恰好要到铁路新村附近换道，我们躲过所有的警告和司机的注意，像那些警示一样，牢牢地贴在火车头的前面和后面。站在前面的排障器上，感觉最为心惊肉跳，人像一块落入轨道中的石头被巨大的力量推着奔走，脚离迅速卷入轮下的钢轨很近，就在一个闪失之间，而风一直在狠狠地碾着身体。

在江南最大的编组站上，有时，我们也扒从驼峰上下来的溜放车，依偎着东北红松、烟台苹果、高坑煤炭和南来北往的粮食、化肥及其他。车轮碾压着安放在钢轨上的铁鞋，发出刺耳的尖叫，在不绝于耳的尖叫声中，我们快活得身心发抖。

我在轨道上疾驶。一个疾驶的人是不会在意路边的警示乃至风景的，眼里只有前方，前方便是呼啸的风，鼓荡在胸怀里。

现在回忆儿时有些后怕，而那时我们庆幸从未被家长发现，甚至得意忘形。仿佛是挑战警告，我们在调车场上放声歌唱，股道间供作业用的麦克风把歌声扩大了许多倍，那反叛的歌声笼罩了整个城市。

可是，在经历了下乡插队之后，有两位儿时玩伴却一不小心撞响了汽笛。一位顶替父亲做了司机，丧生于该他驾驭的机车轮下；膂力过人的线路工的儿子，则失去了双臂。

我能想象他们入路时的激动。

我家老三几乎和他们同时成为铁路工人。老三做了调车员，是铁路上最危险的工种，成天随着溜放车跃上跳下，摘钩解挂，撂闸制动。我家大门对着车站单身宿舍，那里有位轧断双腿的调车员。许多年来，先是拄双拐拖假肢，后是摇着轮椅，在我们眼皮下进进出出。少年时在澡堂里遇见他，我总是紧盯着，看他怎样脱衣怎样入水怎样上岸，尤其对腿的断面充满了好奇，但我从来没有看清。一个光溜溜的人总有办法遮掩住自己的断面，真是一件奇怪的事情。

从老三上班的第一天起，全家人的心就被悬挂在调车场上空的烟云和轰鸣中了。每天，送他出门是千叮咛万嘱咐，盼他下班的心情精细到了读秒，秒针就是他回家的身影，他行走在焦虑的时间上。每逢雨雪天气，更是叫人成天忐忑不安。而他总是满不在乎，乐乐呵呵，来去蹦蹦跳跳的。

没几年，他居然当师傅带徒弟了。那阵子，他在梦里都美滋滋的。母亲在半夜里听到他自豪的宣告和爽朗的笑声，第二天笑话他，他满脸绯红地赖账。我便挺身而出加以证明。我也听到了。我觉得他的梦境里一定有酒，有一帮小伙子，在觥筹交错间他高声宣布：我当师傅啦！或者，是雄赳赳地站在溜放车上，呼唤着徒弟的名字。

老三应该知道当师傅意味着什么。七十年代，就在那条铁道线上，出过一位英雄。列车行驶在雨季里，他发现前面塌方，却刹不住车了，他逼着他的徒弟——副司机和司炉跳车，而自己陪伴着他的机车他的职守一道钻进泥石流。他的事迹曾经家喻户晓，但很快就销声匿迹了。如果没有别的原因，我想这也很自然，在蒸汽机时代，这样的故事并不稀罕，另一个故事会风驰电掣地驶来。

三班倒的调车员每十天一个大休。带着徒弟的老三似乎从没大休过。该他大休时，都去替班了，他给家里的解释是想攒下足够的休息日到福州、杭州玩一趟，却多少年未成行。他是我家兄弟中最豪爽、最仗义的一个，他的血脉里更多地承继了祖辈的气质，我知道他替人当班多半是见人有困难主动提出的。而他竟忽视了奶奶的眼睛。

那苍凉的叩问在她眼里闪耀了多半个世纪！

我没有机会成为铁路工人，尽管我从小渴望着，甚至认为命定了。我想，假如我是，我也会像老三一样，以出色的技术驯服那钢铁的猛兽，以身轻如燕的姿态舒展自己；也会用笑声去瓦解家人的担心，随便撒个谎，躲过奶奶对延时到家的追究；也会对为难着的同事慷慨地擂响胸脯：走吧，有我呢。

这是火车教的。蒸汽机车出发前蓄足气力的长嘶，通过时那一日千里的狂傲，到达时那余威犹在的得意的喘气，都会叫人莫名地亢奋起来。我多次搭乘过货物列车的守车，还在火车头上跑了一程。在炉膛打开、司炉甩开膀子往里投煤的瞬间，那么近的距离和那么猛烈的动作，令我心里一惊：他不会用力过猛把自己给投进去吧？虽是一个闪念，却极有可能窥破某些牺牲的内在秘密。我固执地相信，在蒸汽机时代，有些英雄就是被炉火点燃激情，被汽笛惊醒勇气。

比如，我的一位邻居。他勇斗歹徒牺牲在站台上，成为一尊英武的铜像，如今已锈迹斑斑。而在民间传说中他的形象依然锃明剔透，邻居道着他的小名笑他的木讷、较真，又为他当时缺乏机智欷歔长叹。因冲动而勇猛，为激情所献身，这难道不是流淌在平民血液中的、最质朴因而最具亲和力的英雄气质？

我家老三肯定也制造过一些险情。我只发现了一次，在手上，是个淤黑的指甲帽。他来不及藏了。他一直搪塞，实在逃不出追问，才披露真实的原因：当溜放车从驼峰上冲下来，他手里的叉竿怎么也叉不住铁鞋，情急之下，他扔掉工具，徒手抓起铁鞋，俯身塞向隆隆驶来的车轮。被征服的车辆发出钢铁的尖叫。我在这样的尖叫声中长大，我能体验征服者的心情。老三正是怀着这样的心情面对我，说着说着，就王婆卖瓜了，炫耀自己的技术和灵巧。要不是我厉声警告，他可能会兜出深藏在心里的更为惊心动魄的故事。

平安的祈愿拒绝那些故事。我知道，倾听就是激励。我学会了警告和叮咛，以奶奶的口吻，以整个铁路新村的表情。

一位老师傅曾向我展示过他的身体。浑身上下没有一块好肉，尽是疤痕。戳伤、砸伤、烧伤、炸伤，遍体伤痕以至于层层叠叠。那是触目惊心的履历，又是耐人寻味的线索。我一一探访了它们的来历，和抢时间争速度的新线工程有关，和他巡守的每个日子有关，也和他急躁火暴的性格有关。所以，我笑着说：你是个容易受伤的男人。他眼一瞪：抢修线路是掐着点的，急了，我恨不得举镐在自己脚背上扎个窟窿，不给自己放点血，还叫身先士卒，还能调度现场的紧张气氛？

我无意取笑被汽笛煽动的激情，即便那激情极可能酿成某些无谓的牺牲。恰恰相反，当内燃机车女声女气的风笛取代了蒸汽机车奔放的汽笛，我怀念已经逝去的阳刚气十足的日子，怀念为火车沸腾的热血，为火车牵挂的心，生命与钢铁的缠绵，激情与速度的比拼。

现在，我家依然住在铁路边，却听不到列车通过的动静了。窗不响，地不颤，人也再不可能依靠客车的到发来报时。内燃机车牵引的列车悄悄地去来，虚幻如不觉间流逝的日子。

平静让人麻木。

奶奶是在家中去世的，为她守灵的那两天，我们总觉得在掩面的白布下面有一种声音，像吞咽，像叹息，更像卡在嗓子眼里的叮咛。一次次揭开白布，只见她面容安详。但其中有一次，我看见她眼角有泪。我不禁失声，安息的生命居然也会流泪！

我轻轻为她抹去。我的手指被灵魂的泪水濡湿了。

奶奶葬在调车场南边的山林里。为她下葬那天，我发现满山的墓碑有许多我熟悉的姓名。几乎都是铁路职工和家属，是铁路新村的邻居。那些名字老了。那些名字曾经英俊如路徽，有着火车头的轮廓和心情；曾经坚韧如"干打垒"的平房甚至工棚，随时等着为新线开通而迁徙，不觉间竟矗立了一生；曾经鲜嫩如列车员从外地捎来并分发给邻居的时令蔬菜，西红柿或青辣椒；曾经旺盛如哺乳期的乳房，坦然而神圣地面对众多目光，把奶水响亮地射入搪瓷茶缸，端去喂养出乘职工的儿女，溢出来的乳汁润湿了烤在茶缸上的关于纪念安全日的文字。

我把那座坟山称之为铁路二村。那些灵魂来自五湖四海，那里的风操着南腔北调。由他们的乡音，我大致能准确地判断他们的工种。比如，湖南人多为大修段的线路工，本地人以车辆段和货场居多，车站的调度员十之八九是江浙人，所以列车不管停靠在哪儿，都能听到喇叭里江浙味很浓的铁路腔。

他们不约而同地选择了这片山林。正如他们不约而同地去车站接车，接从各自故乡捎来的信息，那信息是天津麻花山东大葱福建荔枝广西砧板以及其他；正如他们不约而同地涌向长鸣的汽笛，或扛着扫雪工具涌向被大雪覆盖的车站。尽管当地政府作出殡葬管理规定，不允许在此处安葬。他们还是以迁回老家的名义，取出骨灰，和铁路新村的老邻居做伴来了。枕着调车场上的钢铁轰鸣，庇佑着他们的子孙。

小心火车的警告是严厉的，而在以火车为象征的命运力量面前，它有时又是非常虚弱的。在这座山上，便有永不瞑目的灵魂，我听到他们的泣诉和低语了。

先是一个苍老的男声。他是马上就要退休的扳道员，小儿子将顶替他的岗位，在外地工作的儿女特意赶回来庆贺，为他举行最后的晚餐。他用叮咛和一生的经验灌醉了小儿子，而自己饮的是行车规章，是一种叫忠于职守的果汁。可是，在亮如白昼的调车场上他居然受惊了，僵立于道心仰天长嘶，像一匹让人联想起某位英雄的烈马，最后一个晚班是无情撞向他的溜放车。

再是一个妙龄的女声。身为列车员，她是旅客违禁携带易燃易爆品的受害者。猝不及防的爆炸，甚至不允许她留下最后的惊呼或沉吟，她的死成了宣传乘车安全须知的生动事例，被广泛援引，我在许多趟列车上的广播里都听到了她的名字。那名字在广播里活了七八年。七八年间她的许多同事做了母亲。

我还能想象她的模样。她是哥哥甩不脱的尾巴，是家长们的密探，是警告的执行者，因而是一群去扒火车的男孩子的仇敌。最幸福的仇敌。男孩子用在铁道边捡来的糖衣笼络她，用在道口路灯下捉的"土狗子"贿赂她养的鸭子，用扒车去沿线农村采的桑叶拉拢她喂的蚕宝宝。

我记得她喂的一团箕蚕，怎么也不肯在她准备的箩筐里结茧，满世界爬了去。从她家拥出来，在大门洞、在楼梯口、在相邻的我家，天花板上、墙旮旯里，到处吐丝张网。尤其她家里，头上、身边尽是编织的奇丽景象，一团团，一簇簇，洁白似雪，晶莹如梦。

如果用调车场来比喻，丝网就是银光闪闪的轨道，茧子就是错落其间的扳道房；如果用车站调度室里的运行图来比喻，已结成的茧子就是车站，正忙着选址的蚕宝宝就是运行着的列车了。

我猛然一闪念：现在长眠在铁路二村的他们是蛹了，把自己藏在各自的情思里、牵挂里、欢乐和痛苦里，藏在蒸汽机时代的精神内部、记忆深处，他们会羽化吗？

火车咬破大山，从记忆隧道钻出来了。

在我黑黢黢的记忆里，那是通体透明的灯火长龙。

1961 年雨季的迁徙

1961 年春天，我刚七岁，小学一年级还没读完。母亲接到调令，要去支援铁路新线建设。父亲在头年冬天已先调去，他带走了比我小两岁的二弟。

我还记得校长的脸色。可能因为学生家长一提出转学申请，当即就急切地要求办手续，校长嫌烦了吧，他不住嘴地冷言冷语，脸上阴沉沉的。第二天，果然就下雨了。

雨丝细柔而绵密，像一锅不见饭粒、用萝卜丝熬的粥。母亲拖着我赶往长途汽车站。她说：我们去建一条直接到外婆家的铁路，再也不用走上海倒车了。我想当时在路上与其说是她牵着我，不如说是挂着我，此后不久她就因腿病丢了工作，而在此前，她常常在上下班的路上不明不白地摔跤。当时，我只顾为下雨而欢欣，为乘坐长途汽车而好奇。我张开嘴，品尝风的滋味和萝卜似的毛毛细雨的滋味。

母亲说：看你馋的！

那时候的人都馋，即使有钱也买不到吃的。父亲去新线不久就托人捎回来两麻袋萝卜，邻居帮着搬进家，哗啦啦往地板上一倒，一堆是白的，一堆是红的。我自豪地宣称：哈哈，我们家都快成地主啦！母亲让我给各家送了一些，那天楼上楼下好几户人家都用白萝卜焖饭或水煮红萝卜，取代了糠菜饼子和糊汤。我偏偏不送我家楼下的冤家，那终日骂不绝口的检车工和他的老婆，他们三天两头上门来指责我的脚步声，吓得我在家里比猫更小心。不知是满门洞的萝卜气味招人嫉恨，还是成堆的萝卜稍有震颤便滑塌，砸响了地板，楼下暴躁的检车工一不高兴就抓起拖把捅天花板，以示抗议。那阵子，他家的天花板被他自己捅得砂浆脱落，板条裸露，世界地图似的，七大洲四大洋全在头顶上。可能是叫一群饥饿的儿女闹的，有一天检车工到车站后面的农田里去薅肥田的红花草，叫农民逮住了，被狠狠揍了一顿，躺在床上嗷嗷叫唤了好几天。

一条条细雨准确地降落在我嘴里。顶上扛着行李、后背驮着包袱的长途班车，很吃力地把人一个个吞进去。母亲和我挤在最后排，母亲说那包袱是烧煤烧劈柴的锅炉。于是，我觉得车里的旅客就像煮在锅里的红萝卜。母亲用一小块蛋糕堵住了我的嘴。我不知道她从哪儿买来的那么稀罕的蛋糕，很考究地用塑料纸包着，却只有一点点，比坠在鼻尖上的一滴雨珠更小，到嘴便化了。

我们前往宁赣铁路工程指挥部所在地乐平。班车走得很慢。以至我后来第一次乘火车去乐平，简直不敢相信它的实际距离。班车蹚着泥泞，小心翼翼地在阴云和雨雾里走，在堤岸上走，在村镇瓦檐下的滴水线上走。

行驶在堤岸上，我看清了1961年的倒影。像肩上背着一个、肚里怀着一个的农妇，像被我们唤作鼻涕虫的蜗牛，像外婆的南京那公园里的鸵鸟。

笨笨的一只大鸟，贴着水面闷闷地飞。

母亲是电话员，父亲是电报员。我击打着车窗，给父亲发报：爸爸，我们来啦。我们的汽车正开往爸爸的乐平，开往有很多很多萝卜的地方。

二弟在工棚边和着雨水玩泥巴。陪着他的是一个站在高坎上拉手风琴的叔叔，他用热烈的琴声逗着二弟。二弟举着泥团冲上前，去砸他的琴声，琴声随着泥团的爆炸而断了。

叔叔擦拭着手风琴上的泥花，吓唬道：再调皮，叫你妈妈来揍你！

二弟一扭头看见母亲，哇地放声大哭。那般伤心和委屈，叫我好生奇怪。我说：傻瓜，妈妈来了你哭什么！

因为他的哭声，许多的人不知从哪儿忽然冒了出来。大家把我们拥进用油毛毡搭起来的工棚。工棚里面很大，挤挤挨挨地铺满了床。尽管住在工棚里，却也比两年前我家的居住条件好得多。父母由南京调上海，由上海调金华，鹰厦铁路通车后，又由金华调江西，很长一段日子都是以所为家。在电话所里拉个帘子，外面是单位，里面就是宿舍了。母亲说我小时候难得哭闹，可能我就是顾忌着哭声别通过电话传远了。断奶那会儿，苦坏了把我带大的奶奶，即使我半夜里闹奶，她也得抱我出门去哄，生怕影响电话所当夜班。

母亲已有了三个儿子。小三这时才一岁多。也许准备调往新线，也许因为奶水不足，她让奶奶把小三带回山东老家了。临走之前，她就开始给小三断奶。那是非常痛苦的过程，凭着糠菜，即便还有萝卜，又能酿制多少奶水呢？我至今还记得母亲被吮吸得疼痛难忍的表情，记得那五彩斑斓的乳头，抹着辣椒水、清凉油、红药水、紫药水的乳头，被婴啼濡湿的乳头。母亲后来常常感叹：小三最可怜了，一出生就赶上了苦日子。

在乐平的工棚里，我无忧无虑。那里有一群开开心心的小伙子。好像就在那天晚上，工程指挥部举办露天联欢会。我不知道那个联欢会是不是为了一个家庭的迁徙。我只记得那一堆堆的篝火，把夜映红了，把云驱散了，把人点着了。人在火里舞蹈、唱歌，手风琴在火里潇洒地扭摆。回忆那个夜晚，我有点心虚。当时真有篝火吗？会不会是悬挂着许多的马灯呢？但在我七岁的视野里，亮堂堂的马灯就是篝火。只有篝火，才能驱散那么厚的阴云，那么深的离愁。浪漫的夜，甚至唤出了几点星光一缕月色。我听到了母亲年轻的歌声。二十七岁的歌声。清亮，明媚，像她的眼睛，只是略带点羞涩。她是为我和弟弟唱的。从前在单位上，她是文体活动积极分子，如果不是担心腿病，她会上场去唱的。母亲唱的歌常和湖有关，她在湖边的苇丛里长大。她的歌是苇丛中惊起的小鸟，水灵灵地越飞越远，飞去了南京。

拉手风琴的叔叔在那天晚上成为我的偶像。他的手风琴让我忘记了萝卜。他抱着手风琴任我摆弄。我按响了一个个琴键。可能正是因为和二弟和我的情感维系，叔叔后来成为我家的至交。我们管他叫肖叔叔。

当年刚入路不久的肖叔叔，后来是铁路桥梁工程师。我到省城读大学时，他从站台上把我接回家。可能期望我成为作家，他翻出珍藏多年的日记本交给我，任我从中寻找小说素材。我在其中读到了他的那个雨季，被爱温饱着朗照着的雨季。远在千里之外的同乡姑娘，以信为车，把她的所有一批批运送过来。那迁徙是怎样浩大的工程！肖叔叔日记中的真诚文字，让我怀疑如今某些所谓"民间语文"的真实性，那是不是一种文字造假。我相信，除了某种失去理性的文本，真正来自民间、来自日常生活的记载，即便文字的肤表不免有一个时代的黑痣或胎记，但在它的下面和内部，当有灵与肉的纹理、神经和脉动。

所以，那群年轻的男人，为有女人和孩子加入他们的队伍而狂欢；所以，肖叔叔的日记在其后的日子里出现了华彩乐章。

　　肖叔叔对我的影响，则是勾起了我对琴声的梦想。我不敢奢望得到手风琴，小小的口琴不过分吧？那么小，好比一根红萝卜，一片青菜梗子。整个少年时代，我在替家里给南京的舅舅、山东的表叔写信时，每次都偷偷地加了一句话，一个让自己脸红心跳的小小要求：我想要一只口琴。得到它时，我已长大，我是用做知青的第一次分红，了却了在贫困中长大的心愿。可是，买来口琴，只新鲜了几天，便闲置在抽屉里，成为一块化石。

　　肖叔叔把酒回忆乐平时，我一直用目光搜寻那很简陋的居所。一切的拥有都一览无遗，却不见他的手风琴。唯一可能与手风琴有关联的线索，是随手丢在床上的一只布套，它会不会是用来包裹手风琴的呢？可是，谈笑间，他却拿它盖上了缝纫机。1961年的英俊青年是用热烈的琴声逗着我们，而回忆那个雨季的肖叔叔时不时地感慨他自己和我父母的性格和命运，变得唠叨了，我还能打听手风琴的下落吗？

　　我至今仍常去他家。他儿子参加工作后买了一把吉他，玩了一阵，便挂在墙上作摆设了，上面长着毛茸茸的积尘。肖叔叔连艺术细胞也没有遗传给儿子吗？

　　第二天，母亲就急着领我去乐平小学报到。从指挥部到县城，路边尽是菜地，破旧的房屋竖在菜地里，屋檐下吊满了枯黄的秸秆。很小的县城蜷缩在南瓜叶下躲雨。我幻想地里的一蓬蓬绿色是萝卜缨子，揪住它一拔，又白又胖的大萝卜就出来了。

关于萝卜的知识，我是从一出儿童短剧里获得的。后来，每逢六一节，我都巴望能上台扮演那个拔不动的大萝卜，可是老师连上台的机会也没给我。每天放学我便尾随小演员们去铁路俱乐部，傻傻地看人家排练。可怜见的，有一次老师动了恻隐之心，让我去演了拔萝卜的小朋友，只能算个伪军乙吧。

母亲说：这季节怎么有萝卜呢？看，都吊在屋檐下，萝卜结籽了，留着做种呢。

可是，在淅淅沥沥的春雨中，我的确闻到萝卜气味。

乐平如珠，滴滴答答，从屋瓦上、叶子上垂落下来。和着满世界的滴水之声，母亲眼里也有什么融化了。她感到双腿乏力。两年之后，她再不能上班了，记得当时有一阵子，我常常半夜为被窝里的哭声所惊醒。父亲背着她踏上了寻医问药的旅程，其结果却是病情不断恶化，直至生活无法自理。

行走在乐平的街道上，她预感到自己的未来了吗？她随便捡了一根枯枝，支撑着，涉过一段泥泞。有一拨当地的孩子看着我们母子，说着奇怪的乐平土话，指指点点。可能我们的样子也让他们奇怪吧？母亲的身体重心朝牵着我的手上倾斜，撑拐的那只手一松，枯枝斜插在泥浆里了。

当年的乐平县城在我记忆里隐隐约约。满街的荒凉，满街的泥浆，一城烟雨蒙蒙，一城坑坑洼洼，岁月如我乘坐的那辆背着锅炉负重蠕行的长途班车，从这儿摇晃着碾过。所有的墙刷着牛粪和墨迹，所有的脸尽是菜色和柴灰。我曾企图通过肖叔叔的日记翻印乐平老照片，令我惊讶的是，日记里几乎没有环境描写，寥寥几行描写工棚的文字，只是叙述在热天工棚里怎样闷热难挨而已。许多的艰难困苦在他笔下长成了江南秀色，漫漫无涯的菜花和随风拂水的垂柳。他该不是用心里的春天诱惑着北方的姑娘吧？一路上我怎么没有看到这番景色呢？

学校大门紧闭，总也叫不开。孩子们围过来，高高矮矮的，依然裹着脏兮兮的破棉袄，去年冬天的涎水和红薯屑都牢牢地巴在上面，像带泥的大萝卜。在他们争先恐后的叫嚷声中，我紧搂书包直想哭，我害怕这个陌生的环境。但他们是友好的，我们好不容易才听懂，人家在提醒我们今天是礼拜天。

母亲一笑，说：明天再来吧。

当晚，却传来了宁赣铁路工程下马的消息。那一纸电文很可能是父亲译出的。我在一本资料里捕捉历史的密码。得知早在 1936 年 11 月，就在皖、赣境内成立了两个工程局，同时建设京赣铁路；其后屡停屡建，1981 年 12 月，皖赣铁路南北两段在安徽祁门接轨，1985 年 6 月 1 日全线正式运营。华东地区这条堪称第二的南北大动脉，全长五百四十二公里，比走上海到南京缩短三百公里，其工程却蜿蜒了半个世纪。

我所亲历的那次上马以指挥部会餐一顿而告终，英雄饮恨作鸟兽散。我直到现在仍对干萝卜丝烧肉情有独钟，就是叫那顿晚餐馋的。满满一脸盆萝卜丝没有吃完，里面还有漏网的肉吗？

肖叔叔的日记证实，宁赣线下马的时候，他的爱情工程已筑好了路基，开始从南北两头铺轨了，他们本来计划在乐平合龙，举办一个比晚会更盛大的仪式。

我读中学时，工程再一次上马，修建指挥部就设在我家附近。盼它尽快建成通车，是母亲时时念叨的心愿。这心愿写在每一封寄往南京的信里。她告诉外婆，宁赣线一通车，就是被背着抬着，她也要回娘家看看。我们与南京的舅舅、小姨甚至在信中设计好了旅行方案，对上车、途中护理、接车的每个细节都做了周密安排。自从铁路取消探亲免票，母亲有二十多年未见外婆。可是，总算盼得宁赣线通车，没多久，高寿的外婆却因脑溢血去世了。那是因为老化的血管，再也无法支撑那么浓稠、那么旺盛的思念了吧？

我第一次走宁赣线，便是乘火车到乐平。这条曾叫京赣线、宁赣线的铁路，正式命名为皖赣线。直到黄山山脚下，沿线各站都有支援新线去的我家老邻居。乐平的文友听说我差点成了乐平居民，酒兴陡然高涨。我们是在车站附近的大排档上吃颇有名气的乐平狗肉。在鸣蝉聒噪、犬吠呼应、人声鼎沸的暑天吃乐平狗肉。白切、卤腊、红烧，多样的做法能弄出狗肉全席。满城狗肉飘香，淹没了我对萝卜的忆念。

排档很简陋，也是油毛毡的顶棚，四面敞开。我醉眼蒙眬环顾周围，辨别着 1961 年的遗址。

我看见一棵垂柳，斜斜地长在路边。孤独着，却茂盛着。

那时候，医生们已经断定，母亲的腿病不是风湿性关节炎。病因不明怎么对症下药呢？于是，全家茫然了，相信了那些卖狗皮膏药的江湖郎中和气功师。有一位气功师，在我家院子里发功，然后进屋来问病人有否感觉。母亲摇头。他很不高兴，目露凶光，再去外面发功，接着进来再问病人的感觉。母亲怯怯的，只得点头。我不能反对家里病急乱投医的种种做法，因为那是无奈中的希望和慰藉。

那棵一树蝉鸣的垂柳，会不会是1961年的拐杖呢？

我问得自己心头一颤。

一次未能定居的迁徙。

一次不必报到的迁徙。

记忆是一本放得很不顺畅的黑白老电影。时时得开灯，剪接那发霉的胶片，跳过支离破碎的画面和声音，然后关灯接着再放。我清晰地记得怎样去乐平，返程的经过却忘得干干净净。

但是，最深刻的印象是岁月抹不去的。

母亲领着我回到母校。校长怎么也不肯接收我这个刚刚转走的学生。校长愤愤地离开办公室，在教舍的过道上踱来踱去，母亲就赔着不是一直跟着他，差不多该走到乐平了。

校长说：上个礼拜转学，这个礼拜要求回来，你当学校是一条龙菜馆呀，领着孩子来喝糊汤呀！

一条龙菜馆在三年困难时期是铁路职工向往的地方，每月

18号关饷，许多人领着全家老小去饱餐一顿，一人一陶钵用青菜米糊熬的糊汤，就站成一堆，把陶钵扣在脸上哧啦哧啦地喝，那是很幸福的事。我家楼下的检车工每每决定光顾一条龙，总要在门洞里对着楼上大声吆喝孩子：奶奶个熊！俺全家去一条龙你还磨蹭嘛！

母亲好说歹说，几乎是哀求，校长才劈手夺下她攥着的转学证明。校长把那张纸往桌子上一摔：你们开什么玩笑！

母亲忍不住了，反驳他：不是已经跟你讲清楚了吗？工程下马，我们又调回来了。怎么是我们开玩笑呢？

——才几天，走了又来，还说不是开玩笑！

母亲怕闹僵了，耽误我上学的大事，只好委曲求全：好好，我们不该跟学校开这样的玩笑。

这样，我才飞落在母校这座林子里。一只瑟瑟缩缩的雏鸟，被校长用狠狠的目光啄了几下，叼起来，放下，再啄。

那目光让我好久抬不起头来。我怎么能跟1961年开这么大的玩笑呢？

青春的临管处

师范大学中文系的老教授听说我家在鹰潭，他乡遇故交似的，一把攥住我的手，属于长者的慈眉善目，竟溢出青春的激情，青春的豪气。他用曾能撬动钢轨的大手告诉我，他过去在鹰潭当兵，是铁道兵。

我惊奇于这双手。几十年来，我结识了好些由铁道兵部队转业的官兵，他们一般不是当干部就是做工人，而且多在铁路工作。他却成了教授，其人生经历有着怎样的传奇？

既然他的青春驻扎在鹰潭，那么他应该知道临管处。我说我家就住临管处，后来那儿叫双水坑。

教授很是激动，喃喃地念叨"临管处"。我们用彼此的回忆相互指认，指认他的军营、我的家，他的食堂、我的影院，他的操场、我的游乐园。我惊讶于他的记忆，是一幅战胜了潮湿的岁月、依然保存完好的老照片，我不知道在他内心深处是否装备有高科技的恒温除湿设备。景物依然，风情依然，清晰得甚至能看清每一天。

比如，在部队食堂里放映的一场电影，故事片之前加映的动画片。我记得那动画片说的是老虎和山羊的故事。我记得初生的羊羔也不怕虎，竟和老虎叫阵，摇头晃脑地说：老虎肉好吃! 那句话成了我闻见肉香禁不住流涎的童谣。

教授会不会是拧过我的脸蛋、拍过我的脑袋，或抱着我一道看电影的哪个小战士呢?

屈指一算，差不多半个世纪了。

我和教授把初识当作重逢，当即相约，找个时间，一道去鹰厦线的起点鹰潭，去临管处，去上世纪五十年代。

所谓临管处，应该叫临时运营管理处。因为是临时的，陆续支援新线到鹰潭的铁路员工只当它是一个地名，并没有多少人能确切地道出它的来龙去脉，就像常驻鹰潭的铁道兵525部队所在地被叫作525一样。我父母1957年调到鹰潭，先是在临管处附近的单位上搭张铺，帘子一掀就进了家；后来建设鹰厦线的铁道兵大部队撤了，他们在临管处建造的五栋红石楼房移交给铁路做了家属宿舍，我家分得的住房便是原来的铁道兵医院门诊部，厨房是挂号处，两个房间分别是外科诊疗室和药房。教授歆歔不已，显然他进过我家。遇到其他铁道兵老战士，我只要提起当年的医院，他们都哈哈大笑：那就是你家呀！

老医院的对门，曾有很大的一个草棚子，白天是部队的食堂和会场，到了晚上就是电影院了。我常常怀疑，当年才四岁的我怎能记住一部动画片。有位家在福建邵武的年轻女编辑对此嗤之以鼻，说牛皮不是吹的火车不是推的，我反唇相讥：你家在邵武还不知道吗？火车有时要推，不推就翻不过武夷山。我让她回邵武时别忘了问问她那当过铁道兵的父亲，当年驻扎鹰潭是不是看过这么一部动画片，还有，食堂里是不是撑着许多的毛竹当柱子，扑啦啦乱飞的麻雀是不是经常掉进热气腾腾的饭桶里。那姑娘好久不给我回话，问她，她却红着脸替我剥了个橘子。

红石楼房的中间，是操场兼球场。一对木制篮球架，大约保留到了七十年代初。孩子喜欢在球架上攀爬，大人则常在上面晒煤饼，最甚者，也不怕闪了腰，竟把准备腌的白菜一棵棵挂在篮筐上晒，把煤饼一块块贴在高高的篮板上，像烤烧饼似的，这大概是民间的行为艺术吧。有一阵子，铁路住宅区流行自搭厨房，各家疯了似的抢地盘，从鹰厦线两边的山上拉来红石，盖起一间间东倒西歪的小房子，忽然就把整个球场给占了。

这样，能让教授辨认临管处的，只剩那五栋红石楼房了。而近年我每次探亲回去都听母亲说，这一片住宅区已经列入下一年的拆建计划。

今年，母亲的语气更加确定。

我希望那个计划继续拖延。不只为了我和教授的约定，更为了我心中的纪念。纪念一些人，一些日子，一些往事；纪念一种生活，一种建筑，一种石材。

那五栋楼房在盛产红石的鹰潭一带，可以算是红石建筑的代表作。砌墙的每一块石头如同经过精心挑选，一样的颜色，一样的平整，细密、均匀的錾痕，斜斜的，仿佛每根线条都测了角度。赭红的墙面看上去，整齐中富有变化，精雕细刻一般。当地石匠管修整石坯的工艺叫"洗石"，仅此一项就足以让几代石匠汗颜。铁路子弟上山抬石头为家里搭厨房，每遇石匠干预，便极尽嘲讽：拉你几块毛石还敢做声呀，跟铁道兵比比，你们洗好的石头也只能算废品！

灵得很，石匠们一听就喋声了，好像早在心里拜了祖师爷。

也是奇怪，楼房和人一样，说老就老了。几年前，铁路建筑段还说，这几栋房子大修一下，再住五十年没问题，如今哪栋新楼的质量比得上它，还冬暖夏凉呢。可能是心理暗示的作用吧，从那时起，忽然就见红石楼房渐呈衰相，墙面风化得很厉害，连高处也看不到錾痕了。随手抹一把，红粉飘飘洒落，墙角没了棱角。因为常有人倚墙躲雨晒太阳，蹭脚处便是深深的脚窝，靠背处便是深深的人形。当年用石灰水骑着二楼窗户从西头刷到东头的标语，自然也彻底风化了去，标语写的是：我们一定要解放台湾、金门、马祖、澎湖列岛！！！后面用了三个感叹号。修建鹰厦铁路的战略意义由此可见一斑。而临管处的孩子一看到还有那么多地方没解放，心头挺沉重的。我的少年时代，好些个假日都随着一拨男孩子在南郊扬旗那一带的山上转悠，指望逮个破坏铁路的美蒋特务，让老师表扬一番。我们还莫名其妙地担心，穿山而来的火车，能否看清设在弯道处的扬旗。

因为鹰厦铁路，鹰潭这个原先在地图上并无标识的小镇，成为一个小圆圈，接着又发展为双圆圈，被称作"火车拉来的城市"，这比喻十分恰切。但现在，鹰厦线已不再是入闽的唯一铁路通道了，我的朋友，一位政府官员去福建考察，在归途上凝望进入扬旗后铁路两侧的荒山，感慨道：鹰潭的优势已经失去。他在文章中指出，荒山上那成片的闲置库房，完全应该利用起来，建设物资中转基地。

那片库房，就是原铁道兵 525 部队。那里有铁路小学少先队的校外辅导员夏排长，他脖子上的红领巾是我给系的；那里有一支虎虎生威的篮球队，所有铁路子弟都是它的铁杆球迷；那里的俱乐部乃至营房，凭着衣裳上带路徽的纽扣，我们可以自由出入。然而，在铁道兵全体脱下了军装成建制地转入铁路后，它成为铁路的一个单位，只有少许人员留守。前些年，我沿着钢轨上锈迹斑斑、枕木间野草萋萋的专用线进去过，成堆的钢铁、水泥枕竟也被繁茂的植物覆盖着，满目荒凉、颓败的景象。比邻的郊区乡租用其中一座很大的仓库，办起了保温瓶厂，却是不闻机声不见人影，唯一能让我感受温度的，就是工厂招牌上的"温"字了。

也许，如今的风胜似往年，许多坚硬的事物转眼间就被它销蚀了。仿佛，连岁月也风化了。

但是，临管处的老住户心里永远藏着一种自豪：我们这几栋楼房是铁道兵建的。

其实，即便临管处旧迹难觅，也不要紧。在我眼里，任何一趟经由鹰厦铁路入闽的列车，都是前往二十世纪五十年代，前往一个、或一批铁道兵战士的青春岁月。

说起来，遗憾得很，直到现在，我乘火车走鹰厦线只有一次，仅到达距鹰潭七十余公里的资溪，还没过铁牛关入福建境，这长度不过是全线的十分之一。而青少年时代若想去厦门、福州，十分方便，随便和跑车的邻居、同学打个招呼，不用买票就能畅行无阻。参加工作以后，南方诸省我都去过，偏偏落下了最为便当的福建。

偏偏，那是一条对我最有诱惑力的铁路。

蜀道难，闽道也难。从前，鹰厦线上跑的货车特别短，只有二三十节，而且常用两个蒸汽火车头来牵引，翻山越岭时还得有个车头在后面推；那种火车头和跑浙赣线的不同，不似那么笨长粗蛮，很干练很精神的样子。我记不清谁叫"克得拐"，谁叫"墨克妖"了。由火车头的型号及所拉车厢的数量，我能想象出前方的崎岖、前方的险峻。

我很想体验峰回谷应的呼啸和速度，很想领略纷至沓来的隧道、深涧和漫漫无涯的林莽。一趟趟火车满载着浓郁的木材芳香，我即便坐在家里，也有香风袭来，也能看见武夷林海中所有被惊醒的眼睛和翅膀。我常去车站接车，接从邵武、光泽捎来的铺板和藤椅，从闽南各地捎来的香蕉、菠萝和荔枝、龙眼；而我们这些孩子钓鱼回来经过车站，鱼篓总叫福建旅客搜空了，无论鱼，还是摸来的河蚌、螺蛳，他们全要买。他们吃厌了海鲜和山珍吗？由我对沿线站名的熟悉程度，可以想见，我的心常在鹰厦线上梭巡。

然而，连我自己也疑惑不解，好几次动了念头却未能成行，是受天气阻遏，还是被冥冥中的玄机所牵制？或者，我自己把平凡的旅行看重了，非要负载沉重的思想行囊不可。我一直在为这次旅行准备某种心情吗，比如，一首诗，一束花和一听啤酒，再不，就是这篇散文？

在我的记忆里，每年雨季，临管处的住户都不由自主地惦念雨雾中的煤烟，雷鸣中的汽笛，眺望和谛听鹰厦线，关注着平时躺在车站备用线上的救援列车的动静。线路塌方之类的消息，顷刻之间就能传遍沿线各站，连老人和孩子也像运筹帷幄的将军，对千百里之外的抢修进度、开通时间了如指掌。我记得当年有位司机，发现前方山体滑坡，赶紧撂闸刹车，却是来不及了，危急之中，他威逼副司机和司炉跳车逃生，而自己陪伴着他的机车，一道钻进泥石流中。他的事迹曾传诵一时，可是，如今我在一本铁路志的人物篇里，并没有找到那个被我记住的名字。

鹰潭有位作家写了一本长篇纪实文学，书名叫《风雨鹰厦线》。我以为，"风雨"二字渗透了作家对这条铁路的真切体验和理解。它的确是穿行在风雨中的钢铁大动脉，一条湿漉漉的路。

此刻，我通过那本铁路志，剖析自己当年向往却犹疑的矛盾心理——

　　　　……经资溪穿越武夷山入闽境，地质构造系古华夏大陆的一部分，为太古代的花岗片麻岩，上层为石炭纪石英岩、板岩及三迭纪、侏罗纪沙岩及页岩。主要工程地质特征是岩层风化作用，尤以化学风化为剧，一般深达 5 至 15 米，使岩层物理技术特征改变，稳定性大为降低。水文大部分埋藏较深，地面下 4 至 10 米，土壤中水与裂隙水分布极广。沿线温暖湿润，雨量丰沛 ……

不必去深究那些地质学的概念，即便望文生义，也不难想象那穿风破雨的行程了。

劈山筑路的工程又该有多少惊心动魄的故事？

鹰厦铁路建成通车十五年后，常在 525 部队周围红石山上玩耍的孩子意外地发现，山塘的淤泥里尽是黄澄澄的铜片，碎的像炸开的弹片，完整的如子弹壳。山塘是采石造成的，四四方方，一口挨着一口，深如两层楼房，夏天水浅时便有孩子下塘捉鱼捞虾。那个夏天的发现让我们激动不已，都扛着铁锨拎着土箕去淘铜，有的甚至举家出动，半个临管处泡在山塘里。将淤泥铲进土箕，就着晒得滚烫的腥水使劲淘洗，一层铜片就出来了。废铜的收购价是七八块钱一斤，在那个夏天我一个毛孩子竟挣得了父亲养活一家七口的月工资，简直是一笔意外横财。惊喜之余，被烈日晒得脱皮的人们纷纷猜测：这里曾经发生什么，是排山倒海的爆炸吗？

有些大人断定，一定是当年铁道兵把报废的雷管倾倒在这里了。

粘着紫泥的铜片，散发着硝烟的气息，无声地震撼了平凡的日子。我从小就被告知，在鹰厦线上，平均每公里就倒下了一个建设者。果真如此吗？

若是，那么，每块里程碑都是墓碑，都是一个青春的生命。

这样，红石楼房赋予临管处的自豪感就是入情入理的了。我以为，这种自豪感恰恰正是集体深层心理最柔软最感伤的一隅，来自五湖四海的铁路人口，可以轻易地在同样来自五湖四海的铁道兵官兵中，找到乡音，找到依靠，甚至找到女婿。想当年，铁路的女孩子无不以嫁给525为荣。假若，风还是旧时的风，坚硬的事物依然坚硬，可能我所有的同桌都会成为军属。

临管处也向战士敞开了博大的胸怀。有两件事让我至今感动不已。读中学时，铁道兵部队的汽车先后出了两次车祸，先是一辆教练车撞了我的一个同学，两年后，一位连年的五好战士驾车不慎轧死了我家邻居的女儿。两个失去儿女的家庭，在悲痛中都没有为难部队，他们向部队提出的唯一要求竟不约而同地充满温情：请首长千万不要处分司机，他还是孩子呀，比我的孩子才大多少，他身后还有一辈子呢。

我家邻居甚至把那位五好战士认作了自己的儿子。每个节日战士都会提着大包小包出现在我的视野里，叩开一扇博爱的门，被再生父母拥入怀中。战士认的父亲是大字不识一箩的装卸工，母亲则是生育了五个女儿、腰背蜷成半个圆的家庭妇女。竟也奇怪，一个长舌妇从此深沉起来，话短了个子高了，腰硬了笑容柔了。我最后一次见那战士出现在临管处时，他已是一家三口，一个顽皮的男孩滚着铁环似的中秋圆月，蹦蹦跳跳，走进父亲青春的临管处。

而撞死我同学的那位新兵司机，可能责任更大些，尽管有死者家长力保，部队还是给了较重的处罚，并把我同学的哥哥招去当兵。于是，本来随着人家一道抹泪的左邻右舍，好像怀疑人家有勒索之嫌，表情变得暧昧了。

受鱼水之情的熏陶，临管处的孩子对铁道兵崇拜得不得了，读到吕正操将军的故事，无不奔走相告，仿佛这位铁道兵政委也是我们的将领。凭着一本革命回忆录，我在车站扩建工地上结识了一个铁道兵战士，姓揭，广东人。我翻出写吕政委的一篇给他看，他马上就拿我这个中学生当知己了，那两年我们来往很频繁，或者我去工地看他，或者他在校门口等我。我还邀请他来家中玩，为此，他专门拍了彩照送给我。我送他的却是从证件上揭下来的带着钢戳的黑白照片。母亲忧心忡忡地埋怨我：你这孩子，让人家解放军叔叔上彩干吗，不怕变修啊！

此刻，我从影集里翻出他的照片，凝视着他那仍带着稚气的大眼睛，不由一怔：他后来因违纪被遣返回乡，会不会是彩照惹的祸？

我一直记得关于临管处的约定。可惜，其后不久，已退休的老教授被福建某校聘用，我很难联系上了。

我想象穿过青春岁月入闽的他，该有怎样的表情和心情。火车头由蒸汽改内燃又换成电力机车，扳道房早已消失，信号灯实现了现代化，钢轨、枕木不知换了多少茬，但是被煤烟、机油染黑的道砟无须更换，依然坚硬如昨。

所谓岁月无情，是否指的是，生活和人生轨迹上的幸存者，往往是平凡和微小？

现在，我可以从临管处出发去车站了。我已梳理了心情，备好了行囊。我将拿这篇文章去买票。平均每公里付十个字。或者，在每百米的标志处，交一个字。

教授会在一路上辨认当年的道砟吗？

我会。

列车启动之后，我马上能认出被 1957 年攥过的道砟；然后，在十公里以内的线路上，尽是我和临管处的孩子共同保卫过的道砟……

成长岁月的法治体验

我从前居住的小城曾有"小苏杭"之誉。它的美在于和火车站相对的公园，几座山头雄踞于一弯澄江之侧，几棵古樟，满树白鹭，一片灌木，遍藏翠鸟。水贴着崖壁流，船划着树影走。但见渔人收起网来，半是鱼鳍半是羽翼。

还有几条街的行道树，让小城充满南国情调。一条，全是浪漫的合欢，在开花的五月如红袖飘飘；另一条，栽的是喜树，高大挺拔，如乐观向上的男子汉。从火车站到公园，则是两行棕榈一路芭蕉。

棕榈和芭蕉的中段，六十年代辟出一座万人广场。一个小山包，却没有全搬走，留了一小部分继续因地制宜做主席台，而且那里有人防工事的入口。听说，以前这儿便是群众聚会的小广场，如果开公审大会，宣判完毕，把该死的犯人拉到山包后面执行就是，十分的方便。后来，刑场迁到了南郊。留着的土堆，其意义便有些暧昧了。

每个重大节日之前，广场都要召开公审大会的。开会的时候，刑车就在主席台旁边等着。刑车一旦发动，会场便像炸了营，与会群众四散奔走，急切赶往刑车必经之路的某个好望角，以便最贴近地看清死囚的面目和表情。为了达到鼓舞人民威慑敌人的目的，刑车所选择的路线总是繁华地段，它载着罪犯缓缓地在市区游街示众，然后，在我家附近的十字路口一拐弯驶向南郊。离开市区，它就撒欢儿跑了。但人们锲而不舍，更有成群男女早已捷足先登守候在刑场附近。那片丘陵山坡虽时有鲜血灌溉，仍是草木稀疏，即便是晴朗的日子，也阴风习习，充满肃杀可怖的气氛。唯有行刑前的那一刻，才热闹非凡。当然，荷枪实弹的刑警是不允许观众靠前的，都堵在公路上。就是说，他们不辞辛苦地赶来，只能听响。尽管如此，他们从无怨言和悔意，乐此不疲地赶着场。

我也曾是他们中的一员，数百人追着刑车狂奔，那场面实在富有感染力。我观看过的死囚依次为现行反革命分子、大贪污犯、强奸杀人犯、抢劫集团首犯和主犯、投毒犯和其他几个杀人犯。最叫我们铁路子弟解恨的，就是瞄准现反分子的那几声枪响了。他从山上把巨石掀到轨道里，险些造成车翻人亡的大灾祸。当时，一连好些天，都有警犬在现场周围的山上拉网般侦查，满山犬吠刺激得铁路中学的男孩子热血沸腾，一放学就往山上去，企望和警犬抢头功。案子告破，是在一两年后。那个死囚吃了枪子，可能因为家人不肯收尸吧，尸体被一家部队医院要了去。我们一拨胆大好奇的半大男孩，居然打探到了确切消息，居然成功地混进了戒备森严的部队医院，居然神不知鬼不觉地潜入了像太平间一样偏僻、死寂的解剖室。我们看到了那具尸体，赤裸裸地躺在药水池里，没有头，像一只扒掉皮的大青蛙。有的小说家老爱把女性的玉体称作"青春胴体"，以为很美。何谓"胴体"？这只割去首级的大青蛙便是。想着他企图颠覆列车的罪行，我们义愤填膺掏出家伙排成一溜儿冲着"胴体"一阵狂扫乱射，每人都补了一梭子。

我们的仇恨还有别的缘由。

在此案真相大白以前，做着英雄梦的我们，整夜整夜在小城的街道上梦游。幻想着某一天，意外地发现哪个坏蛋或别的可疑者。那时候，连小学生的学期鉴定里都有战备观念如何的评价。作为中学生，我们十分明白小城的重要战略地位，是前线的后方，后方的前线。我家住的那栋红石楼房墙上，当时仍留着五十年代用石灰水刷下的标语：我们一定要解放台湾、金门、马祖、澎湖列岛！！！想到这么多地方没解放，心里挺难受的。进了中学，好些女孩子身体蓬勃了，有个女生依然瘦小得像只秧鸡，大人说，她是叫美蒋特务撒下的糖果给害的，她幼时在火车站捡糖果吃中过毒。我相信这一说法，因为 U2 型高空无人侦察机真的光顾过我们的头顶，报载在华东地区击落敌机的消息，其确切地点就在小城周围。

因此，我们有理由怀疑每个夜晚，怀疑每个鬼鬼祟祟的动作、眼神和身影。我们常常守候在棕榈树旁，芭蕉叶下，那里是出入车站的咽喉，是坏人潜入或逃跑的必经之路。发现可疑者，我们一般是跟踪观察。我印象最深的一次跟踪，走了有七八里路，走到了郊外，结果还是跟丢了。很沮丧地回来，一路上大家反复回忆那人可疑的行迹，说他躲在电杆后面划火柴是发暗号，要不怎么还对着电杆踢三脚呢，怎么躲躲闪闪尽走暗处呢，怎么东张西望时时来几个怪异的举动呢。把情况这么一凑，都懊恼不已，都觉得功败垂成。

最具讽刺意味的是，我们之中块头最大的一个男孩，长相酷似外地警方正在通缉的罪犯，让火眼金睛的小城卫士盯住了。也不知那位便衣跟踪我们多久了，有天夜里，我们进了理发店，等到我们理完发，站在风扇下凉快的他拦住了我们。吊在头上的风扇是一块长方形的纸板，好像是靠人力拉动的，啪哒啪哒，扇得人心都凉了。

他把我们请进了公安局。一个个审。表情很严肃，目光和那条"一定要解放"的标语一样坚定。因为要证实我们是否真是本地学生，他甚至像如今的"综艺大观"主持人那样，出了一些关涉本地的地理题、风俗题、人物题。比如他问我：你说你家住在双水坑，那儿为什么叫双水坑？因长相让我们受牵连的大块头，则被要求回答本地特产是什么，他答道：红石，柚子，瘌痢头。

回答正确，便衣变得和蔼可亲了，欣然送客出门。

那泡尿，就是英雄饮恨的排泄物。

在此之前，我还有一次被讯问的经历。确切地说，是发生在中央苏维埃政权所在地红都瑞金的审讯，场面比小城正规得多，有审判长、审判员，还有书记员。

小学毕业之际，"文革"起来了。在红卫兵步行大串联的热潮中，我们十多个男孩子也拉起了一支队伍，要走瑞金再去井冈山。找学校开了一张介绍信，并做了一面旗帜。凭着介绍信，出发前可在学校领一叠红红绿绿的毛主席语录卡，一路散发；到达沿途各县，还可去红卫兵接待站申领。

我们的队伍向南挺进。一出城就得经过南郊的刑场，那片草木稀疏的丘陵令我们不寒而栗。于是，便装腔作势地齐声歌唱，脚下却是急急慌慌的。第一天赶了一百零八里，天完全断黑后到达金溪县城。第二天一早起来，都走不动了，便闹内讧，分裂的结果是大多数人扯下旗帜打道回府，剩下三人分得一纸介绍信和一根旗杆，将旗杆截成三根拐杖，继续一瘸一拐地前进。前方，不断传来流行性脑膜炎爆发的消息，县城和乡镇这类海报铺天盖地。我和一个同学因感冒去县医院开药，医生不问青红皂白，把我俩扣下住院观察，另一位吓坏了，悄悄当了逃兵。

医院把我俩关了一周才释放出来。出院后，我们依然执意前行。历时二十多天，步行四百多公里，我俩终于喝到了沙洲坝的红井水。

好像就是在沙洲坝，我那同学遇到了他的哥哥。他哥哥是高中生，独自骑自行车来的。为了冒领更多的语录卡，那个高中生出了个主意，让我俩和他交换介绍信，各自再去接待站申领。反正接待站只是看一眼介绍信，并不登记，换张面孔未必能记得。语录卡大小似如今的名片，很受沿途围观串联队伍的群众欢迎，当他们用土话高喊"我要最高指示"时，摸出一把撒出去，看着他们在公路边雀跃着争抢，当时觉得很神圣很自豪。

不料，那个高中生用我们由小学校开出的介绍信，获得了成功；而我们拿他的介绍信却被人识破了。

逮住我俩的是来自北京政法大学的大学生。而且，我们在前往瑞金的途中曾两次相遇，我俩还搭过他们拦下来的卡车，也算一路同行的战友了吧？但是，他们是学法律的，他们正好可以进行法律实践。

我记得那个审判庭是临时布置的，是一间空空的教室，拖来几张课桌组成审判台，中央的板凳上坐着被告人。大学生们很威严地入席，审起两个懵懵懂懂的小学生来。问我俩的真实身份，问这张介绍信是怎么弄来的，问我们有没有前科。

我俩除了不懂"前科"的意思，别的全招了。全被人家记录在案了，还在记录上按了手模。

后来，我俩不敢再去井冈山，乘汽车赶快回家，带着一身的虱子一身的晦气。母亲把我全身的衣服用汽油搓、用开水烫，还逼着我用汽油洗头，总算把虱子消灭干净了。可是，在其后很长一段时间里，我一直忐忑不安地等着学校的惩罚。

政法大学的人威胁道：你们的行为，我们一定会让学校做出严肃处理的！

时间证明，那只是大学生吓唬小学生而已。

在广场上召开公审大会，颇有杀鸡给猴看警诫老百姓的意思。但话不这么说，满街标语都说是"灭阶级敌人威风，长革命群众志气"或"打击敌人，保护人民"，稍露骨些的，称："打击敌人，教育群众"。所谓公审，其实没有审理程序，只是宣判一批、公捕一批。所以，有时又叫宣判公捕大会。我读中学时，经常被组织去出席大会，有时站在学生队列中，有时作为居民卷在女人堆里（我母亲身体不好，如果每个家庭要派一名代表，那只好派我了），有时我兼有双重身份，不得不两边站站。开起会来，动辄万人，广场上密密匝匝的一片人头，都踮着脚尖伸长脖子。在宣判已押上台的罪犯前，一般都要从人海中揪出一些人，被公捕的一批便是下次开会的主人公了。每当这时候，偌大的广场居然鸦雀无声，能清晰地听到周围的心跳和汗滴。在人人自危的紧张气氛中，即便好人也不免心虚。台上所宣布的姓名，被从各个角落里揪了出来。我常常想，公捕是否事先设计好了，他们怎么一逮一个准呢？

我插队所在的农场，有个青年职工带着场长的女儿去看过几次电影，就叫那姑娘怀孕了。场长勃然大怒，召来公安，要求以流氓罪法办他。谁知姑娘却拐走小伙子，在外面躲了一阵子，看来是死心塌地的爱情无疑了。场长无奈却不甘心，等到他俩回来后，再不威胁和恫吓，只是沉着脸，派小伙子去城里参加公审大会。我无法揣测小伙子当时的心情，反正会后他就蔫了，爱情也蔫了。场长带着女儿找了个土郎中，冒死打掉了已隆起于腹中的胎儿，然后草草把她嫁给了一个偏僻而陌生的小村子。可见，开会的教育作用不可低估，那是触及灵魂的。于是，我想，人们追着刑车奔跑的疯狂，不会是一种如释重负的爆发吧？

公审大会之后，全城的大街小巷马上就贴满了布告。为了以利观瞻，同样的布告要挨着贴上好几张。在当年，这样的布告可能是最引人入胜的读物了，每个罪犯的名下，就是一个故事梗概。有些甚至隐约可见情节线索。读那样的文字，可以培养想象力。我在观看布告时，总能听到对某个罪犯、某个案例的各种版本的演义。我有一位朋友，在八十年代，凭着对当年布告的记忆，以那上面性犯罪的案子为素材，编了不少通俗故事。其实，布告之所以为群众喜闻乐见，恰恰在于那些关涉性罪错的内容。除了现反之罪，布告上最常见的罪名可能就是通奸罪了。而在我朋友的通俗故事里，他为许多负罪之身脱去了囚衣，换上了爱情的外套，美丽而哀婉。

可能是民不举官不究吧，就在那通奸可论罪的年代，我在自己暂且栖身的小小的农场，竟发现了一个令我瞠目的秘密。那里最早进场的几个职工，其妻女几乎都和首任负责人有染，他们经常在我耳边彼此揭发，有的甚至把自己窥见那事的日子记了下来，不，是把一页页日历撕下来，珍藏着。其目的肯定是用来保护自己反击别人。农场的宿舍是泥木结构，隔墙是竹篱抹上黄泥和白灰，听多了传言，我便留意了，果然家家墙上都有人为挖出的眼。我插队期间，那位早已返乡养老的领导曾来农场看望他的老相好，平日里相互指戳的几个男人，在他面前却是同样的卑微，都点头哈腰、诚惶诚恐，仿佛倾尽所有也不能报答他似的。而他曾给予的好处，无非是多给人家记了几个工而已。他的后代步他之后尘，到公社当干部、玩女人，玩了几个女知青，赶上当年的一次"严打"，被判二十年徒刑。

我在乡间的机耕道上常常遇见其中一位受害者。她插队的村子本来在另一个方向，出事后，便调换到别的公社来了。

那个姑娘很好认，胖胖的圆脸总是血红血红的。所以，在我们目光相遇的瞬间，我不免为那颜色犯惑。

那位通俗文学作家也写过她。在他笔下，她委身于人，却是情感使然，因为别的真正的受害者告发，才把她牵扯出来。这和我当时听说的故事基本吻合，但她后来的情况我就不清楚了。从我朋友的中篇纪实里，我得知，施害于她的那个男人十多年后放出来，纠缠她很久，要和她结婚。作品在她茫然无措的苦笑中，留下一个耐人寻味的尾巴。整个故事充满黑色幽默意味，但我确信，它没有虚构。

农场有位技术员，读高中时被判现反罪，在劳改农场学得果树栽培技术，刑满后为我所在的农场收留，被看中的正是他的一技之长。当年我虽脱产当会计，却对园艺十分着迷，成天跟着林业队去剪枝、疏果、打药，与他交往自然频繁。瓜果飘香的夏天，我们偶尔会拖着大板车上街去卖。上街必经广场，若要绕过广场，须待附近一所中学打开后门，横穿学校出来。他是忌讳广场的，总要赖在学校后门等一阵子，巴望有人开门，实在无奈了，才顺从大家。经过广场时，他的神色很复杂，瞟一眼主席台，脸就灰了，慌慌地加快步子，他的耻辱就是那高耸的土堆。

我离开农场几年后，顶职进城工作的他忽然当上了总经理，承包了广场主席台旁边新建的一幢商厦。那时，它是小城最高的建筑，并在全城商场中率先使用了电梯。冲着那电梯，商厦一时间顾客如织，或曰游人如织。我不知道他和主席台比邻而居时，感慨多少，心情如何。我猜想着，他之所以承包雄峙于主席台旁的大厦，是对过去的蔑视、挑衅，还是伸张和呵斥？我曾在商厦里转了一圈，希望找到他和他叙叙旧。为电梯而骄傲的员工，并不理会我的询问，我只得悻悻作罢。

没多久，广场主席台被拆毁了。商厦遮挡着阳光，它是一棵蔫黄的植物。在它的遗址上，如今栽着新的高楼。没了主席台兼审判台的广场，其实也失去了广场的意义，演变成街心花园。我每年回小城探亲，漫步其间，总是恍若隔世。我隐隐地担心，经历着精神变迁的小城居民，总有一天会彻底忘记广场的历史。

甚至，连许多的美丽都在不知不觉间被砍伐了。何况那些阴冷、凝沉的记忆？

比如，棕榈与芭蕉、喜树与合欢是被一声号令屠戮的。还有一街槐花，则是被一棵棵逐个暗杀的。囚在烟尘里的古樟，如今已是蓬头垢面、垂垂老矣；至于白鹭和众多的翠鸟，差不多流放了几辈子，它们的重孙辈当不知怎样填籍贯了。

孩提时，我对一位担任人民陪审员的大妈崇拜得不得了。她不过是个家庭妇女，六几年的时候忽然风光起来。不过，风光只是因为名分，作为我家邻居，我知道她好像也没怎么代表人民去谋事干活，成天织着毛衣走门串户家长里短的她，又能干什么呢？前几年清明节，我在小城郊外的马尾松林里看到一座生坟，面积相当于一个可以开 party 的客厅，墓基用红石砌得怕有两层楼高，从山下仰望很是雄伟。墓主便是依然健在的陪审员夫妇。听说他们常在晴日里上山看看自己今后的寓所，很欣然地安度着晚年。

想象他们凭吊自己墓地的情景，我觉得他们已经生活在下辈子了。

他们还能理解前世的审判、刑车、布告以及其他吗？

儿戏中学

从长有高大桉树的小学，到坐落在秃岗上的中学，路程只有三四里，可是，待我真正走进初中课程，差不多就该毕业了。

小学毕业那年，毛主席要在北京接见红卫兵。学校派出一位代表，是校长的儿子，而不是当着少先队大队长的我。当时，我肯定闹情绪了。于是，父母开了张免票，派我去南京；在经由上海去南京的列车上，巧遇我的班主任，他叫我猜字谜，金银铜铁，打一地名。明明知道他是无锡人，我却偏不回答。

我自个儿去让外婆接见。那时候，铁路家属一年有两张免票，坐火车不花钱。我还可以去济南天津，让姑爷爷舅爷爷们接见。

毛主席接见红卫兵之后，满世界流行红颜色。红旗、红宝书、红袖章，煞是耀眼，煞是勾魂。可是，小学生要得到那一方红布，起初并不容易。懵懵懂懂的，不知该怎样使自己"红"起来。

忽然来了几个中学生，各是各的司令，各为自己招兵买马。大约都不甘在中学里屈为人臣吧？我加入了钱老板的队伍。钱老板正读初二，好像是调度员的儿子，姓钱，人称钱老板。钱老板动员我们加入时，慨然许诺，保证能弄来大串联的经费。都渴望经风雨见世面呢。

钱老板的队伍其实形单影只，连我一共三位小学生。所以，钱老板钱司令不配政委，不配副司令，只拿我们三个当警卫员。不过，钱老板毫无司令的官架子，作风民主，平易近人，有事总是大伙儿一块干。仔细想来，打加入起只干过一件事，那就是一同去印染店定制红袖章。我们的袖章上印着"红旗红卫兵"，都是毛体，"红旗"二字略小，置于上方。

比我们高两届的钱老板果然兑现了诺言，为我们开来介绍信，用领到的少许串联费印制了一些红红绿绿的纸片，是毛主席语录卡，是最新最高指示。大串联为了播撒革命火种，它就是火种。没想到，他把旗帜也交给了我们。

本来打算乘火车串联的。可是，一趟趟列车满载红袖章，连车门口、车顶上都是。车厢成了人肉罐头，人肉浸泡在屎尿里。铁路家属区每天都沉浸在挤死人、轧死人、摔死人的恐怖传言中，听说还有女生是被尿活活憋死的。父母自然强烈反对我们乘车串联去。何况，一帮小学生也挤不上车呀！

只好徒步出发。红旗直指红色故都瑞金。我们走了，钱老板就成了光杆司令。究竟为何不率领我们亲征，不知道。或许，因为他是独子，独子不当兵；或许，他得留守司令部，总不能倾巢出动吧？

　　二十多天后回来，却始终未得钱司令接见。他甚至忘了索回那面红旗。第二年春天进了中学，也不见其影踪。正停课闹革命呢。他不来学校，也懒得闹革命了。几年后，在路上偶遇，他已长大成人，顶职当了调车员。当时，他双手撑腰，一脸的痛苦。他被溜放车轻轻撞了一下。真是万幸。

　　大串联的风潮刚刚过去，我马上就去了济南。不是图让谁接见，为的是把去老家过了多半年的奶奶接回来。去济南要在上海倒车。下车容易，上车却难。上海的造反派和保皇派正闹武斗，两派都冲进了车站，站台上熙熙攘攘，上海至北京的列车所有的门窗上都是撅起的屁股，挥舞的手臂，愤怒的脸。站台上林立的大腿淹没了一个十二岁的男孩。

　　幸好有人发现了我，并高喊道：让小孩先上车！竟也奇怪，为了抢占列车而拳脚相向的两派人群，顿时安静下来，并瞬间达成默契，都伸出了援手。我被高举在攒动的人头之上，打站台经车门一直传递到硬卧车厢里。

　　两派都是产业工人，都是彪形大汉，都要到北京去告状。列车晚点开出，在沪宁线上不时地临时停车，有时一停就是几小时。保皇派说，这是造反派干的。造反派说，这是保皇派逼的。途中，两派的人都拿我当他们的孩子，关怀备至。快到济南时，他们又先后来动员我，要我跟他们去北京做证人。

证明什么呢？列车几点钟从上海发车，在哪里停车多久，在上海站围堵列车的是谁，如此等等。双方都把各自的标准答案教给我了。

我说，我要接奶奶，奶奶在姑爷爷家等我。

两派都没有为难我。不料，其后不久，我竟被一个冤魂弄得狼狈不堪。某天早晨，与我家相邻的两栋楼房墙上，突然刷出两条对峙的标语。一条道：刘华烈士永垂不朽！血债要用血来还！另一条对死者就很不恭了，说死得活该死了喂狗狗还嫌臭。尽管人们悼念或诅咒的肯定不是我，在相当长的一段时间里，我心里却一直忐忑着，生怕有人当众高喊那个姓名。好在同学都是邻居，彼此习惯呼小名，并没有谁拿我当烈士或喂狗的什么来戏弄。

死者是个调车员，听说他参加过保皇派。当时，加入某个组织是一种时尚，当逍遥派是耻辱的。可是，他并非因武斗身亡。人家远离武斗现场，安分守己地当着夜班，岂料，一颗不长眼的流弹还是把他跟武斗联系起来了。

尽管不用上课，我们还是天天去学校。为的不是闹革命，而是扒火车。我们家住西站，铁路中学在东站，东站是调车场，进库出库的火车头，解挂编组的溜放车，必定要到我们家门口附近换道。我们把火车当作了接送学生的校车。

我没有扒火车的胆量。可走马路来回，与女生为伍，为男同学所不齿。与危险相比，男孩子更害怕被讥嘲为胆小鬼。起初，只是扒守车，守车很安全，上面还有座位，冬天能从守车中央的煤炉里掏出煨红薯。那是运转车长下班时遗忘的或吃剩的。分享着红薯，眨眼间到了目的地，实在很幸福。只是常有调车员飞身上车。他们一般都很凶恶，或怒骂或敲打，极恶者会逼我们从缓缓行进的车上跳下去。

危险就在于跳车。几回回扭伤腰，几回回摔痛了屁股，居然也掌握了跳车的诀窍。于是，一个个胆子更大了，要当飞虎队。看准车厢的扶手，随着溜放车猛跑一阵，一伸手，一弹腿，居然稳稳当当扒上去了。如附在檐下的紫燕，贴在壁上的蝙蝠。

乐颠颠地到了学校。不必背书包，不必佩校徽，不必揣着中学生的许多烦恼。没有老师的教训，没有铃声的管制，更没有作业。多半时间还是待在教室里，课程只有一堂：玩。

扑克军棋象棋西瓜棋，是英雄自有用武之地，张张课桌都成了战场，处处烽火狼烟，时时杀得性起。为翻军旗直翻白眼，为当头炮唾沫横飞，为剃光头手舞足蹈，为钻桌子泼皮耍赖，赢得趾高气扬，输得热泪盈眶。跋涉人生的种种表情，都是那时练就的。

遍尝了成败荣辱，便也看破了棋盘上的功过得失。于是，都祈望摆脱无休止的厮杀征战，都渴求创造一种皆大欢喜的游戏形式。大约是受那配合钻桌子的"鼓乐"的启发，某一天，有同学禁不住手痒，无端地拍起桌子来。原来，拍打桌子的喧闹剔除了钻桌子的意义，就是崇高的艺术，就是打击乐。

于是，男生女生纷纷仿学，以课桌为鼓，以双臂为槌。咚巴咚巴咚咚咚巴，咚咚巴巴咚。若要击打出节奏来，也非易事，需不断演练。然，功夫不负有心人，终于有一天，归杂乱为一统，集百家而齐鸣。肉拳狂抡，如威风锣鼓；双掌猛击，似赤道战鼓；手指轻叩，像少先队的队鼓。鼓声如雷，招来了满校园的眼睛。

就这么闹腾了多日，忽然觉得耳鼓生疼，耳鸣不已，想必是噪声所致，也是腻烦了，便思想着花样翻新。

玩，因地制宜地玩，没有条件创造条件玩。原来，教室也可以成为流连忘返的游乐场，桌子凳子也可以成为奥妙无穷的魔方。

先是用课桌摆成两座对峙的方城，旗鼓相当地把人划为鬼子与八路，各据一端，折纸为弹，狂扫滥射。继而，发现课桌板凳具有积木的功能，具有建筑构件的功能，很可以创造建筑艺术的杰作，于是，化干戈为玉帛，鬼子八路、男生女生共同携手，摆布起来。

由拙到精，由简到繁，老天爷，那再也不是战壕地道堡垒了，是曲道回肠、幽深可怖的魔窟，是神奇瑰丽、柳暗花明的迷宫，是雄伟壮丽、金碧辉煌的御殿。几十号同学都藏在以课桌板凳建造的魔窟或宫殿里，做一天妖魔鬼怪，做一天猴精花仙，做一天公主王子。陶陶然悠悠哉不亦乐乎！

讲故事唱歌捉迷藏。累了饿了，这才走出深宫爬出魔城。哇，天色已晚，真是洞中才一时，洞外已一天；仙界才一回，世上已千年。

停课的日子是漫长的。日子一长，每每爬出迷宫洞府，心里便有了几分凄惶。这种愁滋味也许是一位女生勾起的。她每天在黑板上练一阵子字，再写下"到此一游"，独自悻悻离去。当她练得一手好字时，学校接到了复课闹革命的通知。我记得那是秋天，收获红薯的季节，来自沿线工区的同学常以蒸红薯为午餐。

复课后，课程大约有语文、代数、音乐、工业基础知识和农业基础知识。既没有课本，也没有讲义。音乐课倒是经常油印一些革命歌曲散发，蜡纸由同学轮流刻。我的字难看，我比较擅长站在油印机旁推滚筒。最受欢迎的课应是农基。农基老师原本教化学，恰好他满口方言，且长得像老农，令我们兴致勃勃学说他的方言，得以记下好些农谚，其中的气象农谚让我受用了好些年。现在不灵了，现在的天气喜怒无常。也许，上农基课正是我们将奔赴广阔天地的先兆。

那位女生当初肯定料不到，复课后，她反而常常被停课。学校出批判栏，班级出黑板报，都需要她那娟秀的好字。批判栏常出常新，即批判资产阶级教育路线，也批判具体的人，走资派、学霸、反动学术权威等等。抄稿子，成了她最重要的课程。这还不算，学校成立毛泽东思想宣传队，硬是把她也拉了进去，每天下午均为排练时间。性格内向的她并非能歌善舞，而是因为批判栏矗立在校门内侧，她经常站在凳子上抄稿子，那亭亭玉立的身段，太引人注目了。

可怜见的。

除了宣传队，学校后来还有一支奇异的队伍，其中老的少的都有，整日在刚落成不久的校园里平整操场、拉煤渣铺路、烧锅炉，乃至打扫厕所。他们被剃成光头，挂着牌子，牌子上的姓名打了叉。最年少者，才十四五岁。那时候，说错一句话，写错一个字，不小心弄破一个像章，都有可能被打成现行反革命。偏偏，瓷器像章大量发行，不知害了多少人。

我恍惚记起，体育老师先是因海外关系被揪出来，后来多了两顶帽子，现反和流氓。关于流氓，有大字报揭发，说他带班去江里学游泳，故意在水中用双手托住女生身体，而且，公然在沙滩上当众套上花裙子换游泳裤，如此等等。体育课没了老师，只能练队列，一二一，练了近两年。读高中，我们转入地方中学，那时体育课索性被改为军训课，还是立定齐步走。有意思的是，做了六年知青后考入大学，进校头一周，仍然要练队列。

每个学期，个人要做自我鉴定，再由集体评议。其目的在于，发扬成绩纠正错误以利再战。这也是最高指示。我的不足之处与生俱来，并贯穿一生，即老好人思想严重。体育课安排打篮球时，我等四体不勤者尚可以当啦啦队，场上也容不下那么多人呀。体育变成出操后，我便自觉地添加了一条缺点：有怕苦怕累思想。

以后，下厂学工，去乡下学农，这条缺点一直伴随我。直到初三，它被"战备观念不够强"所取代。那时，个人的缺点总是紧密切合着一个时期的主题词。

我生活的那座小城，是鹰厦铁路的起点，是前线的后方、后方的前线，它一直被美蒋特务惦记着，从台湾起飞的高空无人侦察机曾频频光临。从小，我的梦里充斥着有关战争的意象。而在初三下学期，战争突然变得更加具体可感了，它是青天白日里响起的凌厉的防空警报，是铁路沿线密布的高射机枪，是潜行在夜色中的一趟趟军列，是各个单位争相开挖的防空洞。

学校也不例外。学校建在光秃秃的红壤山包上，全校师生在山包上摆开了战场。军事化后的班级叫排。挖防空洞正是以排为单位。一个排几十个人，分成若干小组，轮班作业，昼夜不停。

那阵子，原本一天三次播音的学校广播站从早到晚哇啦哇啦，激励大家一不怕苦二不怕死，就凭着铁镐铁锹不断向前掘进。许多的茧子变成了血泡，许多的血泡破了，揭去皮，长出嫩肉，很快又磨出了老茧。虽然目的神圣，可一旦钻入那真正的洞府迷宫，一个个却是游戏心态。从此，校舍之下，一条条黑黢黢的老鼠洞纵横交错。

这大概可以算作回报母校的拳拳之心了。当然，也是交给初中时代的答卷。对了，这三四年里，我还曾采桑养蚕，满世界去寻找桑树，到头来，收获了一脸盆蚕茧，倒入沸水中缫丝，结果弄成了一团乱麻似的蚕丝疙瘩；还曾徒步前往邻县县城去买书，那里的新华书店并不比我幻想得更富有，除了红宝书、马恩列斯和一些有关时政的单行本，再有就是农业科技类图书。我买的是通俗易懂的怎样养鸡、养鸭，以及《养蜂法》。我养了一群鸡鸭。书本真是好老师。其中一只鸭，居然能连续半年一日不停歇，一口气生下一百八十个蛋，而且，六个蛋足有一斤重。

我还记得那青皮鸭蛋的色泽和形状。

1972 年的人与事

我的工龄起始于 1972 年 2 月。起始于一次在赣剧院举行的欢声雷动的大会。起始于一本红彤彤的光荣证，也许，还有同样鲜红的一朵大红花。我记不清了。我想，光荣证是理应佩戴大红花的。不过，那么多的光荣证，得耗费多少红布呀？

弟弟也得到了光荣证。他是老二，初中毕业，本来有两个选项：升学，或者插队。而高中生一律插队，除非病留。病留需医院开具证明。父母紧锁愁容，为我想出了留城分配的理由：近视，脚气（不过是小脚趾的丫巴痒痒罢了）。得知病留控制得很紧，也就无奈了。后来，父亲曾悻悻地讥嘲我的得以病留的同学。是的，真有因近视而病留的。

对弟弟，父母则气得心疼，骂着抹泪。父亲在志愿表上为他填下的是"升学"，可递到他手上后，被他悄悄擦掉，改为"插队"二字。那块橡皮叫逆反，那支笔叫任性。

我和老二分在同一个公社，却是南辕北辙。难为了要送儿子下乡的父亲。可父亲决定为高中生送行，而不是才十六岁的初中生，气弟弟不听话呢。当然，也有对付长舌邻居的理由，老二有拖拉机接，老大没有。

小城很小。过了我家附近的铁路道口，横穿村庄和田畈，翻越一座座丘陵，就是广阔天地。接我的是一位哧啦哧啦吸着鼻涕的贫下中农，他叫小老周；一架替我们载行囊的独轮车，又名羊角车。我记得，羊角上挂着顺带置办的农具，锄头铁耙柴刀以及其他。独轮车吱嘎作响，铁器叮当作响。父亲和我，我同学和他的父母及妹妹，都跟在独轮车后面。

一路上，小老周仍惦记着城里的包子。他身上弥散着肉包子的香味。他得意地夸耀说，从前做铜匠时跟人打赌，曾一口气吞下二十个包子。一脸盆呢。饱经风霜的他证明，肚皮更乐意接纳包子，尤其是肉包子，若是一脸盆稀饭，无论如何是灌不下去的。

高天上有一种鸟，始终以叽叽喳喳的叫声伴随我们，却不见身影。很小很小的鸟。久雨后的晴日里，它们总是藏在云层里撒欢儿。天地因它们而广阔。

我们背靠大山，扎根在山脚下。扎根在被柴烟熏得黑黢黢的屋子里。那栋屋带阁楼，两头是厨房，里面住着五六户人家。两股汇流的浓烟，把两个知青合奏的咳声迎进了屋。到达之后才知道，去城里接人的，还有一位叫大老周的。他走散了。后来我发现他走路有个特点，要么仰脸望天，要么低头看路，不走散才怪呢。独自回来后，他骂骂咧咧地从独轮车上卸下箩筐、蓑衣和斗笠。小老周以为他在抱怨自己，跟他争辩了几句；而农场主任听着，觉得大老周像是对今天的派工不满，在发牢骚，便把竹烟筒往鞋底上一磕，横眉怒目冲他吼了一嗓子。大老周人蔫下去，声音反而响亮了：我骂自家眼瞎骂不得呀！

嘟嘟哝哝的自责，断断续续，贯穿了我做知青的头一天。我听得分明，他在痛骂自己眼屎巴巴的双目之余，也骂了赣剧院，它的大门太小，门前临街，街上人多。

父亲是带了桂圆和白糖去的，都是一斤装。东西虽少，却稀罕，托列车员从福建捎来的。

当时，农场主任不屑一顾的样子，却很豪爽地表示，会好好培养我们两个知青，能重用的重用。

主任姓桂，有个斑驳的秃头，确切地说，是瘌痢头。所以，他常年戴帽子。冷天是呢帽，热天是草编的礼帽。他也喜欢裹围裙。一块士林蓝土布，往腰间一裹，夏天连裤衩也不用穿。如果仅仅为了贪图凉快，这时节穿着厚厚的裤子，为什么也要裹围裙呢？

几户人家都抢着请客。我看出来了，桂主任才是真正的贵客。他当过千烟之村桂家村的生产队长，因为脾性拗烈、经常抗上，被公社设计拿下。公社的巧计就是以重用的名义派他来公社农场当主任。要知道，桂家村在当地可是威风八面，所以，在这里，桂主任的权威至高无上。他不用起灶生火。每家的锅灶都属于他。

春节刚过，鱼肉是现成的。小老周脏，大老周啬，小老徐鬼，桂主任平常更乐意在老苏、老詹家搭伙。农场请我们的那餐，放在老詹家。我记住了他家的煎米粉肉。

几天之后，桂主任果然重用我俩了。一个荣任记工员，一个当了保管员。每晚必须召集的记工会，是在我们的寝室里进行的。贫下中农坐在两张床上，他们的儿女坐在大人的腿上。农场有一百五六十亩田，田亩已经平摊到各人头上，农活几乎由各人筹划，记工毫无意义。记工会其实是汇报会。自我表扬一番，免不了批评别人。于是，烟雾腾腾的屋子里便有了火药味。

挑事的总是小老徐。他丧妻多年，独自带大了两个女儿。大的已为人母，小的才十一二岁。然，为人母的大女儿年方十八。除了桂主任和老实巴交的老苏，几乎每位贫下中农及其老婆都鬼鬼祟祟地指着小老徐的外孙，让我们辨认他像谁。像谁呢？不给答案。给的是无限的想象空间，比广阔天地更广阔。

小老徐黑而又胖，脖子较短，脑袋仿佛由双肩抬着，平时话虽不多，眼睛却骨碌骨碌转。眼里有话呢。眼里的话正是记工会上的发言内容。他手脚慢，但做活认真仔细。他容不得别人偷奸躲懒、弄虚作假。或者说，他不甘居于人后。他总是曲里拐弯、含沙射影地揭发别人挖田太潦草，甚至连禾蔸也没有翻起来。农场多冷浆田，使不得牛，得靠人工挖。春节一过，大家就脱掉裤子下田挖田了。

小老徐的批评对象以小老周为主，兼及其他。每一回争吵，都是以桂主任发火而结束。桂主任当然得主持公道。所以，借着油灯跳跃的光芒，我总能瞥见小老徐得意的阴笑。

妇女无须参加记工会。小老周的老婆却喜欢抱着孩子倚在门边听会。她手里还牵着一个，肚里又怀了一个。这个年轻女子是走村串户的小铜匠以包子为诱饵，从邻县乡下钓来的。长相并不难看，人也很热情，穿着却脏兮兮的，且成天撒着一双大脚板。冬天也不例外。在我的记忆里，她没有鞋。

记工会后，她必定会闯进我们寝室，拖住小老周不让走，硬要和我们聊天。聊什么呢？包子。一个永远的话题。她说小老周当年用一个肉包子骗自己上钩后，再也不肯兑现承诺，从来不曾带她进城吃包子。小老周便用力吸吸鼻涕，嘿嘿傻笑。闲聊片刻，他夺过老婆怀里的孩子，急着要上楼去睡觉。

每天此时，黑黢黢的过道里，总会响起小老周流着涎水的问话：女吧，让我上楼困你的妈好啵？

我听见了，从清早出工起，小老周就喃喃着，盼望天黑。他有句名言，说吃肉要是比做那事好嬉，猪崽子都会被吃光了。

哼着一首语录歌，我结识了他们。那首歌这样唱道：知识青年到农村去，接受贫下中农再教育，很有必要……

农场里的贫下中农，其实是生产队的边缘人。因是手艺人，因残疾，因脾气不合群，过去在生产队备受歧视。于是，他们跑出来谋生，被农场收留了。一个个自然对农场感恩戴德。确切地说，他们感恩于前主任。

前主任的名字常在他们的唇齿间跳跃。就像经常跳跃在门前坪地上的一对鸦雀。那对鸦雀索性在附近的松树上做了窝。前主任一定也把农场当作了自己的窝。已离职返乡养老的他，来给大家拜年了。后来，我在农场还见过他两次。

他在农场住了两夜。那两天才叫过年呢。一大早，家家忙着打麻糍。屋里屋外，到处糯饭飘香。一盘盘麻糍，纷纷端到前主任面前。蘸白糖的，撒芝麻的，裹豆粉的，或兼而有之的。各家在麻糍上颇费了一番心思。吃完麻糍，男人扛着锄头去挖田，女人端出盛满米糖花生芝麻片的一份份果盘，陪着他晒太阳。中餐和晚餐，则是吃了东家吃西家。一幅其乐融融的景象。

令我纳闷的是，前主任出现的时候，恰好是桂主任去桂家村探亲的日子。也不知是成天扛着一把锄头独自打逻的桂主任，发现山道上匆匆而来的身影有意回避呢，还是他俩早已达成某种默契？

桂主任平时话不多，脾气却火暴，开口冲得很。可是，他从不在背后数落别人，尤其对前主任，更是在人前只字不提。偏偏倒是那几户贫下中农，在殷勤接待前主任的同时，争风吃醋，彼此揭短，于不经意间竟伤及他们共同的恩人。

这时，田亩已分到知青头上。我们也该出工了。田埂上铺着一层白霜，脱掉长裤下到冷浆田里，冷水刺骨。幸好那年的正月天气晴好。到了半上午，水就被晒热了。很吃力地挖着田，身上也暖和了。

田里的男人都惦记着那位尊贵的客人。于是，那两天我在田头听到了一段段闪烁其词的告知。大意是说，小老徐大女儿、老苏女儿出嫁时都才十六岁，不嫁不行了。言下之意，都跟前主任有关。然而，那两位少妇带着老公和儿女，这两天正在娘家跟她们的父母一道，盛情接待前主任呢。前主任与全场男女老少的亲密状，是才出校门的我们所不能理解的。

开心了两天，前主任要走了。一大早，大家一再挽留。男人堵住他，女人拖住他，就是不肯放行。还有不停抹泪甩鼻涕的。场面挺动人。期期艾艾地磨蹭到中午，前主任硬是被苏家母女留下吃过午饭才走。几家人簇拥着他送出老远，还恋恋不舍地站在高坎上挥手，直到他拐过前方的山嘴，不见了人影。

一转身，小老徐和老苏家大吵了一场。小老徐单挑老苏夫妻及女儿女婿。寡不敌众的小老徐抛出了杀手锏，言之凿凿地声称，他有证据，证据就是日历牌，每一次都在当天的日历上做了记号，每一次都是他亲眼目睹的。徐家和苏家两隔壁，隔墙是竹篾糊石灰的墙，抠掉石灰，扳断一截竹篾，不难填进一只眼睛。

老苏缺牙齿，平时说话就关不住风，语音含混不清。此时，他气得浑身发抖，干脆懒得相骂，握着锄头恶狠狠捣地。他在老婆女儿身后助威呢。

好像司空见惯了，竟没有相劝的。小老周反而幸灾乐祸地问我们：现在晓得那个崽像何人了吧?

我做知青的第二年，公社团委书记因奸污多名女知青被判刑。听说，那人起初是前主任培养、提拔的，他俩还沾亲带故。

老詹常常偷着乐。他的笑里有些自豪的意味。

老苏是老年婆妻得子，其女儿是再嫁的老婆带来的。大老周娶的也是拖油瓶的老婆，可他没有老苏幸运，生了个女儿，女儿半边脸上长着红嘟嘟的肉瘤。所以，大老周热衷于修桥补路。

而老詹虽拖着一条瘸腿，却讨了个精明能干的黄花女做老婆，生得一女一子。人说，一朵鲜花插在牛屎上。他老婆默默笑纳，并不就此评说。

我们和小老周共着厨房。农场为我们准备的松毛柴没有晒干，每每烧火做饭，整栋屋子里尽是烟，灶里却不见明火。好不容易焖出来的饭，上面夹生，下面煳得成了炭。

老詹老婆抱了一捆干柴给我们。此后，她对我们关怀备至。为了赶挖田的进度，我们每天收工很晚。又累又饿的，等饭熟了，也顾不上炒菜了，拌些白糖或酱油，填饱肚子了事。她看在眼里，记在心上。餐餐都留一碗好菜焐在饭甑里，等到我们端起饭碗，便赶紧送过来。

后来，她索性邀我们到她家去搭伙。她说，这不就是多两双筷子两个碗的事吗。那时，我们真是不谙世事，感激之余，心里还美滋滋地想着助残呢。老詹腿瘸，干农活无碍，可挑水、打柴却不方便。于是，我们交粮交菜交柴火，一日三餐吃在詹家，同时，承包了挑水、劈柴等重活。

大约有两三个月吧，我们过着饭来张口的日子。每天饭桌上都有一道好菜，比如，我所钟情的煎米粉肉；比如，梅干菜烧肉、咸鱼和泥鳅黄鳝。鲜肉和咸鱼，大多是我们回家带来的。

为回报老詹家的关照，我们还经常送上一包包白糖和荔枝干、桂圆干。那些可都是家里舍不得吃留下的。这说明，我们懂得人情客往，只是不懂人情有时也需要兑成现钞而已。

果然，老詹老婆伸手要现钱了。她并不是痛快淋漓地提出的。而是先给我们脸色瞧。原本笑容可掬的她，忽然沉默了，脸色冷冷的。一憋好些天。我们还以为她家有事呢。问老詹，老詹狡黠地一笑。大约觉得我们太笨，实在忍无可忍了吧，老詹老婆终于开口了。我记得那天整栋屋子里没有人，我们提前收工刚进寝室，她突然出现在门口。她说，你们搭伙，怎么不交工钱？

分明是质问。这声质问令我们汗颜。交工钱，无疑天经地义。可是，我们怎么会忽略呢？当即，我们每人交她五块钱，一共十块。五块钱，卖掉了我投身广阔天地之初的新鲜感，买来了笼罩心头、挥之不去的无望。

两个知青又开始自己做饭。我和我同学轮班值日。大约就是从那时起，我同学踏上了相亲的漫漫征程。农场的贫下中农串联邻近各村、甚至邻县的贫下中农，共同给他当媒人，只要有人介绍，他绝不放过任何线索。有人背地里嘲笑此举为"牵猪牯"，即赶着猪牯去配种。

这时，挖田的活儿已全部完工。冷浆田靠锄头翻个身。等到端午节前，去年的禾蔸就沤烂了，就该耙田栽禾了。栽的是一季晚。秋天收割后，闲一阵子，春节一过，又要挖田了。

等待栽禾的日子里，来了一场倒春寒。这时，有条野狗夜闯农场，闯到屋子里来了。犹豫片刻后，不知谁一声高呼：关门打狗！顿时，全场贫下中农包括他们老婆儿女也无须指挥，分头扑向各个大门。前门，后门，两边厨房的门。野狗嗷嗷哀嚎着，很快就变成了一锅香喷喷的红烧狗肉。掌勺的自然是老詹老婆。

半夜里，昏暗的灯光下，全场人围着一只热气腾腾的脸盆，吃得开心且友好。我看见小老徐竟给老苏夹肉呢。吃完，女人孩子去睡了，男人还有事要做。要连夜冲洗打狗的血迹，打扫烤烧狗毛的灰烬，掩埋狗骨头狗下水。一句话，不得留下蛛丝马迹。万一野狗不野，也有主人呢？

农场那栋屋子里，装着从邻近大队牵来的有线广播。广播喇叭里经常播送那个大队的开会通知。第二天一早，大队通过广播叫全体知青上午去大队部开会，反复播送通知期间，插播的正是那首语录歌：知识青年到农村去，接受贫下中农再教育，很有必要……

　　我跟着哼哼。唇齿间，似有狗肉遗香。

盼望开会

上山下乡的头两年，非常羡慕别的知青。他们插队落户在生产队，好歹有贫下中农管着，有大队和公社管着，有"五七大军"干部团委书记民兵营长妇女主任管着。而我和另一同学所扎根的农场，名义上隶属公社，公社鞭长莫及，便委托邻近的生产大队代管。可是，因无利可图，大队才懒得多管闲事呢。于是，农场的六户人家、两个知青，恍若游于世外。

农场没人管倒也洒脱，该交国家的交，该分自家的分，除了国家的，全是自家的，日子过得富足而惬意。年终分红，拿十分的劳力，一个工值得人民币一块五，在当地农村算得上首屈一指，比工人阶级挣的还多，并且，还没有人来枪打出头鸟。甚至，那时农场就消灭了"大呼隆"，将田全部分给每个男劳力，公社竟对此浑然不知。贫下中农真是翻身把歌唱。不过，公社在忘记农场的同时，居然把农场里的两个知青也遗弃了。知青没人管，无疑就是大不幸。没人通知你去开会，不知道招工招生、上调回城的信息，摸不到命运的门在哪儿。偏偏，农场接来了附近大队的有线广播，正是那只热热闹闹的喇叭，叫我俩备觉孤独。它不断播放知青开会团员开会妇女开会的消息，而所有的会与我们无缘！

开会多么幸福哟！过节一般，逢墟一般。休歇一天，照样记工分。交半斤米，管一顿饱饭。少不了用脸盆盛的红烧肉，少不了用海碗斟的高粱酒。这些，我们一点也不馋，我们眼馋的是大队干部、公社干部的脸色。能够欣赏到他们的脸色，哪怕是再难看的脸色，也是莫大的宽慰。因为，他们的脸色常常就是命运的表情。

喇叭箱子挂在门外，被烟熏得黝黑。开关是一枚铜钱，嫌吵就可拔去。然而，尽管它的声音注定和自己无缘，但我们从来不忍关上它，夜夜总要听到播音结束。许久没有听到开会通知，总是黯然神伤。伤心至极，便鼓足勇气翻山越岭去找公社。两个知青心甘情愿地恳求被公社管起来。公社倒是笑脸相迎：谁说不管你们啦？想开会就自己去大队啊！

无奈之下，两个知青羞答答地出现在大队的会场上，像两只失群的鸭子，充满向往而又小心翼翼地接近那陌生的鸭群；又像爱读书却无钱读书的孩子，翘足扒窗窥望黑板。幸好大队也有我俩的几个同学，除了他们并不热情的招呼，再也没有谁搭理一对不速之客。会上会下的话题都与我们无关，场内场外的笑容都与我们无关。越过攒动的人头，我们真真切切地看到了各级干部的脸色，但那脸色绝非为我等开放。

吃饭的时候更是尴尬。哪个生产队在哪一桌，早已约定俗成。哪里有我俩的一席之地呢？端着大碗，流落在杯盏觥觚之间，饮着凄楚，寻觅着最微不足道的安慰。渴望有人来关心，来编排，即使一声问候也会叫我们受宠若惊的。然而，酒桌边的我们远远不及酒桌上的红烧肉值得重视。

也是逼急了，终于有一次，我俩抢先占领了大队干部的座位。那次恰好有公社的头头光临，使我们有幸向他陈述了苦衷，有幸一睹希望的微笑。他说：得空一定到农场看看你们。公社的许诺是美好的，我们期待着那个温暖的日子，从寒潮频频的早春一直等过了烈日炎炎的酷暑。

秋后，公社派了一辆卡车来拉稻谷。公社管这个农场就是为了这车稻谷，以贴补公社食堂的亏损。由此，我猜想随车而来的那位黑汉子必是食堂管理员无疑。

贫下中农并不欢迎卡车。贫下中农也狡猾。两个知青，我管账，我那同学管仓库。他们拒绝卡车的招数是，把我俩藏起来，锁在黑黢黢的宿舍里。他们以会计保管员不在、无法开仓交粮的理由打发公社的客人和卡车。透过小小的窗户，我听到了农场主任同那黑汉子的讨价还价，窥见了那黑汉子严厉而冷峻的表情。

直到卡车悻悻而去，主任才把我俩放出来。主任充满了胜利的自豪，他说公社第一把手大驾光临也奈何不了他。哦，那黑汉子竟是公社第一把手！原来，我俩期待的机会来了却错过了，我俩翘望的表情出现了却变幻了！

这回，两个知青的名字将被公社刻骨铭心地记着。正是我俩叫公社的人和车徒手而去狼狈而去，从此，公社能不好好地管着我们吗？被人管着，也是可以成为悲剧的。

保管员忽然疯了似的撞开众人没命地奔跑，高呼着那尊称，狂挥着那串谷仓钥匙，去追赶卡车。摔倒又重爬起再摔倒，坎坷不平的山道上落满了他的悲号，不，还有我的，我们的！距离越来越远了，也不知那面反光镜是否看到我们的表情。

可是，当时我确信，希望已经驶远，弥漫于马尾松林里的那一股灰尘就是它的回眸冷笑。

为年轻致歉

1972年，多么遥远，它早已流逝在记忆深处。可是，经历了多半辈子，它竟然变化为一个人，从门缝探入涨得通红的脸，冲着趴在办公桌上的我，嘿嘿一笑。

这个人老了。头发花白了，干枯了，鼻子带钩的这张脸，显得更加干瘦，腰背也驼了，那憨憨的笑里，则包蕴着复杂的内容。比如，惊喜，尴尬，歉疚，好奇，等等。

这个人落座在我对面，就像从前那样。在农场为两个知青准备的寝室里，一张写字台居中，置于小小的窗子之下，两张铺各据一端。写字台一分为二，成了我俩各自的床头柜和饭桌。以床铺为凳，我和他侧着身子默默相对，顾自吃饭、看书，彼此视而不见。在那黑暗的小屋里，各擎一盏油灯，连赌气的灯光都不肯交相辉映，各自照耀着各自的角落。我和他在面积狭小的积怨中共同居住了两年，而胸中块垒却生长了将近四十年。

这个人继续憨笑着，嘴唇忽然一阵搐动。我知道，有些结巴的他要开口了，而且，一定是难于启齿的事。这些年，偶尔有中学同学登门，几乎都是为咨询儿女高考或就业事。不料，他嗫嗫嚅嚅地说：你没出差呀，我以为找不到你的，才上楼来看看，哪晓得，你在。我在你们单位的门口转了好久好久……我现在退休了，住上海，跟女儿过。好不容易来一趟，这才硬着头皮来看看你。

是的，彼此走近对方，是十分艰难的。我考入大学离开农场后，我俩曾路遇，相互点点头，擦身而过，恍若陌路人。其间，有一次同学聚会，实在避不过，便令酒杯与酒杯轻轻一碰。

怨愤因一碗红烧肉而生。

高中毕业后一同插队来到农场。农场连我们两个知青拢共才九个劳动力，因田多人少，场长索性按肥瘦、远近、一季田和两季田，把田亩搭配着分到各人头上，人均有十七八亩。那些水田多为只能栽种一季的冷浆田，田间管理粗放得很，耘禾时我们常躲过场长的眼睛，推着耘禾耙在田里跑。要不然，根本忙不过来。

当时，我和他是同灶合伙，轮流做饭。柴灶铁锅，焖的饭特别香。可是，为了图省事，许多时候，我们宁愿酱油拌饭、白糖拌饭。农活太紧，我们既懒于洗菜、炒菜，更不愿种菜。每人三分的自留地里，种的是可以不用经常伺候的芋头、萝卜和红薯。

刚栽插的晚稻已返青,该耘禾了。我和他在各自安排农活时,总是尽量结伴前往某处,一同出工收工,在杳无人迹的山坳里,歇息时也好有个说话的。那天,也是不巧,他劳作的所在隔了一座山,而我的田就在农场门口。半上午,有人哇哇地冲着我叫嚷,说是杀了猪,正准备上街去卖肉,问我们,要买肉吗?

我爬上田埂,胡乱冲去两腿泥,跑回农场买了两斤肉。接着,赶紧生火做饭。我做的是红烧肉。久违的肉香,从厨房飘出,弥漫在一栋大屋的过道上,最后,凝聚在我们的寝室里。

我满心欢喜地等着他回来。要知道,乡下杀猪,要么是逢年过节,要么是农忙时节。平时,想吃上新鲜猪肉并不容易。我们的共同财产 —— 一刀咸肉,在屋梁上悬挂了几个月,却舍不得吃。那是留着待客的。等着插队于四乡的同学来做客呢。

他一进屋就注意到写字台的肉碗。他微笑着走过去,俯身闻了闻。问道,老詹家送的?

我说是买的。老詹家杀了猪,急着要上街卖肉。你耘禾的地方太远,来不及跟你商量,我买了两斤。

顿时,他脸色陡变。将肉碗往我这边一推,端起了我替他盛好的饭,顾自埋头扒拉起来。

晓得他心有不满,我将肉碗又推过去,并说:我们合伙,照理应该跟你商量,可今天情况特殊。这样吧,我已经付了现钱,就算我买的。吃吧,我请客。

哪晓得，他眼泪哗啦哗啦下来了，受到多大委屈似的。那泪，让我憋火。从买肉到做好，我至少误了两个小时的农活。每人那么多田，须耘禾三遍，一天耘几亩，一遍也要几天，三遍得近一个月。不抓紧，到耘第三遍时，禾苗长起来，就无法下田了。为了这碗肉，我还牺牲了工时呢。

这顿午餐，两个人面对一碗红烧肉，都没有动筷子。一个是和泪下饭，一个是吞气当菜。

当晚，我把这碗红烧肉热了热，分盛为两碗。一碗端到了他面前。这是我自个儿掏钱买的肉。我自愿送给他吃的肉。当时，我的确是这样声明的。

他忍着，还是不肯下筷子。黑黢黢的屋子里，能听到泪珠滴落碗里的声音。然而，当窗外完全断黑的时候，我点亮油灯，却见他面前的肉碗空了，连粘在碗上的肉汤也被抹得干干净净。毕竟，顿顿白饭，叫人怎能经得住荤腥的诱惑呢？

可是，红烧肉并不能挽回知青战友加同学的情谊。第二天，他没有理睬我。第三天，我也不再跟他言语。连分灶也不用开口，默默地将柴米油盐一分为二就是。当然，我掏的肉钱，他决不会分担。

悬在梁上的那刀咸肉不必瓜分。咸肉生蛆了。白白嫩嫩的肉蛆不断掉落在地，一踩，便是一声脆响。

他有理由生气，因我遇事未与其商量。可我更觉得憋屈。我一直以为自己做得挺大方呢。

　　如今想来，两个血气方刚的男人同居一室，漠然视之，互不理睬，居然熬过了两年，真是不可思议。这两年间，我们本应共同面对多少关涉命运的问题呀。比如，农场归属公社，公社索性把农场仅有的两个知青交给邻近大队代管；而大队只管叫我俩去参加知青会，一旦有上调回城的指标，便把我们推给公社。再如，农场将要划归国营垦殖场，一旦如此，知青便算领工资的农工，真要扎根落户一辈子了。

　　我们只对那碗肉耿耿于怀。

　　幸好，命运到底还是来眷顾我们了。因恢复高考，我得以离开农场；不久后，最后一批知青回城，他被招入铁路工程队，那是大集体单位。听说，一直叫贫下中农领着在广阔天地里到处相亲的他，那时已经结婚，娶的是他自己在火车上认识的旅客，也是农村姑娘。

　　为了十八九岁的那碗肉，在年近花甲的时候，我们尴尬相对。又一阵憨笑后，从他嘴里突然迸出一句出奇利索的话：刘华，对不起啊！

　　我愣住了，那一刻竟然毫无反应。

　　他继续说：其实，以前我经常来南昌出差。知道你在这里工作，多次想进来找你，到了门口又不好意思，就在路边走来走去……

　　我心里一热，连忙也向他道歉。我们为年轻向彼此致歉。可是，我的歉意不过是伸向他的手，递给他的茶，而他的歉意却是繁华大街旁贴着院墙久久徘徊的佝偻的背影，是顾望着一座大楼的困窘的眼神，是如鲠在喉的真挚……

许多的开放没有花朵

已是深秋了。我喜欢深秋。深秋是花朵一般的叶子，但比花朵更持久，其实也比花朵鲜艳，花朵需要雨露滋养着，叶子般的深秋不需要，它的红，它的紫，它的金黄，无论阴晴，都是透亮的。那是阅尽四季、悟彻一生的爽朗。

在走进深秋的旅途上，我经历了两件事。一是与多年不见的朋友邂逅，得知有人终于离婚了；二是看见迎面而来的游人居然举着一枝忘情绽放的高山杜鹃。一枝癫狂的杜鹃和一桩尴尬的婚姻。一种植物的怀春情绪和两颗始终不曾黏合的心。我竟把这两件毫不相干的事件联系起来了。难道杜鹃在深秋开放还不算一个事件吗？

可是，那个离婚的人大约不会再开放了。我在高山草甸上回忆着她最近的样子。攀登至深秋的林梢之上，南方的高山草甸让我震撼。远近的山巅披覆着大片大片的枯黄，那是没膝的茅草，当有如云的茅花缭绕其间，可是浓重的秋把茅花也染黄了，花穗像熟过了的麦穗，或不曾灌浆就已枯萎的稻穗。是的，我更愿意把茅花喻作熬到秋天的空瘪的稻穗。她的样子就像那样一枝稻穗。已经花白的头发，枯涩而蓬乱，依然爱笑，但那笑布满了皱纹，有颗牙齿缺了一截也没做修补，尤其是衬衣，衬衣好比是瘪谷的谷壳。当时我一阵怆然，因为我清晰地记得里面的内容。在使用公共自来水的年代里，我感知着同龄女孩子日益丰满的过程，一粒花芽膨胀为花苞的过程。她们穿着自家缝制的花短裤和贴身小背心，蹲在自来水边洗衣洗菜。为了贪凉快，有几年夏天流行穿纱布做的背心，拆几副劳保手套就行，还省下了布票。一个少年的目光，注定会滞留在那薄如蝉翼的纱布上，遐想或者眺望。我还记得它的弧线和轮廓，它的颜色和光泽，鼓突的速度和力量。它的确是有力量的，有的纱布背心竟在她们浑然不觉间被拱破了。

接着，她们的妙龄时光就这么绽放了。和她一样。可是，我通过高山草甸上的茅花回望她们的青春，忽然有一种莫名的哀伤袭上心头。甚至，有一种痛。

因为，我眼前是莽莽苍苍的凄凉，莽莽苍苍的萧瑟。

草甸之夜，我在秋风里想起她们。一块儿长大，却已先后老去。可能是她对待自己太潦草，那衰老的相貌给我的刺激太深刻了吧，我想起她们时，最先释放出来的居然是关于身体的片段印象。故意把邻家男孩子骗来，猛然从澡盆里站起来吓跑他们的那天真无邪的身体。坦然照亮了灯光球场的雪白的大腿和胳臂（那时候怎么会有真正的球迷呢）。湿漉漉地粘着背心的胸脯。甚至，蹲下洗衣时花短裤遮不住的部分。其实，对她们身体的认识更多是听来的，使用公共自来水的时代，是培育长舌妇的时代，女孩子正在成熟的身体就是她们家长里短的切入口和归宿地。那些女人根本不把一般大的男孩子当回事，所以，我怀疑，年轻时我在女孩子面前表现腼腆，肯定与此有关。

公共自来水坐落在两栋楼房的东头，坐落在两栋楼房住户出入的必经之路。终日不绝的水声伴着终日不绝的笑声。那笑声有时是非常放荡的，因为那笑声，昂然矗立于路边的水龙头好像长了锐利的眼睛，日日专注地审视着女孩子的身体变化。渐渐的，水龙头不再仅仅关注那些花苞，它更上心的是花苞和枝叶蜜蜂蝴蝶以及大树的关系，甚至，连打花树间掠过的风，也让它警觉。在热天，自来水旁总是浸泡着一些开裂漏水的木桶木盆，那些女人则用哗哗的水声和飞溅的唾沫，浸泡女孩子眼看要"变野"的心。

有个该算父辈的老男人，大约就是一只硕大无朋的黑蝴蝶，他几乎天天翩飞在一粒花苞左右，不知企图用翅膀为花苞遮风挡雨呢，还是另有图谋。水淋淋的议论淋湿了男孩子的耳朵，也把他们的眼睛洗得锃亮，像锋利的刀子。读初中的那三年，先是停课，接着复课闹革命。革命的内容包括批判花衣裳，批判彩照，批判一双美丽而忧郁的大眼睛。那双眼睛瑟缩在教室的旮旯里，扑闪着，迷惘着。一粒孤独的花苞，翘望着越来越近的春天，谁知春天擦身而过，漠然远去。初中毕业不久，那双大眼睛便出嫁了，嫁给了远方。远方并不遥远。远方因隔绝于世而遥远。许多年后，在藏于深山的一座工厂里，我与之意外相逢。我们已不年轻。我们认识彼此的年轻。但我们内心默契，绝口不忆年轻。仿佛，我们从来不曾年轻。那双曾被批判过的眼睛里真的没有青春记忆。也许，正因为如此，我才看到了亲热而陌生的微笑，叫人疼惜的微笑。

其实，当年的男孩子大多懵懂无知。进入高中，头一年将课堂搬到郊外的农场，一边上课一边种田。那时，军宣队、工宣队已进驻学校，学生按部队建制分班，年级叫连。连长指导员由军代表或工宣队员担任。一度有位英俊的解放军给我们当连长，据说，他未婚，但在家乡有个对象。他注定要成为一些女生心中的白马王子。除了长得帅，女生崇拜他的另一原因，恐怕是他懂得疼惜含苞欲放的花朵。每每需要下田劳动，总有不少女生请假。请假得连长批准，男生请假需要理由，女生不需要，而他对女生几乎是有求必应。便有男生愤愤然了，当面指责女生偷懒、逃避劳动，开会批评她们小资产阶级思想严重。女生们掩嘴窃笑。连长无动于衷。确切地说，未婚的年轻连长失语了。当然，军宣队的使命是用毛泽东思想占领学校，对于不在其职责范畴的问题，不妨无可奉告。记得有一次军训，全连拉练几十公里，走着走着，有男生发现女生裤脚下掉落一团东西，他认定那是手绢，他挥舞着手绢追赶女生。女生一回头，哇的一声大哭起来。男生愕然，真个是大惑不解。当时，连长也是这般无可奉告的神色。见连长一味姑息女生，男生索性转移矛头，愤愤然抗议连长偏袒和讨好女生。连长笑而无语。不过，讨好是个语义暧昧的词。后来，果然真有装病的，却不是为逃避劳动，而是期待着被讨好。不知道军宣队撤离学校后，是否有人真的病了。

夜渐深，风更凉。风呜呜的，在高天上呼号。我其实是躺在天云里。草甸成了身下的褥子，盖着的是风。我冻得瑟瑟发抖，恍若摇晃在游人手里的那枝癫狂的杜鹃。绽放在高山草甸之下，杜鹃一定是仰望着风，错把深秋当春天了。或者，它感知到了风，宁愿不惜一切投身于春天。

公共自来水是一位忠于职守的新闻发布官，其实，它更热衷于发布绯闻。关于她们的故事，大多来自那里。初中毕业，有上山下乡和升学两种选择，高中毕业除了个别病留外，一律下乡。正如命运无从选择，她们中好些人身体的归宿也无从选择。那些含苞欲放的身体匆匆路过花季，不曾驻足，不曾流连。寒冷的身体嫁给了一盆热水，病了的身体嫁给了一碗药汤，疲乏的身体嫁给了一把勤快的柴刀，恐惧的身体嫁给了一张安宁的大床……

有一颗恋家的心，想嫁一只船。

因为回家的路上有一条江，江上虽架有浮桥，可一旦江水上涨，浮桥就被拆解开来，进城回家只能靠摆渡。不妨把那颗总在路上的心称作路人。路人请假回家的理由很多，累了，病了，从家中带去的菜吃光了，还有就是过节，三八、五一、五四、六一、七一，都是节日。路人真的需要一只渡船。

下乡插队才两三个月，父母便窥破了女儿的心思。一只专为女儿带菜用的大茶缸，从此不再盛咸鱼雪里蕻和红烧肉，盛的是语重心长的叮咛和唾沫横飞的警告。那种搪瓷茶缸一般都是创造安全纪录的奖品和节庆纪念品。盛满警告的茶缸，预感到安全纪录即将毁于一旦。于是，成天在自来水边嚼舌头的母亲变得格外疼惜舌头，不再轻易往女人堆里钻了。见人总是微笑着的父亲，渐渐失去笑容，甚至不愿意见人了，上班下班，不走大路走铁路，神不知鬼不觉的，歇班在家时，大门不出，二门不迈，恍若失踪一般。他是技术干部，"清理阶级队伍"那阵子，有人给他扣了一顶"三开"人物的帽子，即日伪时期、国民党时期和新社会均吃得开。因人缘好，革命群众放过了他。然而，许久不曾谋面，便有邻居误以为他在单位上终于难逃厄运，大概是被送采石场改造去了。

后来的日子，对父母来说，真的是脱胎换骨的改造过程。他们几乎耗费了半辈子才完成自我改造，才勉强接受女儿嫁给一条船的事实。对此，我回忆不出更多的细节。我只能用心去感受和想象。要知道，那对父母极其看重脸面，尤其常把"人要脸，树要皮"的做人原则当歌来唱的母亲，从来不曾在人前数落女儿的不是，哪怕女儿成绩不好，哪怕刚刚反锁房门用鸡毛掸狠狠抽了女儿一顿。老邻居都心知肚明，其门窗紧闭，不是喷洒敌敌畏六六粉以消灭害虫，就是惩罚女儿。做母亲的却只说是除臭虫杀蚊子。女儿下乡插队半年后，夏天到了，夏天是蚊子苍蝇臭虫孳生的季节，连防疫站都要给家家户户分发药物呢。有一阵子，她家连天关门闭户。自来水边鬼鬼祟祟地传说，他们把女儿关了起来，鸡毛掸打得秃了毛断了柄。可是，生米已做成熟饭，路人已属于渡船。父母不甘却无奈，到头来还得开门放人。也是，谁家如此见天喷洒杀虫药呀，那还不得把人熏死呀？

然而，路人离不开船，也舍不得家。哪怕被父母当作害虫、当作陌路人对待，照旧三天两头回家。回想起来，真是奇怪，做知青的那些年，我也常回家，而且，我也得跨过那条江，许多时候，同样需乘渡船，我和路人怎么从未相遇呢？

一晃竟是四十年！我每年回家探亲几趟，总能遇见那位母亲。已失去老伴的她独自生活。似乎，她慈爱的目光里只有孙辈，没有女儿女婿。因为，她绝口不提他们。老邻居们对路人和船的情况也知之甚少。写到这里，我心里一惊：我暗自称其为路人，她有路吗？她是茅花上的一缕吧，离开了花穗，一直在风里飘荡的花絮……

有一年，我插队所在的农场试图农牧渔工全面发展。工，指的是办砖瓦厂。请来的几位窑师傅，按日计酬，所以，他们乐得把工夫都花在了嘴皮上。成天要么争吵不休，要么海阔天空。岂料，和我一起长大的她们竟也出现在砌了又塌、塌而再砌的砖瓦窑里，出现在窑师傅的唇齿之间。

他们来自各个村庄。而她们，属于各个村庄。所以，他们分别记住了她们。最年长的师傅是瘦高个。他在反复抱怨天气之后，常会想起热天夜晚的井台。他认为是频繁的雨水导致砖窑不断坍塌，而与手艺无关。也许是雨声让他联想到村口井台上的水声，以及水声里的歌声。他说，那歌声蛮苦，那歌声蛮孤独，那歌声就像快要熟过了的西瓜，快要落蒂的南瓜，快要结壳变成水瓢的瓠瓜。从来不曾烧出一窑合格砖瓦的老师傅，却有着惊人的想象力。从砖瓦厂下班后，他要走五六里路，穿过村口的歌声，才能进家。他告诉他的搭档和徒弟，井台上曾有许多的歌声做伴。她们一起洗澡，用歌声作围护。如今只有女声独唱。

一位年逾花甲的老人，以植物喻人，以瓜熟蒂落喻青春凋零，这联想独特而精警。不知他是满怀悲悯呢，还是心存好奇。

为女声独唱伴奏的有蛙鸣、蝉嘶吗？我记得那座村庄被关锁在群山之中，进村的道路隐没在夹峙的浓荫里，就像一把塞入门锁的钥匙。我记得坐落在村口处的井台，伸进了稻田里，井台边有几棵柚子树。在热天，一树树柚子应该长成了，可是，那位老师傅为何不用满树青青的饱满的圆，来比喻女声呢？

在她们中间，她真如一棵柚树。枝叶中藏有锐利的刺，青果酸而苦涩。听说，她执著地等待秋天。她一定要等到黄澄澄的秋熟。自来水边的女人都这么说。她是少有的从小到大一直被女人们赞赏的女孩子。那该是怎样骄傲的缀满花骨朵的一枝啊！我曾见证了她坚韧的等待。以替农场食堂买豆腐的名义，我几度到过那个村庄。虽未曾与之谋面，我却结识一座享誉一时的"知青姐妹灶"。八姐妹早已散去，灶台犹在，灶洞里余温犹存。她用余温喂养，而不肯轻易嫁给一碗热汤。不过，当时一定有一根殷勤的扁担，每天为其挑来一担井水。因为，后来我认识了那根扁担。好些老邻居也看到了那根居然堂而皇之出现在公用自来水边的扁担。它乐呵呵地挑着一担箩筐来自乡下，一头盛满了孤独的日子，一头装着快要熟过的歌声。女人们在震惊之余，谁都敢断言，她绝不可能嫁给一根扁担。结果和人们预料的一样。最后依靠顶替才得以回城的她，真的没有带回写有自己姓名的箩筐，失恋的扁担因此而丧魂落魄。

那时，窑师傅费尽周折打好的砖瓦窑在连续烧出几窑次品后，轰然倒塌于暴雨之中。为什么烧出的瓦都是歪瓜裂枣呢？那位老师傅解释说，火过了。他瞟了我一眼。不知他是否联想到熟过了的歌声熟过了的青春？

我通过高山草甸上的茅花回望她们的青春。我忽然感动于那枝癫狂的杜鹃。是的，我想起那孤独而顽强的歌声了。后来我听到了不少关于她的传说，忘情开放的传说。她一定不甘让此生果然长成熬到秋天的茅花，而情愿颠倒季节。我几次与其不期而遇，她就像草甸之下盛开的杜鹃，尽管命运已无从改变，岁月已悄无声息地流逝。她和那个头发枯涩而蓬乱的她，一枝为深秋绽放的杜鹃和一片萎黄的茅花，谁比谁更幸运呢？

　　日出之后，浓雾忽然从谷底泛起。渐渐地，雾如潮水，如涌浪，瞬间便吞没了所有的山峰和草木，也遮蔽了我对她们的眺望。雾会散去，如雾一般涌来的时间不会，时间将裹挟记忆而去。所以，我得赶紧记下这个题目：许多的开放没有花朵。

一位医师的三大战役

　　直到现在，我仍记得那位女医师的样子。小巧玲珑的身材，爱笑能说嘴很甜，且多才多艺。我和同学翻墙进铁路俱乐部去看毛泽东思想宣传队的演出，曾领略过她夫妇携孩子一同登台演奏的风采。她相貌的缺陷在于下巴有点短。不过，在我高度近视的眼睛里，医师总是很美的。因为母亲需要医师。母亲总是很认真地喊她某医师，而不是某医生。我们几个孩子则亲亲地称之为阿姨。

　　母亲在二十六岁那年得了腿病。她原本是铁路电话员。电话所是要害部门，坐落在车站附近的山窝里，院门紧闭，围墙上设有电网，为战备，平顶房子上堆着很厚的土，年年轮番种着麦子和绿豆。冬天的傍晚，母亲在上夜班的路上腿一软摔了一跤，打那之后她常常摔得鼻青脸肿。两年后，铁路下放一批职工，她因腿病也成了家庭妇女。父亲曾背着她去过好些个大城市的大医院，都拿它当风湿性关节炎治，结果情况越来越糟。

我读高中那阵子，银针很神奇了一阵。小小的银针竟让哑巴说话，让聋子复聪，让盲人重见天日。一时间，新华书店出现了好几种版本的《新针疗法》，一律都是红色塑料封面，里面印有毛主席像和最高指示。红宝书似的。我记得其中的最高指示说：中国医药学是一个伟大的宝库，应当努力发掘，加以提高。又说：不但要有革命热忱而且要有实践精神。

不知道究竟是哪种版本的《新针疗法》，令一位普通医师激情澎湃斗志昂扬。也不知道她何时通过谁把我母亲的病历及我家的情况摸得一清二楚。我隐约听说，阿姨在参加新针疗法学习班后，走访过老中医，读了好些书，为寻找最佳穴位，还常拿自己做试验。做好充分准备，她向铁路医院领导郑重递上请战书，而院领导则对这例疑难病症高度重视，毅然决定攻关。

母亲遇上一位好医师，或者说，医师遇上一位好病人。见我全家都巴望银针在腿上创造奇迹，见母亲欣然接受新针疗法，阿姨顿时两眼放光，笑容绽开，很自信很得意的样子。她嘱病人躺下，自己则撸起衣袖，按按捏捏诊察一阵后，胸有成竹地对病人打了保票。

阿姨的确是个好医生。她耐心地告诉说，新针疗法的好处是，抓疾病的主要矛盾，选取主要穴位，常用穴只有几十个，一般选用两三穴；采用快速进针，可以达到无痛或基本无痛；扎针深，捻转幅度大，提插多，用以加强刺激感应，因而疗效好。另一个好处是不留针，一般得气（即病人有酸、胀、重、麻和触电感）后就可出针。在此之前，我老把遍体银针的病人想象为一只硕大无比的刺猬或豪猪。

阿姨热情洋溢地开始动针了。攻关战斗是在医院门诊部打响的。整个扎针过程中，她不时询问病人有没有感觉，有就说。麻的感觉，触电般的感觉，有吗？母亲躺在床上，回答很迟钝，很暧昧。逼问得紧了，她才嘟哝道：感觉？嗯，有，好像有点麻。阿姨显然不甚满意。她和蔼可亲地叮嘱病人别开小差，集中思想，用心体会。她需要的是触电的感觉。母亲大睁着眼，索性摇头。阿姨很吃惊，连声惊叫了几个不可能后，她镇静下来，微笑着嘲讽了一番自己的急性子。然后，再扎，再问。

阿姨怀疑摇头，向往点头。所以，她锲而不舍。一个疗程接着一个疗程，绵延了挺长的一段时日。

铁路家属没工作的多，她们靠家长里短的唾沫星子养活自己。平日里她们喜欢来我家串门，因为足不出户的母亲是她们最忠实最真诚的听众。攻关那阵子，我家尤其热闹。每回治疗后，母亲回到家里，邻居纷纷登门送来关切，阿姨也会接踵而至。阿姨很快就和那些长舌妇打成了一片，她和蔼可亲又乐于助人，时常开了药给人带来。她一到场，我家便由妇女集会的场所变成了表彰会的现场。大家都夸阿姨是好人，母亲更是热泪盈眶赞不绝口。当然，阿姨不是来讨好话的，换个环境，调整关系，更新方式，她依然不厌其烦地要求病人仔细回味扎针时的感觉。

阿姨的热忱令母亲惭愧，其处境更令母亲不安。为攻关，一个技不如人的医生，闯到了风口浪尖上，她所要面对的一切可以想象。经历了无数次追问之后，母亲只好捶着双腿忍住泪，冲着她近乎绝望的追问点点头。

阿姨兴高采烈地汇报去了。几天后，她陪着院领导来我家考察攻关的进展并拟定新的作战方案。本来母亲只能扶墙在家中艰难挪步，可是，那天她的表现好极了，她以惊人的毅力撒手从里屋床边走到门边，虽然摇摇晃晃，虽然最后还是摔倒在阿姨怀里，却让人欣喜地看到了希望。

由母亲的满头大汗满眼沮丧，我相信这段路程与治疗无关。可以说，她是奋不顾身，除了报答医师、安慰自己外，她实在也是不堪忍受针刺之苦了。

作为第一战役的新针疗法结束了，阿姨又兴致勃勃地酝酿着第二战役。第二战役主要是加强营养，强筋健骨，恢复日渐萎缩的小腿肌肉的功能。在一个阳光明媚的春晨，她忽发奇想，拟定了加强营养的具体措施。她乐不可支、斩钉截铁地嘱咐病人：吃生猪肉，每日取猪精肉三大两，冷开水送服，三月为一疗程，三个疗程后酌情再定。如果全好了，想吃就吃，不想吃也不勉强；如果有起色，一定要发扬痛打落水狗的彻底革命精神继续坚持服用；如果腿病仍毫无动静，那就说明仅仅吃生肉还不足以加强营养,还要辅以别的什么。她马上又否定了第三种可能性。她说精肉营养丰富,三三九个月后定能奏效。

　　母亲将信将疑,却是无奈。每天取三两精肉是很棘手的事情。那时还不作兴卖拆骨肉,一刀下来,肥肉居多,剔除骨头,怕是两斤猪肉才能剐出三两精肉来。日复一日,长此以往,家里只怕要砸锅卖铁。幸亏有个热心的邻居,她利用在铁路食堂工作的便利,为我家提供了源源不断的精肉。

　　每天精肉三两,本是极幸福的,而生食则不然。母亲望着面前带血的肉团,总是愁眉不展,胃酸乱翻,犹豫个老半天。然后,咬紧牙关,横下心来,用铅笔刀把肉割成速效感冒胶囊大小的丁,仰起脖子,扔一丸吞一口凉开水,每次都需要两个小时才完成任务。

　　开始的那些天,阿姨亲自来督战,鼓励病人藐视生肉,克服恶心,把生肉丁当作香喷喷的花生米来吃。由于担心囫囵吞下难消化难吸收,她还建议病人应该充分利用牙齿和津液的功能,后来,也许她自觉这建议实在有悖于革命的人道主义精神,也就作罢。天气正热,母亲总是当着阿姨的面,以潇洒吞咽的实际行动,反驳我们对肉不够新鲜的评价。良药苦口利于病,不然,怎么对得起人家的一片苦心?

　　母亲的肠胃功能不错,尽管她总感到恶心,却从未浪费日服三两的精肉,那九个月也未闹过消化系统的毛病,看来,营养是全部吸收了。可是,奇迹并未出现,甚至毫无起色,她的腿病不幸应了阿姨预言后又排斥的第三种可能。那一阵子我们全家惶惶然，生怕阿姨提出啃生鱼的医嘱来。

也是奇怪，其时，铁路俱乐部和地方电影院放电影，莫名其妙地场场加映关于防治猪囊虫的科教片。说的是生猪肉里有一种虫，叫猪囊虫，这种虫子一旦进入人体危害极大，会导致多种疾病，尤其是引起脑水肿足以夺人性命。预防措施有二：一是养猪最好改放养为圈养，二是吃肉切记做熟烧透。这仅有几分钟的科教短片对阿姨的学说无疑是沉重的打击。我忐忑不安，却不敢声张，悄悄又去认真看了两遍，才听清影片中的某些解说词。原来，人家说的染上猪囊虫的猪，指的是有着放养习惯的北方地区的猪。也是，我们生活在南方，我们吃的是圈养的猪，我们怕谁呀？可是，这猪囊虫原本跟南方无冤无仇，电影公司放映此片，岂不是唯恐天下不乱？该不是电影公司跟肉食品公司闹矛盾吧？或者是树欲静而风不止？然而，谁是树，何谓风？

三个疗程下来，阿姨用皮卷尺量了病人的小腿圆周并求出直径，尽管病人感觉如旧，事实上小腿直径增长了三毫米。这结果是母亲乐意接受的，阿姨蛮可以量得更松些，比起对付第三种可能的措施，母亲情愿继续吞生肉。

然而，事实证明，孤立地加强营养收效甚微。于是，阿姨在认真总结经验教训后，提出了主动治疗的方案。她希望病人继续积极配合，打好攻关的第三战役。在她的再三动员下，母亲上了手术台。主刀的大夫不是阿姨,而是铁路医院的第一把刀。

那把刀在母亲后腿弯那儿流畅地划了一道两寸长的口子,将两根碰撞在一起的神经分离开来。这就是症结所在。母亲很困惑,不知道自己腿上那两根神经怎么会长到一起去了,更不知道它们为什么就不能挨着长。

阿姨顺手从电学那儿拈来了一个极有说服力的例子,她说两根电线,火线和地线,不是也不能相碰撞,也要保持距离吗?否则,就会短路就会闹火灾。这通俗易懂的例子令我们全家恍然大悟,茅塞顿开。电学作为《工业基础知识》课的一部分,我在初中学过。那几年,"文革"刚起来,先是停课,后又复课闹革命,接着,学工、学军且"深挖洞",学到的东西少得可怜,难能可贵的是,偏偏掌握了这点儿电学知识。

第一次手术做的是左腿,半年后将做另一条腿。术后,母亲仍日服精肉三两,不过我们未完全遵从医嘱,而将肉剁成末蒸肉饼汤。半年时间转眼就到了,按说调整了线路的左腿该好了,可是,结果仍然短路着。阿姨好像忘记了这时该做的事情,每次来绝口不提右腿的手术。我们也不问,彼此心照不宣。

母亲曾深怀歉疚之情对她说,我认命了,就别再费神了,哪能用这肯定治不好的腿拖累你呢?我半辈子都挺过来了,你还年轻。

当时,阿姨挺倔强的,说了一番大话,发誓一定要攻克这个堡垒。可是,在病人几乎生吞下一头肉猪之后,她竟落魄地走了。

走得很意外。没有风声，没有先兆。她突然登门通报，她将要去支援新线。哪晓得，说走，真走了。此后，再也没有露面。

听说，她还带走了丈夫和孩子，去的是一个小站。

阿姨走后，医院彻底放弃了他们确定的攻关项目，再也不派医生光临我家了。我曾背着母亲去过医院，有些医护人员打量母亲的眼神怪怪的，不无鄙视和讥嘲的意味，恍若突然发现了阿姨遗忘的某件器物。这让我们格外想念阿姨救死扶伤的那股热情，哪怕那热情源于荒唐的想入非非。后来，我下乡做知青又去读大学，有一阵子，我家忽然成了土郎中、江湖游医或者说乞丐、骗子的济赈所。游医中有的诳称自己曾是国民党少将军医，有的声言为林彪做过保健医生，至于自吹留过洋、援过外的小巫就更多了。那些卖狗皮膏药的家伙好像受谁指使似的，总爱在我家周围转悠，他们用浸泡着狗骨猪骨的劣质酒，用一些枯藤蔫果，用说是蜂毒蛇毒蝎毒蚁毒天知道是童尿还是猪潲水的液体，从我家骗走不少钱。

有一次回家，遇见一位气功大师正为母亲诊疗。母亲躺在里屋的床上，大师跑到屋外，隔着红石墙体对着屋里发功。他问：有感觉吗？母亲答：没有。他继续发功。如此几个回合后，大师不耐烦了，气冲冲地进屋，训斥道：怎么可能没感觉呢？静下心来！重来！

我觉得那是训斥，因为我瞄见了大师的横眉怒目。而且，他低沉的声音里有一种威慑的力量。

大师又到屋外去发功。大师索性怒喝一声：有感觉吗？母亲一愣，继而很不情愿地作出大师期望的回答。

那也是无私的阿姨倾注心血期望赢得的回答。我并不知道她离去的确切原因。写下这篇文章时，才猛然惊觉，一晃三十多年过去，怎会没有她的任何消息？

每个人的秘密

一位能说汉语的牧人到我嘴上讨烟抽，只抽一口杀杀瘾。

我给了他一支。他很感激，要回敬我一头羊。

我怎么弄回南方呢？不过，我没有披露我来自何方。我想他能知道的城市大概只有乌鲁木齐。果然，他正是拿我当乌鲁木齐客人。

他把我的惊奇误为犯难，便更慷慨了，索性要再送我一匹马。可以驮上羊和我，直奔乌鲁木齐。

为了他的美意，我把剩下的半包香烟全给了他。我们围着马粪席地而坐。他突然问我：你有几个爸爸？我一怔，反问道：你不止一个爸爸吗？他手握皮鞭，遥指草原：很多很多。我以为自己听拧了，一再证实。他却坦然得很。

如果不是叼羊的马群呼啸着席卷而来，他的故事一定会像碧草中的红裙那么艳丽夺目。可惜，我惊恐地逃开了，马蹄踏灭了我们扔下的烟头。

那是我遇到的唯一没有秘密的人。确切地说，可以拿身世之谜当礼物馈赠的人，只是其价值略高于羊和马，相当半包香烟而已。

一个没有秘密的人，令我猛然联想到击溃生命的某些秘密。蹊跷的死和暧昧的生。

可以说，我在少年时代就对生命的内在秘密充满了好奇。这是因为我家一位邻居的死。

她住在我家隔壁，我感觉我们两家之间的墙是一面笑墙，墙的夹心里砌着笑声，随时贴着墙都能听到。一个成天乐呵呵的年轻女人，自然能够很稠密地养下四个儿女，自然能把丈夫伺候得更加恋家，以至让他成了邻居眼里的影子，只有上下班时才会从楼道里闪过。每到秋冬季，邻居都能分享到她腌的咸菜，听说味道很好，但我从不沾它，因为我看过腌制的过程，用一块钱买来一板车白菜，洗净晒干后放在脚盆里，再撒上盐，下脚去踩。我觉得恶心。有一次，她端着一碗肉上门让各家尝，硬挟了一块给我。她和女儿都神秘地看着我，问我香不香，然后都击掌大笑了。那是老鼠肉。在我仍然为此腻歪的日子里，她丈夫接到了从浙江农村传来的噩耗，拖儿带女欢欢喜喜去探亲的她竟在老家自缢身亡。很蹊跷的死。没有飞短流长，也没有闲言碎语；没有蛛丝马迹，也没有先兆和遗言。

如果，靠家长里短养活自己的妇女都大惑不解，那么，事件真是悬案了。邻居们总是用这句话为大家的分析作结：她怎么可能为什么事想不开呢？这个谜肯定也一直困扰着她的丈夫和儿女。直到现在,她丈夫仍未再娶；而她的儿女打从老家回来，性格都变了，一样的阴郁，一样的惊惶，躲闪着经久不衰的议论，甚至对同情和关心也是麻木的。她的大女儿曾是个疯疯癫癫的小丫头，常以玩耍的理由骗得我们几个男孩子闯进邻家，却见一般大的女孩当屋坐在盆里洗澡，女人和女孩子一起哈哈大笑。那时候我总觉得是她们母女共同策划了这样的阴谋。

她的笑声、心地，都和澡盆里的女孩一样坦荡。而她却以生命制造了几十年也无法破解的秘密。不，一定是内心深处的秘密把她俘获了。

我从前下放所在的农场，人少田多，田间管理粗放得可以。收割时得先给禾田剃头，即割了上面一层稗草穗子，再去割禾。每年秋后，每个劳力都能分得一箩稗草子，可用来磨面做馍摊煎饼。内心的秘密大约就是这种野蛮的植物。

或者，是一种温驯的动物。比如羊。引众多骑手为之角逐，亢奋的马蹄卷起滚滚烟尘。

对于一位志愿军老战士，他的秘密大概就是嫖"五姑娘"的经历了。

我不知道他是怎么进的农场，加入了以知青为主体的队伍。大概和他每逢节日喜辰就别在胸前炫耀的奖章、纪念章有关吧？我总觉得那奖章有点可疑，极可能也是纪念章，要是真立了军功，即便回乡作田，这二十多年怎么着也该混个大队干部，至于到农场来做临时工吃苦受累吗？

而他以行动证明着自己。冬天筑水库，他是工地上的虎将；夏天采瓜果，他是果园里的模范。脏活累活都被他抢去了。那时因为我们年轻着，所以，五十多岁的他在我们眼里已经很老了。场长便夸他是老当益壮的老黄忠。我至今还记得他的相貌和笑声，很工整的四方大脸，却叫太阳穴上的一个疤给破坏了，很爽朗的笑声，也因为那个疤吊起了慈眉善目，而带着几分匪气。长相虽凶，并不妨碍他成为一个开朗宽厚的好老头。事实上，年轻人都很喜欢他，喜欢他的力气和精神，喜欢他的经历和黄段子。他的黄段子总和自己有关，在淫邪的笑声中，他把自己剥开了。无论故事是真是假，他开朗的性格当不会伪装。

我觉得他在讲述中把自己剥开了，是因为回味那些黄段子，我体会到生命由盛而衰那种真切的感伤、迷恋和不甘。他甚至把自己当兵时的自慰行为也坦白出来，并喻之为嫖"五姑娘"，难道不是以快乐的心情回望自己？

这个把自己的隐私化作满嘴荤腥的男人，后来依偎着一棵树死去。一棵年产四五百斤梨子的树，一棵正是繁花满枝的树，一棵面对他的选择毫不动容的树！那时，全场的男女刚刚喝过他小儿子的喜酒，他醉醺醺的笑声仍在果园里缭绕。他的家人大惑不解，便报了案。现场勘察的结果证实，他是自杀无疑。至于为什么，只能讯问那棵老梨树了。

我记得那天早晨他披着一身落英。花瓣雨在他四周纷纷扬扬，晶莹似雪。因为天放晴了，蜜蜂炸了营似的从遍布果园的蜂箱里蹿出来，每根花枝都栖满了它们轻盈的歌唱。

蜂群会把他当作一根硕壮的花枝吗？

高中同学插队几年后陆续回城。我离开那座果园比较晚，直到恢复高考那一年。身在异地读书而后工作，故地故人的消息常常在无意之间就被我截获了。

在那些消息中，有一个人在《红楼梦》里葬花。我想象落英缤纷，肯定先把那个去葬花的人给掩埋了。当得知她以那套古典名著为导游地图，离开站台，沿着铁路款款而去，最后迷失在《红楼梦》里，我难以置信。因为这个事实几乎比红楼故事还要古典。

然而，这是真的。我不由地感慨：难怪好些年没有在站台上遇见她了！

因为家的维系，那座站台是我无数次旅行的起点或终点。她作为站上的员工，便是我经常遇到的人。她有时是一块胸佩，闪现在客流之中；有时是车站的广播，问候着风尘仆仆的列车。在迎来送往的生活中，青春列车也从她身边悄悄开走了。

　　我不知道后来是怎么发现她的。站场空空荡荡，站台空空荡荡。她神情恍惚，冲上天桥，眺望疾驶而去的风笛和轻烟。其后不久天桥便被拆除，改成了地道。我想，这对她很可能是一个不小的刺激。也许，正是从那时起，她下潜到古典爱情中，穿过地道，开始了那失魂落魄的追寻。根据朋友的描述，我想象她的行状。她走在路基的一侧，步幅一定比枕距更小，像黛玉那样，弱柳扶风。护坡上长满了刺槐，身后有一趟趟列车猛然蹿上来。她走在刺槐和列车的中央。在列车卷起的飓风里，她随风轻扬，又飘飘落地。如所有的梦，一样的轻盈，一样的自在。

　　她去寻找一个人。书里的人。梦里的人。爱恋中的人。乘着她的青春列车远去的人。从此，她踏上了浑浑噩噩的行程。

　　一个青春不再的女人，为着一个虚构的男人！

　　一个过去并不怎么爱看书的女生，为着一本如今甚至难以颠倒少男少女的老书！

　　所以，我总觉得那本《红楼梦》是幌子，是迷魂阵。是她化妆盒里的某一种，是返璞归真的时装。她的真实应该包裹在流逝的岁月里。既已流逝，那便是她自己的秘密。我无意探究，只是好奇地猜测，一个人的内心秘密究竟有多大，是一株稗草，一树梨花，还是一列火车？

　　在我遇见那位能说汉语的牧人之前，有个漂亮的姑娘引领着我赶往赛马场。我们是在葱郁的林子里走到一起的，我向她打听赛马场还有多远，从叶隙里滴答下来的阳光正好被她用笑涡盛着，她不言语，只打算用那笑引领我，便牵着一个戴花帽的半大男孩蹿上前去。林子里的土很暄，应该算是很厚的浮尘。一脚踩下去，鞋子里就灌满了尘土，我不时停下来伺候鞋子。她时时回眸一笑，也不断停下来休息。我读懂了她那双能说汉语的大眼睛，踏着她蹚出来的路攀上山顶。

沿着山脊再走几里路，就是一片丰茂的草场了。人群马群已经集聚在那里，场面很是热闹。可能是告别吧，那个姑娘又冲我笑了笑，和那个男孩一道消失了。

再见她，是赛马结束后在下山的路上。烟尘滚滚，马蹄嗒嗒，人骑在马上，马被人牵着。在人流马队里，她牵着的已不是半大男孩，而是一个强壮的小伙子。她挽着他，嗑着葵花子，像那些能够边骑马边嗑瓜子的小姑娘一样。她看见我，笑盈盈地紧盯着我，在持续了好一会儿的无言对话中，首先怯阵的倒是我。于是，她踮起脚够着小伙子的耳朵说了些什么，肯定与我有关，小伙子挺开心地不断瞟着我。说笑之间，他们紧紧地搂抱成团。热烈，坦荡，如同演绎牧人未及道出的心中故事。

直到现在，我一直在想：戴花帽的男孩怎么不见了？记得当时我很注意在人群中搜寻他的踪影，仍然未能破解这个谜。莫非就是那个小伙子，在观看了赛马、叼羊、"姑娘追"后，他忽然长大了？

　　草原上也生长着秘密，却是遍地的花蕾，健康而饱满，充满渴望又激情洋溢。

　　如她的眼睛。

追忆工农兵文艺站

　　工农兵文艺站，一个印有鲜明胎记的名称，一个陡然出现而悄然隐身的群众性文化机构。如今，知道它曾存在于上世纪七十年代的，尚有几人？

　　我在网上搜索这一条目，与之相关的内容寥寥无几，而且，大约都牵连着销售古旧书刊的信息。比如，《工农兵革命故事专辑》，由波阳县工农兵文艺站编；《人物画资料》，由南昌市工农兵文艺工作站编；《工农兵文艺》1971年第一期，由九江专区工农兵文艺工作站编；《工农兵文艺》1972年第一期，由上饶地区工农兵文艺工作站编。仅此而已，未见其他。

　　几本书刊，均产自江西。莫非，工农兵文艺站为江西省所独有？我不知详情，且无意探究。不过，以上提及的文艺站倒是唤醒了我对它的记忆。我相信，若能得到那些书刊，翻开来，其中一定有我熟悉的作者姓名……

在偏僻的农场里，我用父亲从单位上带回家的列车编组顺序表写诗，也用拍打干净的磷肥包装袋写诗。所以，我的诗有时比薄薄的顺序表还浅薄，有时比敦厚的牛皮纸还生硬。

是插队在别处的同学告诉我，城里有个工农兵文艺站，并鼓励我把诗稿寄给文艺站的林老师。小学毕业那年，我尝过投稿的好处，那便是得到了报社赠送的一枚书签。来自1966年、印有毛主席语录的书签，至今仍夹在某个笔记本里。当然，做知青的我希望得到的不再是书签。是什么呢？也许，只是林老师的回信。

回信很简短，要我得便回城时去文艺站一趟，像一句接头暗语。面谈却很长，见面后，林老师把我领到文艺站楼上的家里，善谈而热情的他，操着浓重的广东腔并伴以生动的表情，捧着我的诗稿，向我面授文学写作的基本知识。以后跟林老师的交往更长，长过了漫长难挨的知青岁月，也长过了冗长的文学话题。当地好些爱好写作的知青都把他当作最可亲近的师长。都爱径直往他家里跑，都爱把知青注定会有的心事告诉他。

所以，躲过别的耳朵后，他在鼓励我争取发表作品时说：这本不是我们的生活目的，也不是我们所应追求的，但在某个具体时刻中，是可以考虑一下这种需要的。良心不堕落就行。

为此，他屡次以工农兵文艺站的名义，把我的诗推荐给少得可怜的几家公开发行报刊。

而更多的时候，他叮嘱道：千万不要忽视诗味，诗不能没有美！又说：中国的文学，说到底还是应时文学。真正能传下去的，被历史认识的，这些年来有多少呢？要经得起清算的！

言辞虽铿锵有力，他的声音却很轻很轻。仿佛耳提面命，仿佛憋忍不住。我还记得他当时神态的变化。开口之前，先是凝望窗外或别处，作沉思状。接着，用笑意荡然无存的目光逼视着我，吐露心声后，耸耸肩头，要么起身离座。那些令我振聋发聩的见解，如电闪，稍纵即逝。也许，这是一种技巧。那时，真诚地讨论文学，的确需要技巧。知青作者中鬼鬼祟祟地传说，坦诚的他就曾因出言不慎而被揭发、被批判。

与之相比，文艺站的郝老师简直是谨小慎微，像我幼时在科教片中看到的某种小动物，比如瓜田里的獾或沙漠中的鼬鼠。郝老师是突然出现的，很快便调走了。林老师把我介绍给了他。他漠然地瞄我一眼，漫不经心地说，晚上到我住处来吧。

林老师曾是海军军官。当年转业时，随大批军官一道被安置在国营垦殖场，后有不少转业军官分别调入各地的工农兵文艺站或其他文艺单位，他也在其列。郝老师也来自部队，还是专业创作员，听说写了一个电影剧本，拍摄时不巧赶上"文革"。电影虽夭折，作者仍难逃罪责，于是，在挨整后转业地方。

郝老师住在图书馆一楼右侧的第一间。我熟知图书馆的结构和布局。一楼左侧是外借室，右侧是几间办公室或单身职工的寝室，二楼则是阅览室。外借室晚上不开放，因此，一楼只有悬在门厅和过道上的几盏昏黄的灯。二楼倒是灯火通明。读中学时，我常去阅览室，趁着停电的机会，曾顺手牵羊摸走一张《解放日报》，是一篇赞美雪莲的散文令我爱不释手。

天黑之后，我揣着一叠诗稿，贴着灯光的边缘，走进更黑的暗影，小心翼翼地敲着他的房门。门缓缓地敞开一道缝，郝老师站在门后，我侧身挤了进去。

一只十五瓦的灯泡，钨丝是暗红色的。一张黑黑的脸，眼睛是阴郁的。我俩相对而坐，头上悬着灯泡，眼睛辨认着眼睛。他没有接下我的诗稿，而是用低沉而缓慢的声音顾自说着闻捷、公刘、陆棨、沙白、梁上泉，说着他喜欢的诗人。他甚至背诵了他们的好些诗作。他叫我一定要读读这些诗。我记住了那些诗人的诗集，可是，他应该知道，那年头除了报刊上的应景之作，哪里还有诗歌？何况，早在初中时代，我就凭着父亲的借书证，把城里的两家图书馆都读遍了。这绝不夸张。每证每次可借两本，我的频率是每天分别去一家图书馆，而图书馆的文学藏书早已被清得只剩下科幻、民间故事和极少的小说。

后来读大学进了省城，我在校、省、市的三家图书馆里，总算一一找到了闻捷们，我把郝老师提及的诗人通读了一遍。

我想，当时，我登门时很神秘，离开一定也很神秘，像影子一样。大约被好诗灌醉了，我竟不记得是怎么告别郝老师的。

三十多年后，与旧日的诗友邂逅，谈及郝老师，没想到，诗友如我，为拜会写作导师，也曾狐妖一般出入图书馆。

工农兵文艺站，其性质同文化馆、群众艺术馆无异。然而，在那个特殊年代，以"站"相称，不觉间变得滑稽起来。我等的经历，使之恍若地下党的交通站、秘密联络站。

当然，文艺站即冠以工农兵，理该为工农兵轰轰烈烈地干活。我记得，有一年，上面要求抓好重大题材创作，我恰巧有个长篇叙事诗的写作计划，反映的是梨园里的知青生活。理所当然的，引起了文艺站的关注。

我没有写日记的习惯。偏偏，那个创作过程被记录下来了；我也没有收藏的习惯。偏偏，那个小本子侥幸地被留存下来了。

那个计划酝酿于早春二月，此时，梨树酝酿于枝条上的芽苞、花苞已经膨胀。待等一夜春风，便见梨花似雪。也许，我就是看到某粒圆鼓鼓的芽苞萌生了好高骛远的念头。

四月底，文艺站紧急组织讨论我的写作提纲，提出了几个问题。其一，关于主题思想。要反映通过文化大革命锻炼的一代新人，在新的形势下，为巩固和发展无产阶级文化大革命的伟大成果，在阶级斗争中迅速成长；其二，关于人物设计。原提纲事件淹没了人物，一号人物形象单薄，有的地方有损于英雄形象，如谈心等细节。英雄的行动较少，被动，一号人物要起主导作用。反面人物技术员应是极端个人主义者，反右斗争中受批判下放林场，后得副局长信任，又燃起个人奋斗的欲火，妄图实现破灭的幻梦，故与一号人物展开了你死我活的斗争；其三，其他要求。结构不要过细，表现手法宜叙事与抒情相结合，等等。此时的果园里，一棵棵梨树已经挂果。我的诗句也一段段地挂在了文艺站提供的方格稿纸上，我得到了好几本稿纸。

五月下旬至六月初，上饶地区工农兵文艺站在铅山县专门召开会议，讨论各县的重大创作计划，计有长篇小说三部、中篇小说十一部、电影剧本一部、长诗两部，按题材分，则是知青题材六部、学大寨题材四部、历史和教育题材各两部，血防、工业等题材各一部。会期竟长达十天，先是学习讨论上面的重大题材创作会议精神，接着，各地汇报创作计划，其后分组讨论具体的作品或提纲。作为业余作者，那是我第一次外出参加文学活动。七十年代的铅山县城，晨起群鸦噪林，暮至满城倩影，令我甚是惊奇。

会余，邻县文艺站一老师建议我的长诗可命名为《风雨梨园》，大自然的风雨锻炼考验了梨园，阶级斗争的风雨锻炼了一代新人。如此这般，立意就深刻了。而分组讨论的意见挺尖锐的，说同走资派没有正面冲突；说七八九月份翻案风刮起，写梨园丰收十分不妥；说某个正面人物成了木偶；说矛盾的线条混乱，中心事件经不起推敲……为会议压轴的是出版社编辑讲话，讲话核心内容是，矛头要紧紧对准走资派，不能虚晃一枪。散会后，我搭乘人民公社的拖拉机离开铅山，去上饶乘火车回家。在拖拉机上晃得很实在，五脏六腑差点没颠出来。如今想来，心里一惊。拖拉机怎么会成为我等的运载工具呢？若是会议主办方安排的，别是启示作者该怎么对待走资派吧？

六月份的梨园，真的是风雨梨园。台风一来，满地落果。台风接踵而至，落果层层叠叠。尚未经过糖化期的落果，淡乎寡味，只能任其腐烂成泥。梨园里弥漫着浓烈的酸臭气息。

农场的梨园里，早、中、晚熟品种都有。早熟的，六月底便可陆续采摘，晚熟的，拖不过八月份。根据我的记载，文艺站的老师惦记着《风雨梨园》，曾于十月初徒步十余里来到农场，向我面授机宜。意见比从前更多更系统。于是，那部长诗和我的信心，都像秋天的梨园一样，黄叶片片坠地，随风飘去。

当年的上饶地区工农兵文艺站真是活跃。其后的一年间，我参加他们组织的活动竟达三次之多：诗歌和歌曲创作学习班，赴井冈山参观学习，新国歌创作会议。

我所在的小城是全省恢复高考的试点县份。考后没几天，由镇革委会政治部（而不是文艺站，以体现领导重视）亲自召集作者开会，布置新国歌创作。那是一场声势浩大的全国性歌曲征集活动，意在充分发挥人民群众国家主人翁的作用。新国歌要求：鲜明地表现在以华主席为首的党中央的领导下，高举毛主席的伟大旗帜，坚持无产阶级专政下的继续革命，继往开来，承前启后，为把我国建成现代化的社会主义强国，奋发图强的时代精神和战斗风貌；歌词要求精练；曲谱要求庄严雄壮，有民族风格，易记易唱。

三天之后，当地选中我，让我携词作去上饶开会。地区文艺站同样退隐于幕后，会议由政治部主办。

不知为何，我极为吝惜笔墨的日志恰恰在这次会议期间突然中止了，绿皮封面的小本子上从此记的是，北京和上海一些现代化养鸡场的鸡舍设计，青年鸡、蛋鸡的饲料配方。

如今，面对那一份份很细致的配方，真是匪夷所思。要知道，其时高考录取通知书可能已经上路，我怎么还会惦记着农场一再闹鸡瘟的养鸡场而不顾新国歌呢？

工农兵文艺站呕心沥血抓的重大题材创作，好像没有一件能横空出世，包括我的《风雨梨园》，均胎死腹中。

不过，忆起文艺站，心底自有别一种亲切。因为它，我结识了文学，结识了好多老师和作者。所以，我敢说，网上搜索到的文学书刊里一定有我熟悉的姓名。

那年头，文学可以是一块敲门砖的。有不少知青，正是因写作而改变命运。我也受益于写作。拿到手的好处是，镇革委会召开三级干部大会、群英会，调我去大会材料组，凭着笔杆子，吃了好些天的会饭，省下农场食堂的不少饭菜票。甚至，镇上准备调我回城，去宣传部门工作。若不是收到了大学录取通知书，我同样也会因写作而改变知青身份。

几年前，我读到一本年近花甲的诗集，题《知青岁月》。里面的许多诗作已经三四十岁了，是那个远逝时代关于情感的断简残篇，是一个人的背影和心情，为众多知青回顾历史、回望人生提供了弥足珍贵的心灵线索。作者以劳作入诗，以日常生活入诗，以乡村人物入诗，以点点滴滴的自我感受入诗，诗歌仿佛是他的青春日记。可以想见，在插队落户的艰辛岁月，诗歌成为作者最忠实的青春伴侣，写诗是发自内心的倾诉，也是对自我内心的一种抚摩。于是，在只有"竹片做隔篱"的知青宿舍里，一豆灯火，照亮了既充满青春冲动又不无青春彷徨的诗心。

不由得联想到自己。那时候，我写下数千行诗，最初总是礼赞广阔天地里的杜鹃花紫云英马尾松什么的，工农兵文艺站批评我的诗充满"小资情调"，弄得我挺委屈的。后来，我的诗歌就成了在"大我"、"小我"的积木之间平衡关系搭起来的小房子，我把自己关进了这样的小房子里。我怎么就不懂得用诗歌来记录自己的心路历程呢？

这番感慨，毫无抱怨文艺站的意思。当年的文艺站也无奈。正因为如此，我倍加感恩于文艺站里的两位不露声色的播火者，那些私密的文学教诲。要知道，并非所有地方的文学作者都会如此幸运。

我的七七级

为了立场的赶考

我本来是作为知青在公社农场插队，两年后公社农场划归国营垦殖场，这意味着我成了农工，可以拿工资了。当时还挺乐，后来才知道，所有上调回城的机会都失去了。我曾空腹喝下一瓶李渡高粱酒，以此诀别回城的希望。那是我第一次喝酒。长醉到一九七七年秋天。

在那个秋天以前的一年四季，我差不多每天奔走在垦殖场和鹰潭镇之间。为了出纳的工作，也为了内心的不甘。隔三差五的，从银行出来，我会顺便去镇上的工农兵文艺站看看那里的林老师。恢复高考并在鹰潭试点的消息，就是林老师告诉我的。其实，高考报名的通知是通过多种渠道广而告之的。比如，发文、广播、在街上贴海报，等等。只是我所在的垦殖场是全省最小的国营农场，小得不起眼，也就成了任何人都可能遗忘的角落。

蹚着满街的甘蔗渣，我在华侨旅社找到了报名处。冷冷清清的，可能快到截止日期了吧。作为全省恢复高考的试点，招生前也许摸了底，因为接待我的老师好像知道我曾在《诗刊》上发过一首诗。那时的诗歌不过是应景的顺口溜罢了，不过，发表作品时弄得动静很大。编辑部先是给镇委宣传部打电话，接着又是电报和信函，多形式多层次不厌其烦地政审，仿佛惹了什么大麻烦。

报名之后，有一段复习准备的时间，可是，复习什么呢？场里订的报刊是《人民日报》、《农业科技》之类，我拥有的书籍是《果树栽培知识》、《四川柑橘》什么的，读高中没有课本，油印的讲义早已让家里点火生炉子了，吃了油墨的纸是最好的火捻子。喝了那瓶李渡高粱后，我最大的梦想是做个园艺师，像米丘林那样，让梨树上结蟠桃，让一片不会结果的苹果林长出梨。所以，虽然做脱产的出纳，每天从城里回来，我更愿意跟着林业队去施肥打药剪枝。很多树上都有我嫁接的作品，不过，全成了疤瘢。

复习阶段也是在果林里度过的。因为心虚，对这场考试并不曾抱有希望。而且，场里有个职工的丈夫在镇委当秘书，他向我传递了一个信息：宣传部准备调我。后来，接到录取通知书后，他再三挽留我，说："你去读书也不是为了回城吗？"

想来，他的觉悟不及我的场长。

正是场长威严的一句话，改变了我的人生。垦殖场离城有十多里地，考场设在鹰潭中学。我最有把握的就是政治，在知识荒芜的年代，我们不就生活在政治里吗？可是，头天上午考完政治，感觉可能拿不到我预期的高分，想想下午是考丢了六年的数学，心里发怵了，逃也似的回了农场。午饭后，被场长看见，他一把揪住我，厉声喝问为什么临阵脱逃。我支支吾吾地解释了一番后，他竟上纲上线，给我扣帽子。被他吓着了，我骑上他的专车——一辆铃铛崭新、别处破烂的自行车，一路狂奔，途中还得跨过信江上的浮桥。赶到中学校门口，第一遍铃声响了，闯进考场，恰好第二遍铃声乍落。

那位场长前几年已经去世。但他愤怒的训斥仍萦绕在我的记忆中，永远不会消散：“小刘，告诉你，考好考坏是水平问题，考不考是态度问题、立场问题！”

没想到，为了坚持立场，我付出了不小的代价。垦殖场直属镇委，党支部大会讨论通过了我的入党申请后，需报镇委审批。镇委冷笑了，说：你别的手续都办好了，意味着人已离开，我们怎么能审批呢？这还不算。当时有规定，国家职工满五年工龄可以带工资。我是四年七个月，打个马虎眼，也过得去。此前我做知青还有两年呢。可是，镇里铁面无私。其实，带工资的同学中未满五年工龄的，大有人在。既然关乎立场，通融则个何妨？

阴影中的阳光

我们中七七应该有九十九朵玫瑰。有的人、有的事可能已经淡忘了。比如，那个没有来报到的同学，他是上海知青，因为入学前上调余江县委宣传部，他就放弃了。一组男生寝室空着的铺，有一张本属于他；另一张属于郭姓同学，一个来自宁冈县的瘦高个。郭是在开学之后离去的，他的铺位一度成了我们寝室的箱架。

现在忆起，那怅然离去的背影简直有点儿悲壮。

入学报到之后，要到学校医院去做身体复检。不料，查出问题来了。X光片显示，他的肺部有阴影，纹理比较粗。好像接着又透视过一回，证实了那团阴影。我曾陪他去过几次医院，咨询医生。每次看医生，医生都是和蔼可亲的。他们说，感冒也会导致纹理变粗；他们说，你要加强锻炼，跑跑步，也许阴影就消失了；他们说，你别紧张，这事要报学校，到学校作出决定还会有个过程，说不定那时你完全好了呢。

这就是希望，是照亮阴影的阳光。于是，郭遵照医嘱，开始跑步。我依稀记得我们一组的男生曾经陪着他，在下午的操场上跑，一圈又一圈。假如哪一天我忽然打算写一部反映大学生活的小说，我肯定会用足这个细节，我将用这段回忆文字证明，这个细节来自真实的生活经历，而非抄袭那个阿甘。

他带着阴影奔跑在晨曦中，暮色里，月光下。我因为睡眠不好，早晚都能听到他床上的动静。每天天还没亮，他就小心翼翼地穿衣起床了，轻轻地掩门而去。仍在做梦的操场，只有他和时间赛跑的脚步吧？

我们都在为他加油。不仅充满同情，也出于友情。我记得他老是抢着去打开水，勤快，而且热心。比如，就在那段日子里，他领来了他的老乡，一位在昌的部队诗人，他让我们结识在很快就不属于他的校园里。后来，那位诗人却考入这座校园，在政七八就读。我清晰地记得当我们握手时郭的表情。虽然内心阴影笼罩，他的眼里却是温暖的光明。

经过一段时间的锻炼，他又去拍了片子。那是一个春光明媚的结果。冬天走了，春天来了，阴影被驱散了，太阳穿云破雾出来了。仿佛是一个奇迹，或者，是调皮的肺，跟它的主人开了个玩笑。

可是，学校的决定接踵而至。那真是一个残酷的玩笑，是毫不暧昧的两个字：退学。我依稀记得郭去找过有关部门。然而，从前的决定是庄严的，不似如今；从前的人对决定是恭敬的，也不似如今。

郭要走了。要把从宁冈带来的行李送回宁冈去，要把入学通知书寄还给一九七七年，要把内心的阳光托运给一九七八年，而把阴影揉作一团随废纸扔掉。

他收拾好行装，等了两三天，然后乘不待天大亮就发车的班车走了。那天早晨，我们一组的男生都早早地起床，送他到校门口。晨风很凉，飕飕地吹进心里。

后来，我得知，几个月后，他考入了江西财院，毕业后去了财政部。算起来，他回到宁冈时，七八年高考就该开始报名了。也许，那团阴影本是命运对他的一个恶意设计，看到他坚定的奔跑，命运终于笑了，笑得很阳光。

牛群和书亭

无疑，那群水牛曾经是大学的教员或教具。七七级开学报到的日子里，它们也跑到校门口欢迎新生入学来了。一个个，悠悠哉，大腹便便的样子，表情奇怪地扫视着排在横幅标语下的一张张课桌，围着桌子的一堆堆的行李和人。那是各系设的报到点。水牛们从容地穿过熙熙攘攘的人群。戴着眼镜的牛郎手持一截不长的棍棒，而不是竹鞭。他跟在牛群后面，只顾笑嘻嘻地四下张望。当时，我就记住了他的眼神。和善而坦然的眼神。

后来，我管他叫姜老师。上海人，个子挺高，黑而壮实。比水牛要白，跟水牛一样壮实。此时已是一九七八年春天，省城的大学校园里仍养着一群水牛，一位教师仍在省城的大学校园里放牛，实在叫人诧异。在此七八年前，我读高中，主要课程就是学农、学工，学农时教室搬到了农场里，一边种田一边上课。放牛是放牛娃的活儿，连学农的我们也无须放牛。然而，尽管人们欢呼的春天来了，一位大学教师依旧在都市里放牛，真是匪夷所思。于是，在七七级新生中便有了种种传说和猜测。

校园里，草地有限。所以，那群牛经常跑来操场上吃草。有体育课，它们会老老实实待在场外。没有呢，它们就成了操场的主人。更多的时候，它们是在化学楼后面的树林里和澡堂子后面的池塘边。我一直纳闷，有限的草地怎能把这几头水牛养得膘肥体壮？更可笑的是，学校在近郊的湖边，湖边村庄的牛也觊觎着校园，我屡次亲眼目睹它们破墙而入。一旦有外牛入侵，大学的牛可不像当时的大学老师那么彬彬有礼、那么谨小慎微，它们敢怒敢吼敢冲上前去。我还记得水牛雨中群殴的情景。姜老师的牛保卫着有限的草地。

没多久，草地更少了。比如，新建的小书亭便占去一小块。重新出版的名著大约也是一种饲料，而我们则是饥肠辘辘的牛。每有新书到货，抢购者恍若斗牛一般，头相抵，肩相撞，一个个斗得眼红，斗得性起。事后，回想起来，每次抢购风潮的背后似乎都有姜老师。一位并不年轻的放牛郎。至少可以说，他是中七七参与抢购的幕后推手。

他总能掌握书亭进货的确切消息：有哪些名著，哪家出版社出版，哪天开始发售。他总是在第一时间告知中七七。他认识中七七好些男生。或者说，因为其消息灵通，我的同学都愿意接近他。不知这位教化学的放牛郎，是依然怀揣文学梦呢，还是可怜几乎没有读过世界名著的中文系学生。

当书亭进新书频率越来越快的时候，这位教化学、且关注书亭、关怀我等的放牛郎，被从牛群中调到了书库里，成为校图书馆的工作人员。我无从揣测他的内心是悲是喜。他一如既往，乐呵呵的。我疏于观察，竟也没有注意：是由于失去了牛群才调他去图书馆呢，还是因为他的调动而导致牛群在校园里永远消逝。

当然，与放牛相比，他能为我和我的同学提供更多的方便。比如，图书馆有了好书，他一定会及时通报我们；给他一张需要借阅的书目单子，他会想方设法替我们预留着……感受着他的好处，我常常犯惑，作为大学教师，他和逝去的岁月到底还能有什么解不开的牵连呢？

曾是同学的老师

非常意外地，我在教学大楼的走道上遇见了他。确切地说，是在中七七教室门边。在记忆与现实的边界上。这意味着，他将是下一堂英语课的老师，他成了我的老师。

都有些吃惊。都有些尴尬。其实，在入学后频繁的走访老乡活动中，我已知他在这座大学任教，他应该也听说我在七七级的新生名单中。意外的只是此处的巧遇，是同学关系的颠覆。

　　而我此时却是直呼其名。他并不在意。微笑着。像许多老师那样，笑得深沉而含蓄。他比初中那会儿长高了不少，壮实了不少。初中毕业后，我俩再也不曾见面。我想，当年不起眼的一个小个子，如今成长为身材挺拔、满面春风的大学教师，应该是在广阔天地里经风雨、见世面的锻炼结果。作为知青，他被贫下中农推荐上了外省一座大学。毕业后，当我的老师来了。

　　在恢复高考后的第一届新生中，这种情形并不奇怪。还有两人关系调了个儿，老师变成学生的呢。一家兄弟姐妹同时入学的，两辈人携手进校的，该喊同学作叔叔阿姨的，已经为人父母的，如此等等。满堂望去，老气横秋与稚气未脱熔于一炉，饱经风霜与满面春风相映生趣。既然如此，他尽可以当仁不让地做我的英语老师。事实上，他的表现很是坦然。

　　英语是从字母开始学起。读高中时，也开过英语课。也是跟着老师念字母。那时，学字母的目的好像就是为了学会某几句口号，比如：郎立夫却门毛，却门毛郎郎来夫！我在讲义上的每个单词、每句口号下都标注了类似的文字。教罢这几句口号，英语课便停了，那位英语老师一心一意做班主任去了。

　　显然，身为大学教师的他希望他的学生熟练地掌握英语。每节课，他都要点几个同学站起来，令大家一个个鹦鹉学舌。他不厌其烦地纠正发音，并且，每堂课都要花不少时间来滔滔不绝地强调学好外语的重要性。其实，七七级同学中不乏英语人才，有的甚至可以当翻译。于是，便有学生不满其教学了。

我嘴笨，插队多年才学会当地土话，对英语更是发怵，生怕被点名，总是埋头于课本里，以逃避他的视线。然而，通过偷窥，我发现他的眼睛时常瞟向我。头几次上课，他显然是善解人意的，没有为难我。当不满情绪在蔓延的时候，他无从选择点名对象，我理该做他的鹦鹉。他盯住我的目光黏黏的，却犹豫着。而我的目光则在奔逃，索性从课本逃往了窗外。他无奈了。

后来，再相遇，只见他高视阔步，横穿簇拥在走道上的人群，不跟任何人打招呼，径直走进教室；再后来，英语课换了一位更年轻的女教师。和他一样，也是工农兵学员。她却受到全体同学的欢迎。

竟也奇怪，生活在同一座校园里，其后的三年多时间不可谓不漫长，我却从未遇见他。而据我所知，他真实地生活在这座校园里。

万一相遇，我还能直呼其名吗？

《李白诗选》的故事

小书亭人潮如涌的情景，如今唯有春运期间在火车站售票厅才能看到了。

我买了一本《李白诗选》，应该还给父亲的同事陈叔的。那是五六年来一直叫我惴惴不安的心债。

　　打小就听母亲说，父亲在成家之前喜欢看书、买书，而到了我能啃大部头的时候，那些书都被藏了起来。整个中学时代，学工学农又学军，就是没有读书的自由。初中那会儿，同学间风行养蚕，我也养了。一团箕的蚕宝宝为了结茧，天花板、墙旮旯，满世界爬了去。收获蚕茧时，我意外地从自搭的小阁楼上收获了父亲的藏书。是一摞长篇小说。它们让我在饱餐一顿后，也暗暗风光了一阵子。可是，由于我乐善好施，在借给同学之后，终因有借无还而一无所有。

　　没有书的日子很无奈。曾经在不断停电的夜晚，就趴在阅览室里，几乎读完了一座城市的图书馆；曾经步行几十里去相邻的县城买书，乘兴而去，败兴而归；曾经绞尽脑汁写了一篇批判肖洛霍夫《一个人的遭遇》的文章，可惜，老师虽拿我的文章当范文宣读，却没有理会我更期望"批判"《静静的顿河》的用心……就这么饿着馋着念完中学去插队。在偏僻的公社农场，在孤独得令人绝望的时候，一本《李白诗选》忽然成为我唯一的知青战友，唯一的患难知交。

　　我还记得陈叔当时的表情，平静而略显犹豫。可能是看到我在抄报纸登载的顺口溜，他心有不忍吧，才主动提出的，语义很明白，是借。

　　那本书用牛皮纸包裹着。那本书的牛皮纸封面上没有题写书名。那本书扉页上盖有私章。那枚私章上的姓名无疑就是书的主人。这道理非常简单，这简单的道理令我心酸，多么希望有一天书的主人慷慨地说："既然你喜欢，那就送给你吧。"然而，尽管我拖着不还，陈叔始终不肯给个高姿态。于是，我清醒地认识到书迟早要还给人家。

想占有它么？那就自己"印刷"，自己"出版"吧。某一天，横下心来，抄！在已经熟读已经能背下相当一部分诗作的情况下，我果真在"双抢"的季节里，在昏暗的煤油灯下，忍着腰酸背痛炮制《李白诗选》的手抄本。手抄本也有结实的封面，是钙镁磷的包装袋。用劲一拍，那肥沃的封面总能飘落一层铅色的灰肥；所有的诗作及注释都抄写在一种叫作"列车编组顺序表"的表格的背面，那是父亲在铁路工作的缘故；可是，我却疏忽了那本书的版权页，所以，当时的《李白诗选》定价是多少我竟全然不知。

那本书的"定价"突然变得非常重要。因为，就在我刚刚拥有手抄本后，属于别人的书竟奇怪地失踪了。满怀歉疚之情，我曾经闪过照价赔偿的念头，但那念头仅仅是一闪而逝。我觉得，要是真的提出照价赔偿，不仅辱没了别人，也辱没了自己。在那非常岁月里，如此一本书有价么？

所有该找的地方都找遍了。所有可怀疑的对象都在我的意识中一一"拷问"过了。蛮不讲理地归咎于弟弟们，好没来由地同父母赌了几回气。见了书的主人，就逃债似的躲；躲不过，就谎称还在抄着呢。那个谎，撒了几个月，仍然找不到书。天地良心，我决不是耍赖夺爱，决不是……够了，不必解释不必表白。我的实话，连我自己都难以置信，真的。

我记得陈叔听说此事时愣了一会儿。我记得他醒过神来宽宏大量地表态了，用词极精练：算了。我更记得他当时眼里有复杂的笑意，不用说，其中包含着怀疑，正是这意味叫我刻骨铭心。

以后很长一段时间，见到书的主人，都灰溜溜的。那本书的遗失，对我来说，是人生的一大悬案，倘若陈叔果然怀有疑心，那么，则是一大冤屈了。

手抄本让我爱上了诗歌。我把一叠诗稿寄给了工农兵文艺站。接着，我成了文艺站的常客，因而在几年后我有幸得到了它编印的、发放范围极小的小册子，叫《学习资料》，里面收入的却是外国中篇小说名作，如《一个女人一生中的二十四小时》等。不言"批判"而称"学习"，是需要胆量的，不过，这多少也透露出些许春天的气息。是的，此时离春天不远了，文化的长河快要解冻了。

恢复高考后的头一二年里，教材仍是油印的讲义。校园小书亭，成为最早兑现阅读权利的地方。我曾想多买一本《李白诗选》还给陈叔，一转念，最终作罢。因为，区区七角二分钱怎能勾销一笔心债呢，何况，这其实是一笔历史巨债。陈叔，你说对吗？

1982·毕业之前及以后

尘埃落定。四季悬挂的黑黢黢的蚊帐终于拆卸。蚊帐就是营帐，该拔寨各奔西东了。

楼道里一捆捆的纸，寝室里一堆堆的纸。用鸡蛋换粮票的吆喝消失了，闯进校园的板车增多了，一杆杆秤乐呵呵地自由出入学生宿舍楼。铅印的报刊是有重量的，油印的讲义也是有重量的。描画在讲义上的密密匝匝的墨渍有重量吗？

1982年元旦一过，和收破烂的秤一样，大多数同学也在纸上忙活。相互的毕业赠言，题写在彼此的小本子上。有祝福、勉励、叙旧，也不乏吹捧。有诗词、散文诗、钢笔画，也有大白话。我的蓝皮的巴掌大的小本子里，留有四十多则赠言。礼尚往来，回赠应与受赠相等。同窗四年，是苦读的四年，直至毕业，九十多号人中恐怕还有不少从未说过话的，甚至，叫不上姓名的。我和好几位同学就是用毕业赠言第一次对话。

我之所以敢说此乃大多数同学所为，而非全体，是有根据的。毕业二十五年后，为编新的通讯录，我别出心裁，想收录当年同学的签名手迹，从多位同学那里借来小本子，拼拼凑凑，岂料，还是未能邀拢全体姓名的真迹。

有的姓名顾自在收拾行装。有的姓名忙于落实分回地市后的最终去处。偶有对相互赠言之举嗤之以鼻的，怕也难说。或许，依依不舍中，也不无冷眼相对？

为分配，暗地里免不了有一番竞争。希望留在省城工作的多，指标却有限。其实，入学不久，竞争就悄悄开始了。听说毕业论文很重要，它关系到能否顺利毕业、能否在毕业分配中占得优势。于是，如饥似渴的七七级，在饕餮刚刚端上桌的世界名著的同时，都早早地在准备毕业论文。

全体的论文都顺利通过，那可是几年的心血啊！何况，全体的论文指导老师几乎都心怀悲悯。有老师常在课堂上感慨七七级的命运，他们同情这群当过工人、农民、知青和赤脚教师的已不年少的学生。他们注定会用悲悯为试卷和论文打分。当然，也有严苛的，比如大一时的写作课，要求写一首诗，我得到那次考试的最高分，八十几分，后面竟带有小数点。好比卖废纸，计算单位精确到了两。

既然优异者甚众，成绩便无关去与留了。能否留省城，取决于表现、特长、用人单位意愿和系里的态度。另有避免造成夫妻两地分居的因素，也是，即便未婚的，差不多已是晚婚、将是晚育的模范。

临战气氛是在四年级下学期开学时，陡然弥漫开来的。有各种传言穿梭在唇齿之间，说某人公然带着一车木料来报到，某人常往系里蹿，某人常出入某栋教工宿舍，如此等等。毕业几年后，我读到一篇校园题材的小说，写七七级毕业分配时的残酷搏斗，引用了毛词《贺新郎·读史》句，道："上疆场彼此弯弓月。"果真如此吗？四年间，我要么蜷在上铺的蚊帐里看书，要么游走于各图书馆间查找资料，要么躲在校园某个旮旯里背单词或写诗，没怎么关心集体，虽有所耳闻，并不知详情。若然，那也是"人猿相揖别。只几个石头磨过，小儿时节"罢了。

分配方案已经确定。这时，有同学当头棒喝：还不赶快去找系里！犹豫再三，趁着月黑，我硬着头皮红着脸去了某栋某楼。一进门，便见和善而不无讥诮的微笑：你怎么也来啦？你是最后一个来找的，其实，你完全可以不来。

我是幸运的。我记住了告别母校时她的温馨表情。那也是过去时代的表情。

三四年间，每天傍晚，总有矮一级的同学在学生宿舍楼的楼梯口拉小提琴。经常漫溢于楼道和各间寝室里的是"梁祝"。1982年元旦后的那十余天里，"梁祝"成了题写赠言、买卖废纸的背景音乐。梁祝怎地不知别个的愁滋味？

是期刊社收留了我。

因为妻子在省城工作，当然希望最好能留下。于是，曾去联系过报社、研究所和期刊社。能找的多是见面有话说的普通编辑，而不是说话算数的领导。他们编发或审读过我的诗稿。一些用稿通知及更多的退稿信，便是我的个人简介。

找人归找人，却是一颗红心两种准备。撇开妻子的意愿，就自己的本意来说，我更想回到我的小城去。四年前，接到录取通知书，当地宣传部还以上调回城为条件，再三动员我放弃读大学的机会呢。再说，作为长孙长子，也放心不下老态龙钟的祖母、瘫痪在床的母亲。那时候文学正轰动着，文学殿堂虽令人向往，却也叫我诚惶诚恐。如今这般说来，定有矫情之嫌。然而，我当时的心迹真实得就像刚收到而不敢拆开的一件退稿。

报社说，它名额有限。研究所说，认识你晚了。言下之意，人家已确定了用人对象。毕业三十年后，很意外的，早已退休、随子女迁居外地的研究所老所长回来探亲，辗转约我见面。席间得知，他此番所探访的亲戚，竟是我妻子的同事，他下榻的亲戚家，竟在我毕业后住了近十年的那个大院里。前辈和后学相会，旧人旧事，多有忆及，却是不曾提到我当年的毛遂自荐。我相信，既然相识已晚，他自然也不必往心里去。

期刊社的主编其实是我的老师、中文系的领导，似乎在我读大二时，他便调离了学校。我仅仅领略过他骑在自行车上的背影，我见到的那披着米色风衣的匆匆背影，总是出现在日暮时分，出现在我散步的路上，打我背后一掠而过。据此，我敢肯定，他顶多只认识我的姓名。去期刊社报到时，在一间烟雾腾腾的办公室里，他见我，果然有些讶然。

而我的分配去向却是他"钦定"的，他采纳了编辑的推荐意见。就像编辑部审稿一样，称三审制，却是过五关斩六将，那五关是：编辑、编辑组副组长、组长、副主编、主编。

许多年后，主编不经意地透露，为挑选一个文学编辑，他曾亲自前往他曾领导的中文系，翻开毕业生花名册，指着纸上的姓名说：这个人我要了。

那是他通过铅字认识的姓名，他毫无印象的人。后来，我能隐隐察觉到，为我的不善交际、寡言少语，他似乎感觉不尽如人意。所以，面对他，我常有几分忐忑。十五年后，我成为这家期刊继他之后的第四任主编。得知我靠着广告和赞助解决了期刊社的全部经费，他大吃一惊。他的神情证明，当年我的敏感绝非神经过敏。

处理掉一叠叠废纸，我栽进一摞摞稿纸之中。

那时的期刊社可谓兵强马壮。编辑部分为小说散文、诗歌、评论、编务四个组，共有十八人，而小说散文组编辑竟是总人口的一半。我做了小说编辑。我记得我是带着喜糖去做小说编辑的。糖衣飘落在废纸篓里，也飞进了置于办公室中央的铁皮煤炉里。刺鼻的焦臭味里，竟有点儿甜。

那只煤炉带有长长的烟筒。每天，编辑们捧着稿子，围炉而坐。墙上挂有一幅书法，是毛体的"不尚空谈"。大约是为了提醒访客，编辑们忙着呢。也是真忙。形容来稿雪片也似，并不夸张。我的案头便有看不完的稿件。而且，读罢，若有话要说，一般都会写退稿信，陈述退稿理由，或提出修改意见，让作者心服口服。编辑们并不肯轻易地附上一张铅印的退稿信，但事实上，那种退稿信用量挺大。因为绝大数来稿甚至不如中小学生作文，写信说什么呢？

一旦有所发现，编辑也很辛苦。得在稿签上写下初审意见，那几乎是一篇评论文章。然而，经一审再审，免不了见仁见智，或被枪毙，或被斧削，或要求退改。一句话，编辑是披沙拣金的工作，好比选矿。当编辑的第一年，我以组稿的名义去过赣南钨矿，目睹了用淘船在水里淘洗钨砂的过程。当时，便联想到自己。不过，淘稿无须水，用的是眼光。眼光如水。

外出组稿回来，我写了一纸书面汇报交给主编。没想到，几天后，竟得到上级领导的表扬并要求倡导这一做法。无疑，是主编报告上去的。他却从来不曾对我提及此事。

文学期刊难以为继的上世纪九十年代末，我曾写过一篇短文，追忆过去的编辑生活，文章找不到了，题目还记得，叫《不知为谁狂欢》。许多陌生作者在崭露头角前，都被围炉而坐的编辑们热烈地议论过。那些被发现的作品就像一壶壶烧开的水，不断添入一只只茶杯中，为人窸窸窣窣地吮饮着；就像煨在炉灰中的红薯，扑鼻的香味弥漫了整幢大楼。有一阵子，不知谁发起的，买了生红薯来上班，烤一烤，可当早餐。于是乎，其乐融融地啃着烤红薯过了一段好日子，但香味惹得整幢大楼不满，不知为谁狂欢的喧闹也引来了隔壁部门的抗议。

期刊社敬惜所有的字纸。那时候，也是财大气粗，财政下拨的经费用不完，几年的发行款项竟忘了去结账。所以，来稿一经选用即付薄酬，不拟选用便原稿奉还。后来，随邮资上涨且人手有限，一般不再退稿，但筛选下来的稿子并不敢随意处理，而是堆积成高高的尾砂坝，塞满几只橱柜再摞在橱柜顶上，存放好些年。至今，我办公室的橱子里仍留着几份当年的稿件，它们已有二三十岁了。

作者当然更加疼惜自己的心血。我记得有一位，投稿格外积极，几乎每周都能收到此人的稿件，用的是很有脾气的信封。信封一角必有一声警告：请勿在稿纸上订装订针！因我无视这番警告，后来信封上的感叹号渐次增加，且描得又黑又粗，形同跺脚状。作者应该懂得，把稿子与信封订在一起，为的是留住地址。那就遂其愿吧，改用回形针。可回形针也有勒痕呀！我因此被抗议了多少回，好在邮资终于上涨了。

当编辑的第一年，第一次以编辑身份参加文学笔会，我结识了县里的一位作者，二人相谈甚欢，且可算作半个老乡。会后，他连续寄了几篇小说来，其中一篇基础较好，我提出细致的修改意见，并希望他尽快改好。依稀记得，其后写信催促过几次，还曾为此前往他所在的那个县组稿。他的回答竟是羞涩的闪烁的微笑。

岂料，几年之后，他突然病逝。当地文友告我，其一生最大的遗憾就是未能在省级刊物上发表作品。于是，我提到那篇被我要求修改而被他所放弃的小说。文友道出的真相是，他误会了，他把修改意见当作"婉退"了。婉退，暧昧的行话，即顾忌情面的退稿。编辑已上门去了，还叫婉退？显然，他在内心中跟文学、跟自己较劲。回头想想，我也遗憾，我不也是如此吗？

忆及大学毕业前后的点点滴滴，琐屑之中，竟见纸上的人心，旧日的人心。

草帽下面的眼睛和舞步

上世纪的七八十年代，印有铁路路徽的草帽在家乡的小城里十分风行。热天出门走一趟，好像满街尽是铁路职工。其实不然，拉板车的搬运工人也爱戴那种草帽。他们中有我一位同学。

每次回到那座小城，我会特别留意那些弯着腰负重前行的身影，企图在草帽下发现那张高中毕业十多年再未谋面的脸。那张脸一激动便浮现出大大小小的红色斑块，那双眼睛因为深度近视而眯成了用睫毛缝合的裂隙。

毕业时，有好些个女生千方百计找理由逃避上山下乡，有几个得逞了，办了病留。他也办了病留，却和女生病得不同，是深度近视。假如下乡，我相信，他会很快回城，会有很好的安排。因为他根红苗壮，中学时代就是校园里的风云人物了，是唯一被结合进校领导班子的学生代表，全年级唯一的学生党员。这些条件可以让他在下乡知青中鹤立鸡群，而病留的结果，却是被分配到搬运公司拉板车。

近视真是无可救药！

因为近视，有一年秋天，他闯进空荡的商店，竟未看见店里唯一的顾客——我。他在门边很急切地吆喝售货员，要买五个泡饼。等待的片刻间，他摘下草帽，随意扇了扇，又戴上。也是，秋高气爽的，秋阳正惬意。

我朝他走去，正欲招呼，却见他一把接过五块泡饼，把那厚厚实实的圆一起往嘴里送，一口咬出层层叠叠的半个月亮。再一口，只剩一弯残月了。如饥云吞月。我连忙止步，侧转身子。我想，这时候喊他，他会很尴尬的。

那种五分钱一块的泡饼香甜而松软，那顶被汗被灰被日子染黑的草帽忠实地掩蔽着他的表情。我看不见草帽下的脸，但凭着那佝偻的腰背，那匆匆走向停在店门口的板车的八字脚，可以想象草帽下的眼睛是怎样饥饿，脸上是怎样为泡饼而斑斓。

走到空车边，他拍拍手，立即弯腰握住车把手。其实，弯腰只是一个动作，他的腰本来就是弯的。像被草帽压弯的。

我一直跟在他身后，没有喊他。因为我觉得那架空车似乎很沉，沉得让他无法抬起头来喘口气，看看路边的风景，看看擦身而过的倩影。他也不看前方，前方一片迷蒙，他的视野离不开脚下的路面。

我写了一篇短文，题目叫《尊重一顶草帽》。

我以为，在凉爽的晴日，那顶草帽要遮挡的是人们的注意。一种照彻内心的火灼的光线。他宁愿藏在阳光的背面。

所以，我不能喊他。我为自己的尊重而感动。

然而，尊重，有时候极可能是矫情。

几年之后，同学聚会。全年级二百五六十号，到场的有大半。先是座谈，再是酒宴，然后舞会。

与酒宴上的热烈不同，座谈的发言是做了难免脱俗的安排的，在舞场上大家则久久忸怩着。谁也想不到，首先起身邀伴的竟是驼背近视又花脸的他。面对深刻的怀疑，他彬彬有礼的邀请，既执著又有些强硬。

这位指挥全年级学工支农军训达三年之久的学生领袖，这位最有理由参与聚会组织，并带领我们抚今追昔的代表人物。

可是，在座谈时，在酒宴上，他被忽视了，被遗忘了。当时他到场没有，坐在哪个角落？面对母校的校长、老师，沉默的他脸上是什么颜色呢？我不知道。我一下火车，便被同窗之谊迷了眼，竟顾不得穿过春风得意的笑谈，去寻找我曾尊重的草帽。

满场讶然。摇曳的灯光，摇曳着他潇洒的舞步，摇曳着全体歉疚的眼神。那些眼神让我相信，藏在阳光背面的他，真的已被集体遗忘。

　　他拥着女人，拥着流逝的光荣走进音乐，把旋律雕塑成种种优雅的造型，我想，这不仅仅是为了集体的记忆。

　　他以舞蹈占据了整个舞厅，占据了整个聚会的日子。即便随后有几对怯生生地上场，也不过是众星拱月。他不知疲倦地跳，一曲又一曲。我是舞盲，无论快三慢四，不识探戈伦巴。只觉得，那娴熟的舞步，流畅的舞姿，阳刚的动作和神态，怎么也难与那几近匍匐负重爬坡的形象联系起来。舞场上，那驼背，竟然显得很绅士；那八字脚，竟然显得很专业；那眯缝的眼，斑斓的脸，更是魅力之所在。他的草帽呢？

　　很难想象，沉重的生活怎能培育那样轻盈的舞蹈，沉重的草帽怎能煽动那样充沛的闲情，沉重的近视怎能洞穿音乐的秘密？

　　这时，通过藏在昏暗角落里的窃窃私议，我才得知，由于人力车被机动车所取代，深度近视的他无法驾驶卡车，他便理所当然地与全市所有的板车一起被淘汰了。他在火车站的对面、阳光的背面找了份临时的工作，替中转仓库值夜。那顶草帽大约是用不上了。

　　而此刻，他沉浸在音乐里。用舞蹈发言，用舞蹈干杯，用舞蹈追忆似水年华。

　　刚开始时拒绝为之伴舞的校花，终于递出了矜持的手。我记得那朵校花曾让好些男生癫狂。不知搂抱着明日黄花的他，是否能分辨出秀发中的白发，笑纹中的皱纹？

拉着满车的煤，或粮食、水泥、磷矿石，他也在操练舞步吗？藏匿在草帽下、汗水里，他的喘息也是舞曲的旋律吗？

我为那篇文章，为自己所谓的尊重心虚、不安。

于是，我联想到一种写作姿态：貌似关怀、体恤，却居高临下；陈列民生之艰，也许只为展览自己的姿态。以那种姿态，永远无法接近生活的本质，接近生生不息的生命真相。恰如我尴尬地面对那优雅的舞蹈。

我对自己说：鸟瞰苍生，你就是一只兀鹰。

为了每月三百元的收入，在舞会散场之后，他要赶去火车站对面的仓库上班。我是在站台的顶端意外地发现他横穿轨道的身影的。

他小心谨慎又慌慌张张。每跨过一股道，都要两头望望。然后，挥挥手里攥着的草帽，匆匆蹿过去。（聚会时，他把草帽藏在哪里呢？）他把那顶草帽当信号旗了。可能，在驾着机车过往的司机眼里，灯影中的草帽比人影更显眼。站场上遍布着形形色色的灯盏，灯光很乱，深度近视的他能识破那疾驶而来的车灯吗？

他面前的轨道如银蛇狂舞。

他前往的地方是三百六十五个长夜。

　　为了那次聚会，那顶草帽，他不会再被该他值守的夜晚所淘汰吧？

在酒缸里洗澡或养鱼

酒厂厂长的儿子是我高中时代的朋友。

当年，为了表达友情，他请我去酒厂浴室洗澡。我乘机首先参观了那座很简陋的酒厂，厂房外面到处是堆积如山的酒糟，厂房里面除了热气蒸腾的锅灶笼箅和人，就是挤挤挨挨的大缸了，看它麻痹一般的釉色就知道，那种用来盛酒的陶缸是真正的醉汉。

酒缸也是浴池。酒厂因地制宜，把蒸酒的热水引入大大的酒缸中，建起了发挥余热又极富特色的职工浴室。浴室里的酒缸是分组排列的，每三口为一组，分别用于打湿身体搽肥皂、过头遍、过二遍，是那种流水线的设计。大概有七八组吧，就是说，可容好些人同时作业。对于像我那样的半大男孩，酒缸深可没顶，成人也要踩着板凳跨上木板搭的平台，慢慢把自己放入缸中。爬出来却不容易，得撑着缸沿引体向上，再骑马跨鞍似的上岸来。

可我怎么也爬不出来。缸的内壁很滑，脚无处蹬踏，也许和我四体不勤有关，也许和浓郁的酒香有关。我觉得自己有些醉意浑身发软，我觉得自己是泡在酒里的一枝参，一条蛇，或者，养在缸里的一尾鱼。

酒厂厂长的儿子便过来帮助我。他蹲在平台上，伸出他肌肉强健的胳臂，把我从一口缸弄到另一口缸里去。

后来，他经常向我炫耀那胀鼓鼓、紧绷绷的肉疙瘩，那从小在酒缸里洗澡的丰硕成果。

我只能去练单杠。每当我为了避免再被人从酒缸里拖出来而锻炼臂力的时候，他总是站在一旁不住嘴地说笑。说酒厂的人，酒厂的事，说泡在酒缸里通体舒泰的感觉，说因地制宜的好处。我记得我曾嘲讽道：还有那么多空缸，你怎么不用来养鱼呢？口若悬河的他一个愣怔后，反而想入非非了。说，是可以养鱼，冬天也能保持水温，酒糟就是最好的饲料，时不时地让鱼喝点酒，说不定长得更快。

他乐观而浪漫的性格可能和长期在酒缸里泡澡有关。朋友们在一起，就听见他的声音。在自己的声音里，他简直就是一条快乐的醉鱼。

人到中年时回忆往事，常常会惊讶地发现：自己很幼稚的一个念头，极可能是为自己设计的陷阱；别人不经意的一个玩笑，极可能是恶毒的咒语。

难怪，老人们总要用脏抹布去擦童言无忌的嘴。

而有许多言谈并不犯禁忌，却不幸印证了人生的一段困窘，成为令人黯然神伤的预言。

我指的是关于酒缸养鱼的玩笑。

几年前，酒厂厂长的儿子毅然辞职下乡做了养鱼专业户。他的决定满怀背水一战的气概，像当初做了七八年知青后扶老携幼顶职回城一样，他买断工龄又卖屋举债，率领妻儿老小搬迁到一座荒僻的山冈上。

他承包的鱼塘其实是五十年代开掘的一条过山渠道，拦腰堵作三段，便成了三口塘。我站在荒冈上的新屋门前往下看，高高的塘畔正是山的断面，呈凹槽状的山塘给人深不可测的感觉，怎么看都像三口酒缸。我忍不住笑：你在哪口塘里擦肥皂？

快乐的他不懂幽默。他沉浸在旧友能在新年里来此荒山野岭看望自己的感动中，也沉浸在像炫耀肌肉一样的展示发展蓝图的激昂中。他滔滔不绝地描绘着遐想中的庄园，鱼塘上空将飞架一座彩虹桥，水边将有回廊和钓台，松涛呼号的山上将是花果满园、牛羊成群。如此等等。我果然看见一头怀孕的黑山羊羞答答地藏在屋后草窠里。

我不能不道破横陈在面前的事实，这是稍有乡村生活经验都能窥见的事实。这条渠道太深，水太瘦太凉，不适合养鱼，这恰恰是当地农民自己舍弃而廉价发包的原因。

他承认客观条件，却充满自信，依然笑呵呵地告诉我，年前为干塘卖鱼，动用了几台水泵，也没有抽干水。我想起了作浴池的酒缸，缸的下端钻了孔，装上排水用的水龙头，但不知为什么，龙头不是紧靠缸的底部，因此水无法排尽，总留着一尺深的肮脏。当然，这三口塘和龙头无关，是山泉太旺的缘故。

好像安慰我似的，他从屋里取出钓竿。他家里准备了好些副钓具，专供城里来的关系户使用，指望他们玩得尽兴，等到逢年过节单位上搞福利时，给他养的鱼和鸡鸭猪谋条销路。他陪着我钓了约摸有一小时，其间，用肥厚的猪粪、喷香的枯饼和甜醇的酒糟，一再地打窝子，结果也只是拉上来几条很苗条的小鲫鱼。想来那些关系户扫兴得很。

但他毫不怀疑水下是个瑰丽的世界。他喃喃地解释说，没钓着鱼，是因为打窝子抛的饲料太多，鱼吃饱了，当然就不咬钩了。要么，是他自己话太多笑声太响，深水里的鱼就像没见过火车的山里人。

也许，看出我的微笑里含着疑虑，他领着我回到山冈上的新屋边，从厨房旁边那水泥砌的池子里铲起一锹酒糟，抛向鱼塘中央。从高空落下的饲料，溅起一片水响，四处的鱼群闻声迅速聚集，好像训练有素似的。鱼儿一边抢食，一边狂欢，水面上一片沸腾，一片歌舞升平的景象。他说：干不了塘也好，反正年前也卖不出价，我再蓄一年，蓄到这么大！

他在铁铲的木柄上比划着。那是鱼的长度,是他希望的长度。而我知道,那也好比一口酒缸的深度。他已经向鱼塘里抛撒了好几万元的债务,正闹得亲友反目煮豆燃萁。我替他算了一下账,即便来年能抽干水,但见肥鱼满塘,也是收不抵支,更谈不上偿还债务了。

他有些愤然了,指责他的亲友无情无义。只一会儿,他的愤怒又化作美好憧憬。随着酒糟一锹锹抛下,鱼群持久地欢呼雀跃,那简直是一次盛大的典仪。这时,把盛酒糟的池子和他站立及抛撒的位置联系起来,我猛然意识到,他经常这样愉悦自己,鼓舞自己,于是,他和水中的鱼达成了默契!

那一群群醉了的鱼!

次年,还是以拜年的理由,我又来到像酒缸一样依次排列的山塘边。景色依旧,笑容依旧,只是那栋准备不断加高的红石房屋非但未见增高,却由屋顶上的枯草表达出几分衰颓之意。

塘里的水还是没有抽干;塘里的鱼还在狂欢。

岸上的亲人准备为索债对簿公堂,而他,依然笑望明年,依然用美妙的想象来掩饰内心的凄楚。我不禁心头发酸。

可是,他把一生的赌注都押在水里了,除了笑望,又能怎样?酒厂厂长的儿子,除了灌醉自己,又能怎样?

谁能像他当年帮我那样,把他从深处拉上来?那是三口浪漫的梦想,比酒更深……

一头黄牸的故事

那头黄牸可以算黄牛中的美女了。

标致的脸盘。端庄的容貌。秀美的睫毛下，大大的眼睛灵醒而狡黠。犄角似一对抓髻，翘翘的，矜持又俏皮。它的美，叫人过目不忘处，在于匀称的身材和纯净的毛色。那是我见过的最地道的栗色，像刚从带刺的果球里剥出来的板栗，新鲜得一尘不染，且油光发亮，金属一般。

那种毛色非常接近巧克力的颜色，接近爱情的某种颜色。所以，它常常莫名地焦躁不安，或许，爱情对于它，就是无尽的烦恼。

我说的是一头真正的黄牛，一头被许多公牛倾情的年轻美貌的母牛。三十多年后，漫步在城市的灯影里，好没来由的，我忽然想到了它的悲情故事。我为之一震。正如当年认识它的那一瞬间。

当初，把它介绍给我的，是一个高个子、瘸腿的农民，农场里都喊他老詹。老詹挤弄着他的那对小眼，远远地指着它说：嘿嘿，它还没开苞呢。黄牯近不得它身，你们后生也近不得。

这时，老詹得意的眼神就有些淫邪了。又说：全场的人，没有谁能使唤它，怪啦，这个畜生也就服我。

我惊讶于黄牯的反应。虽然与几头水牛一起被拴在油桐树林里，黄牯好像并没有歇着，一直在警惕地张望或倾听。它大概看到了老詹瞟过去的目光，先是很不自在地扭动身体，后来就羞恼了，围着树不停地打转。拴黄牯的那棵油桐树下，比别处更泥泞，常年像砖瓦厂炼泥的坑，可见黄牯终日生活在警觉和紧张之中。

其实，紧挨着农场宿舍的油桐树下是安全的。与黄牯做伴的，只有一对水牛和它们的儿女，并没有别的黄牛。而且，邻近村庄的牛群虽经常出没于农场的山林中，却不至于跑到这儿来。我不知道黄牯究竟怎么了，如此守身如玉，如此紧张不安。即使是对那条还没有穿鼻的小水牯，它也从来没给过好脸色。不长记性的小牛牯偏偏老爱冲着它撒欢儿，它非但不会逗逗水牛的孩子，反而怒目圆瞪，狠狠地直跺蹄子。反应之激烈，令人不可思议。

至于来自异性的骚扰会遭到怎样的抵抗，那就可想而知了。我下放来到农场的时候，黄牯在三县交界的那一带可能已经声名大振，几乎所有的黄牯都望而生畏，不敢造次。想必它们都领教过它的刚烈，它决死的勇气。

农场里有个叫小老周的农民，从前当过走村串户的铜匠，见识多，人也调皮。他用一只肉包子，很轻易地就让一个十四岁的女孩做了他的老婆。在他老婆怀第三胎的时候，他开始惦记还没有开苞的黄牯。他用一脸盆肉包子和老詹打赌，发誓要让黄牯破处。

以后的许多天里，他遇见黄牯就心怀叵测地笑。

农闲的季节是轮流看牛。轮到小老周看牛的那天，他使了坏。他把黄牯单独拴在一个山坳里了，拴在邻近几座村庄牛群的必经之路上了。而且，绳子留得很短。这样，如有来犯，黄牯几乎不能挣扎，或与之周旋。

后来，山坳里发生的故事一定是惊心动魄的。可惜，我们都未能目睹。我是第二天在出工的路上看到了现场。我通过被牛蹄蹬刨出来一圈新土，想象当公牛接近时黄牯愤怒的警告；通过周围那些被蹂躏的草木，想象黄牯与来犯者不屈的厮杀；通过那棵仍拴着一截缰绳的马尾松，想象黄牯绝望的挣扎和侥幸的脱逃。

它的脱逃真是一个意外。为了拴缰绳，牛鼻子里横插着一个工字形的竹栓。这个栓子居然被挣脱了。牵牛要牵牛鼻子，就因为牛鼻子是牛的要害，牛的软肋。由此可见，它的挣扎是多么暴烈，多么刚强。鼻子的疼痛，该是钻心的疼痛吧？

那天，黄牯是在天断黑后自个儿回到油桐树下的。它一直在舔自己的鼻子，抚摸自己的身体，用它的舌头和尾巴，用一个独身主义者美丽而忧伤的心思。

在那天晚上，小老周把自己和老婆的身上都搜空了，也没有凑足买包子的钱，便向我借了两块钱。结果，这两口子在上床之后打了起来，直闹到半夜。为的正是包子。

给三岁的小牛穿鼻系缰绳，是件很麻烦的事，需要一些壮劳力设法把它放倒，然后，一个人揪住它的鼻子，另一个人挠它的腿裆，让它在如痴如醉的快感中乖乖就范。黄牯大概怕人冒犯它贞洁的腿裆吧，在人们重新为它穿鼻时，出奇地老实，服服帖帖地任由老詹揪住鼻子，把新削成的竹栓揳入鼻孔。

黄牯比较服老詹，可能和他爱说话有关。即使犁田、耙田的时候，老詹嘴里也是一刻不消停。当然，都是训斥，不过，他的训斥不是简单粗暴的骂骂咧咧，而是讲道理，以理服人。比如，牛在犁田时走得太快，他会告诉它：这叫偷奸躲懒，你省了力气，但田翻得不深，禾就长不好。这么一数落，黄牯就不好意思了。

黄牯其实是热爱劳动的，这可以从它每次出工那兴冲冲的步态看出来。我觉得，它在牛里头是很有个性的一个，性格孤僻而执拗，干起活来，却是泼辣又灵性，若抄犁耙的技术不够娴熟，会被它弄得狼狈不堪。所以，我们刚学会犁田的知青，根本不敢使唤它，我们喜欢那头脾气温和且慢吞吞的水牯。黄牸对劳动全身心的投入，是否和寂寞的内心生活有关呢，我就不敢妄加揣测了。因为它毕竟是一头牛。

不过，我相信，牛也是有意志、有尊严的。黄牸后来用它的生命证明了这一点。

农场附近有一座光秃秃的山，红砂岩中嵌着许多坚硬的石子，踩上去特别硌脚，故名脚麻岭。岭上横贯着一条深达十余米的过山渠，大约是上世纪五十年代开凿的。平时渠道里总是干的，除非上面的水库放水。在一个阴雨绵绵的秋天，黄牸殒命于此。它从渠边坠落下去，轰然一声，好像坍了一堵墙似的。

它的死，与秋雨有关。因为收割晚稻期间未见一个响晴天，堆在仓库里的稻谷焐得发烫，眼看要出芽了。听说未来一两天里天气将转晴，场里赶紧请来一辆拖拉机，把堆成山的湿谷往脚麻岭拉，只有拿整个山包当晒谷场来抢阳光了。

全场的人倾巢出动，全场的牛相伴而行。脚麻岭离农场有五六里路之远，却和一座千烟之村只隔着一道田畈。既是千烟之村，牛自然也多，脚麻岭的山窝窝里水牛、黄牛像联欢一般。牛群中许多黄牯发现了陌生的、天仙般的黄牸，悲剧在这一刻便拉开了序幕。

那些黄牯雄赳赳地向它靠拢。在属于自己的地盘上，它们一个个趾高气扬的。我们在岭上忙着摊开稻谷，都看到了眼前的阵势，但想到黄牸的刚烈，谁也没在意。小老周触景生情，感慨道：我学徒时见过百货公司的一个售货员，当真桃红水色，心想让我搞一下再拉去枪毙也值。娶了老婆，我才晓得，关了灯都是一样的。那些黄牯就像从前的我呢。

首先发生冲突的是一对水牯。那头欺生的水牯挥舞着大犄角，只过了几招，就知道了我们农场这头水牯的厉害，马上就讲和了。

而美丽的黄牸这回的遭遇比较麻烦。那些黄牯靠近它后，并没有剑拔弩张，反而，显得举止高雅，彬彬有礼。它们一个接一个地轻吼一声，算是问好了，然后，要么顾自吃草，要么深情地凝视它。叫我们惊奇的是，此刻的黄牸一反常态，没有躲避也没有做出某种警示，居然站在原地安静地观察着它们。我想，可能黄牸从来也不曾一次面对这么多英俊的公牛，那一刻怦然心动有些走神了吧，或者，其中有一对目光摄它魂魄，它的坚守就是为了等待这样的目光？

我差不多快被这温馨的情景感动了。可是，突然间有一头黄牯悄悄迂回到黄牸的身后，黄牸粗重的喘气声把它从恍惚中惊醒了。它猛然往前一蹿，接着转身一头撞向黄牯。黄牯像个阴谋败露的奸险小人，顿时恼羞成怒，索性一不做二不休，只想来个霸王硬上弓。剽悍勇武的黄牯其实有好几次已经把前蹄搭在黄牸的背上了，但都被它甩了下来。黄牸愈是不可征服，黄牯就愈加欲火中烧。两对犄角纠缠在一起，撞得咔咔直响，撞出了电光火花。经过短暂的僵持之后，黄牸渐渐体力不支了。它被黄牯顶到了渠边，但它宁死不屈。

　　小老周就是在这时大叫了一声。我们都丢下农具往渠边跑，跑在头里的竟然是瘸腿的老詹。

　　我们在奔跑中听到了那声沉闷的轰响。坍墙一般，倒坝一般。

　　它显然是在退至渠边时后蹄踏空滑落下去的，但小老周固执地说，身陷绝境的黄牸肯定是纵身一跃，毅然赴死，像他做铜匠时听说的烈女故事一样。

　　没想到，在三十多年后的一个傍晚，我好没来由地突然忆起一头刚烈的牛——

　　忆起它的美丽及尊严，忆起它独在的活着和悲怆的死去。

与克拉玛依分居的美人

听一个故事就能想见她的美丽了。

我从前在国营垦殖场的分场管伙食，也管着开饭之后就无人问津的一栋空房子。除了冬季总场会调集劳力来此修水库、挖树坑外，平日里来食堂打饭的单身职工，要比梁上的麻雀少得多。麻雀也少。

分场是刚刚划归垦殖场的公社农场，那些老农拖家带口的，谁愿意吃食堂呢？几个单身职工通常是打饭回屋吃。不小心飞进食堂的麻雀，噪闹一番，鼓翼便走。麻雀嫌饿得慌，也嫌闷得慌。

食堂一端有两间房子。都应该算库房，一间贮存着粮油菜，另一间存放的是账簿、饭菜票和我，是我的寝室兼办公室。当食堂管理员的好处是，可以脱产，不用下田上山受累。不过，众口难调，这是个受气的活儿。

没多久，垦殖场要调我去相距二十多里的总场当会计，从总场那边选了个同样读过高中的职工来接替我。那是年近三十的女性，其丈夫在克拉玛依，长期两地分居。我向她移交食堂的账目和钱物，很费了些时日。原因是，她虽然高中毕业，却没上过几天课，她长得太漂亮，演出呀讲解呀礼仪呀，都得用漂亮。所以，由她接管食堂，我得先替她辅导算术，从珠算教起。她常常红着脸解释，她没学过珠算。怎么可能呢？比她矮几届的我，至少换过三把算盘。她笑眯眯地翘起玉指，捏住了羞答答的算珠子，算珠子随她的睫毛一块儿扑闪。

移交自然是在我的房间里进行的。那些天里，百忙之中的场长一直陪着我们，养鸡场闹鸡瘟不管（锲而不舍地连年养鸡，肉鸡未见出栏，蛋鸡不曾下蛋，都瘟死了。养的是洋鸡，叫白洛克，挺娇贵，没有恒温的环境，它们宁肯发瘟），架高压线资金紧缺不顾，整天就蹲在我们的腿边，逗美人的女儿玩。

交接完毕后，我感慨道：你这么喜欢小孩呀！我其实想说，那女孩既不好看也不可爱，逗她岂不是没完没了地替她擤鼻涕抹泪？

场长正色道：我是为你好。大家都出工去了，这里空空荡荡，就剩下孤男寡女，好吗？你太年轻，我怕你上当。你一个知青，二十郎当岁，将来前途远大。你看她的眼睛，是个埋人的窟，怕你掉进去！

场长辛苦了。

场长是个好人。场长后来威严的一句话，改变了我的人生。恢复高考那年，我所在的小城是全省的试点，我获知此事已来不及复习，匆匆上了考场。总场离小城有十多里地，考场设在城里的中学校。我最有把握的就是政治，在知识荒芜的年代，我们不就生活在政治里吗？可是，头天上午考完政治，感觉可能拿不到我预期的高分，想想下午是考已丢掉六年的数学，心里发怵了，逃也似的回了总场。午饭后，被场长发现，他一把揪住我，厉声喝问为什么临阵脱逃。我支支吾吾地解释一番后，他竟上纲上线，给我扣帽子。被他吓着了，我骑上他的专车 —— 一辆铃铛崭新、别处破烂的自行车，一路狂奔，途中还得跨过信江上的浮桥。赶到中学校门口，第一遍铃声响了，闯进考场，恰好第二遍铃声乍落。

由此看来，甘当联防队员的场长真是为我担心为我忧。

得到场长的警告，有一阵子我经常反思与美人相处的细节。当时不经意的那些细节纷纷凸显出来 —— 每当大家出工走了，场长马上就到我的房间里来上工了，他要么坐在床上、坐在我俩的背后抽烟，要么蹲在地上逗孩子，目光却是时刻警惕着；当美人的脸距离我手中的账簿太近时，场长立刻叼着香烟凑过来，腾腾烟雾蒙住了她的眼、我的脸；而当场长暂时离开后，一旦门被女孩闩上，他敲开门进来的那一瞬间，目光尤其扎人。

当然，美丽既然被人看作邪恶加以防备，一定有他的理由。理由之一，恐怕就是美的强大的蛊惑力，以及人自身脆弱的心志。在反思中，我不免心虚。假如没有悬殊的年龄界限，假如她与遥远的克拉玛依毫无干系，我能保证自己不会搂着所谓的前途一道跳进那个埋人的窟里吗？她的微笑芬芳而甜蜜，让人情不自禁地要做几次深呼吸；她的美貌神秘而热情，让心在算盘上活蹦乱跳，也不识数了。

这可能是所有男人共同的窘迫。所以，在总场那边，全场上下都挣扎在她的气息、她的声音中，以极端的方式抵御着她的诱惑，冷落她，蔑视她，甚至丑化她。公社农场划归垦殖场后，我第一次去总场，瞄着她的背影，也许我的目光很可疑，当即就被刚刚结识的好心人告知，她姓甚名谁，她在高中、在县文工团如何风流，如何下放垦殖场，如何远嫁克拉玛依。冷静想来，都是漂亮招致的麻烦。然而，蜚短流长把总场那边的女人滋养得光鲜娇媚。鬼鬼祟祟的口口相传，通常是在井台上进行的。井台关涉洗涤，在那里，女人们用井水洗衣洗菜，用传说洗涤男人不安分的心灵和眼睛。去分场管伙食之前，她在总场的林业队。林业队常在井台边取水配农药。打药杀虫，是林业队春天最日常的工作。十多个人，只有一台三人操作的喷药机，其他人各自背一只喷药器。人人都有邀伴使用喷药机的机会，她却没有。谁敢邀她呢？粘在她背上的目光，比梨树叶片上的蚜虫更稠密。她的春天是一只孤独的喷药器。

最叫人惊讶的是，人们厚此薄彼的那种自觉，以亲疏好恶表达出的那份警戒。他们对另外两位与丈夫两地分居的少妇，长得富有安全感的女人，时时投以无微不至的关怀。出工，有人帮着扛工具；在井边洗衣，有人帮着打水；病了，更有人举家前往病榻边慰问；有的丈夫公然与之打情骂俏，妻子还在一边偷着乐呢。而美人却被孤立着，尽管见了谁，她都打老远笑脸相迎，可得到的回应总是冷冷的，从鼻腔里发出的。尤其那无辜的女孩，打小就没机会学喊叔叔阿姨。办移交的日子里，她老是被场长逗得哭，大概是受宠若惊吧？

　　我恰恰是通过观察那只丑小鸭，来窥望美人的命运的。一旦离开母亲的怀抱，女孩便摇摇摆摆冲向宿舍的墙角边，那里竖着为屋顶补漏留下的空的柏油桶。女孩好像特别迷恋柏油的气味，藏在桶后探出头，像附着在桶沿上的一大块沥青。她总是含着手指，警觉地谛听着世界的动静。一双黑色的眼睛好像远在克拉玛依，掠过遥远，不解地张望着母亲碧玉般的美貌和寂寞。也许，女儿正是因此让自己长成一块沥青；或者，那如花似玉的美貌正是因此嫁给了石油。

　　可是，我从未见过美人愁苦或气恼的样子，无论遇见的是敷衍、冷漠，还是戒意。她永远笑眯眯，仿佛她就是要以多情的微笑征服一切，征服每天所经历的无数次失败，征服自己的美貌。这可能恰恰就是其狐媚之所在了。回想起来，当她的眼睛和形形色色的警惕遭遇，那神采多么纯净而高贵！

黑瘦委琐的女孩，不会是爱笑的她不经意间挤出的一滴泪吧？

其实，总场的职工几乎都是下放青年，高中生多得很，为何偏偏调她去分场呢？分场在山里，偏僻，人少，条件也差，她怎么愿意呢？我一定这么探问过。可我的探问无解。最好的回答是暧昧的一笑。问她，她也笑，笑得却是明亮，像早春一夜之间陡然绽放的满树梨花。

我调总场后，仍能时常见到她的笑脸。有时是我去分场发工资，有时是她来登门求教。她来的时候，场长尽可放宽心了，哪怕是单独教她作账。因为，场部几间办公室门对门，我的窗户紧挨着场部大门，找我的人都喜欢扒窗探看，更何况，她来了，许多的关切自然会纷至沓来。

既然美人管着大家的嘴，所有的嘴都有话要说了。批评伙食，批评账目，批评算盘珠子的笨拙和字迹的丑陋……以至终于有一天，她带着沥青去克拉玛依和石油团圆了。我记不确切了，对她的批评是不是从某次调集劳力去分场会战开始的。

前几年，我去哈纳斯路经克拉玛依，车在辽阔的油田里迷了路，迷失在由"磕头机"构成的迷魂阵里，迷失在她最后的微笑里。我记得道别时她的眼睛依然多情，依然如包围着总场的那片果园，果园里的明媚的花朵。那是清晨，被她叩开的每扇门只敞着一道缝，很窄，只有声音才能挤进去。她的声音轻轻的,甜甜的,像是从笑眼里发出的。当人们确信她真的要走时,那些门才如释重负般豁然洞开,首先打门里冲出来的是刚下床的花短裤。皱里吧唧的花短裤。一片庆幸的五彩斑斓,投映在她笑意盈盈的眼睛里。

车在油田里转悠,我真想停车找个人,打听她那属于江南的娟秀的名字,打听她那像江南一样温柔清丽的声音是怎样交织在粗粝而灼热的风里,打听她那桃红柳绿的美貌会不会长成一路上不时可见的向日葵,那由无数细密的破碎建筑起来的花朵。

可是,平野茫茫,道路纵横,机井遍布,却不见人影。不由的,我心里一惊:当年调她去偏僻、荒凉的分场,该不是别有用意,该不是为了远避美丽吧?

叩响空门

你竟别妻抛雏悄然而去！去向何方，并无确切的信息，但是有一点可以肯定，你已皈依空门。从此，尘世少了一个失意落拓的凡夫，净界多了一个清心寡欲的佛子。从此，我的通讯录上删除了一个地址，生出一个不可思议的法号。

你会叫什么呢？慧真，妙远，或者弘净？在某一天夜晚，你叩响山门，迈进古庙，你就不是我们记忆中的那个聪颖沉静的你了。剃去三千烦恼丝的你想必更加白净，膜拜于金身大佛脚下的你想必更显瘦弱。青灯幽幽，引领你诀别了人间烟火。木鱼声声，再也敲不疼你那百转情肠。

你走得好落寞好凄清。大约是深秋。昨日落叶已被劲风扫去，接踵而至的绵绵秋雨淋湿了你的背影。你的眼睛在长街那头，你的心在长街这头，你的双脚在长街中央。你该回去取一把雨伞的，无奈你手中已没了开门的钥匙。决心既定，就没打算折返，你何必带钥匙呢？再说你对钥匙从来就没有感情，你用它能够开启的门实在太少了。

清晨的车站不似长街那般空寂，对你却是一样的冷漠。没有人，没有可爱的小生命或者令人留恋怀想的物事挽留你。售票窗、检票口早早地向你开放。人生常常就是这样，关隘不料为通途，大道原来多崎岖。我常乘车路过那个火车站，站台很长，没有雨棚，翘望在站台上的你，避雨在哪片屋檐下呢？或许你压根儿不去避雨，你湿透了，让淅淅沥沥的晨雨洗去俗尘吧，面对佛主如来，会少一份羞愧少一些懊悔。七情六欲从你身上流淌下来，人间的喜怒哀乐从你脸上流淌下来，和糖衣、蔗渣一起漂游在站台上。

车门为你敞开，山门为你敞开。由尘世到净土，你一路顺风！

你曾叩击过许多的门。不，那是心扉，肉做的心扉不会发出响声。你只好擂响自己的瘦骨。

我曾听到你指骨折断的脆响。考取大学后，谁知与你相爱了几年的女友反而提出分手的建议。是有感于殊途难归的自知之明？是有嫌于你书生意气的弃暗投明？抑或是有憾于个性不容兼并的急流勇退？总之，爱情请你收回跨进门槛的那只脚。这时，爱情一点也不温柔，一点也不宽容，一点也不怜悯。爱情需要热情，也需要冷酷。爱情需要真诚，也需要洒脱。就像生活本身一样。而你却不懂，你的表情很古典，你挚爱盈眶，真诚横流，忠贞沾襟。你冲动地随手抓起一把菜刀，那把刀不久前杀过鸡宰过鸭剖过大头鱼，你却瞄准自己的左手，英勇地剁了下去，剁掉了一截食指。你的壮举可谓轰轰烈烈、惊心动魄了。然而，并没有酒杯来接住那新鲜的热血，点点滴滴的殷红白白地污染了桌面和地面。桌上的血迹必定要用抹布擦拭，地上的血迹无疑要用拖把了。

好一条痴情的汉子！有同学暗地里惊叹你的刚烈，然而又常常禁不住绽开揶揄的微笑，你没发现吗？哦，你是不会发现的，因为你常常把自己丢失，丢失在相思湖畔。粼粼波光，尽是熠熠耀耀的痛苦，迷乱了你的视觉，你找不到回学校的路。于是，大家分头去找你，找你好几回，岂知你最终还是失踪了！此番，再也没有谁会寻思访你之下落召你之游魂惊你之禅心！

有两年你似乎走出了失恋和窘境，开始认认真真地读书，认认真真地做学问。那会儿，你每天迷失在《英汉词典》里，迷失在《辞源》、《辞海》里。能够通读辞书，恐怕需要为爱情断指的决绝精神。你擅长于英语和古汉语。每每考试，你第一个起身交卷，走得匆忙而潇洒，招惹得一片唧叹。大家自然视你为才子，都认为你会成为罗教授的开门弟子，都听见你用残指叩击《尚书》、《春秋》、《左传》那古远而苍凉的钝响。

直到临近毕业，我才惊悟，你床头案头的每一本书都是同一位女生，是她羞涩的笑容，是她明澈的眼睛，是她浑身上下的文静和朴实。你阅读她，努力钻研她。你写着她，试图发表她。然而，关于她的论文注定找不到出路，唯一的刊物在她心里，而那里再也没有篇幅。单相思的苦人儿啊，人生的殿门向你洞开，何必坐守在那灯光通明的小屋窗下呢？并不是一切眷恋都有回报，并不是一切执著都有善终。美丽的错误终究是错误，生花的败笔终究是败笔。更何况你的选题不幸撞了车，撞的是稳稳当当停站卸货的车！她的眼睛是明明白白的红灯，是催你警醒的信号。然而，你全身心地投入那篇关于爱的文章。

你以考研究生的精力删改那篇文章，你以当讲师当教授的才华修饰那篇文章。一生能作一篇雄文足矣，而涂鸦万卷也枉对人生。你倾尽十年研磨那一纸衷曲，值得么？你曾把情书改编成诗歌、散文，寄给我，希望我当它们的责任编辑。那时已毕业了，我做文学编辑，你去了另一座城市。你的稿子的确是披着文学外衣的情书，只是多了浓重的感伤。你爱得盲目，爱得偏执。你想，你那诗文纵然感情缠绵哀婉动人，我能不顾及那一对喜结良缘的同窗挚友而贸然发表它么？但当时，我的心扉未能向你敞开，我只是劝你正视现实，然后苛刻地挑剔作品艺术上的不是，企图叫你拍案而起愤而撕碎我的信，连同你的梦！说真的，当时我的确希望你憎恶文学，因为我害怕你的执著，唯恐你以爱的刚烈同文学较劲。至于那几次退稿，会不会被你视作人生追求的又一次惨败呢？是不是你厌世出家的另一个缘由呢？

几年后，得知你在一个县城找了对象结了婚，还索性调动工作，免去两地分居的苦恼，很为你高兴。有次出差路过，曾登门拜访。看你的眼神，清心淡泊。听你的浅笑，安详超逸。驻留在你眼角眉梢的宁静散淡，是悟透生活的睿智，还是背弃生活的迷误呢？真应该走进你心里去探究一番，但你心扉紧锁着。你流落在别人的心寓之外，我伫立在你的心寓之外。

又一个几年后，忽然得知你竟然做了和尚。同学都震惊，都大惑不解，都为你惋惜。你怎么舍弃大学本科文凭去做一个已不年少的小和尚？你怎么不修英文却去苦诵经文？你怎么不顾念妻女去侍奉泥胎菩萨？瞻望来日同学聚会，一群春风得意的男女中竟有一位披袈裟捻佛珠的方丈，又是怎样的滑稽！惋惜之余，众口一词：你会成为一个好和尚的！

和一位青年诗人聊天时，从他口中获悉，你出走前曾收到出版社的退稿，是一部长篇小说，洋洋洒洒，二三十万字！我又吃一惊，我恍然顿悟！原来你痴情未泯，原来你把它"演义"成鸿篇巨制，原来导致你毅然斩断苦恋并殃及万般俗念的，到底还是流落于心寓之外的失魂落魄！那时候，我仿佛听到南方某处名山的林莽中，响起你急切的脚步声，爽朗绝不腼腆，坚定绝不暧昧。攀着夜色深沉的石阶山径，你气喘如牛。你终于举起断指的左手和写长篇小说的右手叩响空门，一样的热烈，一样的执著。古庙沉重的大门豁然一线明亮，很窄，但足够你坦然跻身于其中了！

说你出家是性格悲剧、爱情悲剧，是反叛爱情、反悔贻误事业的生命悲剧。是吗？免不了议论纷纷的。但是，我想，人生总是充满了烦恼甚至痛苦，为生活，更为自己。为自己的机缘命运，更为人生难以弥补的缺憾。假如更多地更清醒地正视自己，烦恼着、痛苦着的人，心境会不会豁达一些呢？不，如今我不该也不必诱导你。我所想的和人们所议论的，都基于对你的惋惜，正如再也不需要菜刀、诗歌和小说一样！那位青年诗人这样说：你们为他惋惜（当然，你不需要惋惜），也许他自己觉得如愿以偿了呢！

真会是这样吗？

不管怎样，我也相信你会成为一位好和尚的，因为，你本该是一位好学者。

有人醉了

有人醉了。醉得长眠不醒。就在我到达这张酒桌之前。现在，我在逝者醉卧的酒桌上喝酒。

坐着他坐过的板凳，用着他用过的碗筷，举着他举过的酒杯。我感觉到了他兴奋的臀部，颤抖的手，以及永不言醉的嘴唇。墙角有一堆醉了的空酒瓶，横七竖八地躺着，有一只便是他，醉得人事不省，然后爆裂了。打田野上飞进来的蜜蜂和苍蝇，像来访的国宾，总要先去凭吊它。

我在他的县城里采访，自然忘不了他。每每提及，主人无不在扼腕长叹之余，赞颂他的人品、酒风。令我想不到的是，在远离县城的这个与铁路小站比邻的小餐馆，竟也是他斗酒的战场。他的战线何以拉得那么长？

小店里仅有一张油渍麻花的餐桌，一个白肉绷开了衬衣的厨娘，一条认识许多腿、浑身沾满酒水菜汤还带着一块烫伤的黄狗。而空酒瓶却在门外码得齐胸高，实在无奈了，只好挤进餐馆，散布在各个角落里。

去年的红辣椒仍成串悬挂在去年的对联边，去年的黑蜘蛛仍织补着被去年碰破的网；拗不过主人的盛情，我接过去年的菜谱，随便一点，竟是去年主人接待他时要的那些菜！去年的小炒，去年的大菜，去年的拼盘。去年的排骨汤里躺着几块去年的白萝卜。

索性，再来一瓶去年他喝的谷烧吧。让不胜酒力的我，代表他，回到去年的情境，同去年干杯，为人生的得意和失意，为仕途的委屈和安慰，为了蜘蛛那张维系生存的网！

杯影里，荡漾着四年同窗的岁月。那时候，他就和嗜书一样好酒。我记得当年文化是慢慢开禁的，好像怕饥肠辘辘的人猛地撑坏了，重新出版的名著像现炒的菜，一道道地端上桌面。学校的小书亭每有新书到货，顿时便人潮如涌。他去抢购，总是英勇无比，所以总能满载而归。有时是端着脸盆，有时是拎着铅桶，盛书的全是容器。在他眼里，书是液体么？他盛酒的容器则是烤着荣誉的搪瓷茶缸，我依稀记得那是先进生产者的奖品。他经常举着茶缸去各间寝室挑战。醉了，便枕书而卧，和书而眠。翻开他的任何一本藏书，当有酒香扑面，鼾声贯耳。

一朝酒醒，他便提笔给满世界的著名学者、作家写信求赐，经不住"五体投地"、"三生有幸"之类的恭维，果然也有赐教、赐书的。我便听他宣读过某位大学者的回函，言辞之间却是大家风范，竟称后学为"学友"，十分了得。他把那些信件、题词、赠书，奉若珍宝，那是自然。

毕业之后，我三次路经此地乘兴下车拜访。第一次，他领我去了他家，让我参观了卧室兼书房。我曾在一座古村的旧书斋里看到这样两行文字：万里风云三尺剑，一庭花草半床书。据说，毛泽东曾居住此处，甚是喜欢这副对联，它也印证了毛泽东的人生。我不知道他是否刻意效仿伟人，是否胸有万里，其床上倒是那般情景。

他的女儿放学回来，令我大吃一惊：四年相处，我一直当他未婚，此时其女儿竟这么大了；而且，他有了两个孩子。算起来，都是他在读大学时生的。他买书几乎倾尽囊中，他就用那些藏书喂养妻女吗？

第二次、第三次，我只是在他办公室里叙叙旧。他的办公室，桌上文件成堆，地上酒瓶林立，好不壮观。我忍不住惊叹，而他大手一挥，说：在下面工作就这样。每次临别，他一定要随手从脚边提起两瓶，强蛮地塞给我。尽管，除了应酬，平时我并不喝酒。

当年他送的酒，是纯正的乡间谷烧。和此刻我杯中的，一样香醇；和他去年喝的，一样浓烈。

接待我的，是小站的站长，做陪的有不知怎么凑拢的三四位县乡干部。站长用脚把那只爆裂的酒瓶扫到墙角边，很严肃地澄清了一个事实，站长肯定地说，我的同学去年的确在这张桌上大醉一场，但并不是那次毙命的，因为他又去赶晚餐的场了。县里的同志便自豪了，称自己是他最后那次酒宴的见证人（在这个县的药厂，我也遇见一个以"见证人"坦然相告的夺命杀手，其表情、语气何其相似乃尔）。而乡干部们则有些沮丧，因为他们本来准备在第二天中午请他的，寻遍了县政府大楼，却是不见其踪影，就去他家找人。这样，他妻子才发现，早晨自己匆匆上班去时，他已长眠在书堆里。

像一帧书签，或一条肥硕的书虫。

我不知道自己为什么在他去世之后，连续来这个县里采访。或许，就为了探询杯中的秘密罢？是的，我听到两种不同的说法。除了普遍认定的醉酒诱发心脏病外，也有人怀疑为谋害所致，因为他大小算是个领导。但是，尽管我接触到的那些人各持己见，他们对他的感情却都是谷烧一样醇厚绵长。所以，为他出殡的那天，才有几里长的白事乡俗，几里长的挽帐挽联，几里长的泪水和哀思。

在小站旁边的餐馆里，我能代表他对那支队伍表达谢意吗？对那几里长的人情、几里长的邀请表示歉意吗？

是的，端着去年的谷烧，主人回到了去年的情境，我成了去年的客人。尽管我一再提醒自己：你坐着他坐过的板凳，你用着他用过的碗筷，盛情之下，我还是拗不过那些倔犟的酒杯。杯里有他的乾坤，我要领略它的真实和虚幻；杯里有他的人生，我要品尝它的甘醇与苦涩。我不知道自己是被它兴奋着还是麻醉着，微醺中，心里竟是一阵阵与去年对饮的冲动。

我与去年对饮。

饮着许多藏书对一个读者的呼唤，饮着我对许多期待他的酒杯的无奈和感伤……

两个人的眼镜史话

眼镜店老板眼睛也不大好，嘴皮子倒是利索，趁我配镜的当儿，口若悬河地把他的发家史炫耀了一番。

我一直戴着进口超薄玻璃镜片。尽管超薄，却也沉重得很，在老板为我不堪重负的鼻梁打抱不平的时候，他的几个伙计轮番过来摘我的眼镜掂量，那言语，那表情，也是悻悻的，好像我的驼背也和戴了二十年的玻璃镜有关。

于是，我决定换一副树脂片的。验光之后，立等可取。

我和老板隔着柜台而坐。随着眼镜时时被人摘去，我看老板，有时清晰，有时混沌；想必时时摘下眼镜把玩的老板看我，也是如此吧？

这是一条著名的眼镜街。大多数老板都来自城郊的一个乡，姑且叫四眼乡吧。(我的儿子在小学四年级就戴上了四百度的眼镜,偷看儿子的毕业纪念册我才知道,他的绰号叫四眼白猫。)该乡眼镜行业的历史可追溯到二百年前,蓬勃发展却是近二十年的事。老板说,割资本主义尾巴那会儿,没被割掉,真是个奇迹。那会儿,四眼乡有个眼镜帮,帮有帮规,也有帮话。

所谓帮规,比如,四眼乡人哪怕在天南地北做生意,遇到困难找同乡,其同乡理当扶危济困。甚至,任何债主都可以向操着四眼方言的眼镜商讨回别的四眼人的欠债。在帮里的年会上,欠债人应主动偿还人家替他垫付的款项。否则,帮里的师傅便一声令下,把不仁不义者拖出去毒打一顿。

所谓帮话,便是黑话性质的禁忌了。比如,不许说"虎"以及与"糊"谐音的字眼,不许说"铁"以及与"贴"谐音的字眼。犯了戒律,惩罚的手段还是打。

这时,眼镜在我鼻梁上架着,我像验伤似的盯着他。他的目光似乎有斑驳的青瘀。

老板吹得兴起,便翘起兰花指捏着眼镜,很优雅地晃。

他背着箱子周游世界的时候,我正为是否该配镜而犹豫。如果确实得插队落户一辈子,眼镜对我就不重要了。我的第一副眼镜便表达了等待高考录取通知书的心情。那期间,我偷偷戴上眼镜在晒谷坪上看了一回露天电影,这才发现银幕上的女演员有鼻子有眼,果然漂亮,果然值得乡下汉子流着涎淫笑道:

让我搞一下，再拉去枪毙也值。

那副眼镜是五百度，普通的镜片，很粗的塑料镜架，戴到大学毕业就换成了八百度的进口超薄镜。以后差不多每年要弄坏一副，却一直未再验光，始终维持那样的深度。大约是我换第八副眼镜的那年，走南闯北的老板回来开店了。

老板说好像认识我。好像认识我将要换掉的镜架和镜片，以及镜架上的每一枚螺丝。

我的眼镜又被伙计摘去了。伙计奚落道：好在超薄，要不然，该比啤酒瓶底还厚。

老板感慨万端。从中国陶瓷博物馆竟未能建在瓷都景德镇，而建在山东淄博说起，慷慨激昂地谈到他的美好愿望。近年他一直呼吁，家乡在建设眼镜工业园时，应该建造一座眼镜博物馆。（我珍藏着四眼白猫换下来的眼镜，作为宝宝成长的纪念。不觉间，竟留了十多副。有的是独眼，有的折了腿，有的尚完好但度数浅了。每一副都有一个故事。比如，那独眼，是叫他的同学有意戳的。当时，我训斥儿子：如果人家无意碰的就算了，既然是故意，怎么不叫他赔呢？我的白猫惊惶又委屈。当世界充满强悍，那懦善的表情简直令人疼惜。我赶紧带着他去配镜。）

老板是鄙视那个没有博物馆的工业园区的。园内有家厂子的厂长聘请他去当副手，被他谢绝了。为自己当老板的日子多潇洒。连他儿子都要自己当老板，与他打擂台似的，在斜对过另开了一家眼镜店。他本人兼着全国两家眼镜行业技术学校的教授，每家各给千元的月薪，责任只是接受学员的电话请教。也有上门来的，食宿自理，每天另交五十元费用（学费？实习费？名目都是聪明人巧立的）。学校要请他去教学，讲课费由他开，还得管吃管住管路费。

也许，他店里的雇工正是包赚不赔的学员。

四眼白猫要去外地读书，我最不放心的就是他的眼镜。给他装备了两副备用镜，还有一把专用起子。反复叮嘱他，既要注意眼睛保健，又要小心保护眼镜。办完入学手续后的第一要务就是侦察正规眼镜店的位置，以防将来屎急找不到茅坑。

他的纪念册上有一则赠言曰：祝你眼镜越来越深，学问越来越大。真是童言无忌。而且，逻辑荒谬。我的眼镜倒是比老板的厚多了，可我总交着学费，却不知是谁的学员。

早就听说了树脂片的先进性。那次给儿子配镜，曾动了为自己升级换代的念头，估算一下，要八九百。想想一对"眼镜子"（每天早晨都有几个卖菜女子亲切地操着南昌土话那么叫我）糟蹋眼镜的速度和频率，只好作罢。

转眼间，儿子大学要毕业了，树脂片也不稀罕了。

我和老板裸眼相对，都哈哈大笑：这就叫发展！

博物馆便是发展的见证。我的博物馆是一只抽屉，里面盛着我的全部和儿子成长中的一段。一堆废弃，便是一堆残破，一堆迷蒙。

付款时，我们都正了正眼镜。一样的不由自主，一样的严
肃正经。许多的谈笑瞬间凝固在老板举钞对光的动作上。

我顿时想到我的儿子。我的白猫，你要小心！

飘摇在红唇上的家史

　　两个说方言的年轻女子，蜷在硬卧车厢的上铺聊天。

　　我在半道上车，将在终点前一站下车。我不知她们从哪儿来，却知她们要到哪儿去。方言当是终点。

　　缠绵的通俗歌曲唱完相思，又唱怨怼。嘈杂声里，忽然有一个词蹦落在我耳边，弹起来。逮住它玩味，真是有意思。从某一个女子的嘴里，居然说出了"胶州人"的概念，而且，是把它与日本人并列的。红唇上的沧桑感，庄严而滑稽。

　　我用心偷听。我想知道把胶州人与日本人并列的秘密，想知道她们是否明白这种并列关系所饱含的屈辱。

　　可惜，她们肆无忌惮的交谈是在方言的掩护下进行的。方言又把她们引入了歧途。我捕捉到的是家史片断，隐隐约约。不像她们的腿那么清晰地投影在车窗上。一双瘦腿被紧身裤裹着，另两条腿则惊世骇俗地全裸着，有时高仰，有时悬垂，肥白的腿肚子上居然散布着一些小而圆的疤痕，显然那是童年的伤口。

家史原本就是片断的。

从少年起，我就有心收集关于爷爷的故事，然而，几十年过去所获甚少。自青年守寡的奶奶从不接受我认真的访问。当然，寡言少语的父亲也绝不可能比我了解得更多。奶奶叙说往事，一般是在做针线活的时候，经不住邻居对她手艺的夸赞，才偶尔提起。

她的言说，像在大腿上搓麻绳留下的红色印迹。而她的记忆在针眼里，应是丝丝缕缕的，绵绵密密的；或者，在棉袄里，像一片片絮得非常均匀的棉花。

每天梳头以后，她总要让我替她摘去落在肩背上的白发。那根根银丝便是我打探到的全部的秘密了。我只知道，我的祖籍如果填得再具体一点，是靠近胶东半岛的一个叫刘家菜园的村子；我的开火车的爷爷死于战火，如果那天晚上他不替人代班，我的家史就是另一回事了：奶奶就靠着针线手艺养活儿子。她很少倾诉人生的大悲大愤，即便提起爷爷之死，她也是沉溺在迷信的预感里，她说那天傍晚坐在门边纳鞋底，看着一个男人闪过，追出院子四下张望，却是四野茫茫。

奶奶最常说的倒是裹小脚的痛苦和小脚女人之累，她最难忘的人倒是一个女性亲戚，她对那个大脚女人的诅咒、耻笑延续了几十年，只因为那人曾劝她再嫁。没想到，这类细节竟成了我印象最深的家史片断。

那双瘦腿果然属于干瘦的女子。她从上铺下来的时候，因为找鞋，把个肚脐眼亮在我面前。那就是连接家史的一个结，一个焊点。

她的炫耀也是点焊式的，把她的家史焊接在一条街道上，一家高档宾馆的地址上。她告诉女伴，她家从前住在那儿，正是因为要建造宾馆（从前叫市委招待所）才搬迁的。她的女伴为此啧啧有声。

瓜子壳纷纷扬扬，如解放初期拆除一幢幢小洋楼的景象。许多的繁华成了过眼烟云，许多的高贵成了残砖碎瓦。

我想象那条街道一定和某座古都里的外婆的街道一样有名。少年时代的每个暑期，我都用外婆的街道上晒化的柏油去粘知了。比我只长两三岁的舅舅经常自豪地宣称：全城人都知道琅琊路，走到哪儿迷路也不怕。那条路上过去住着官宦人家和一些重要机关，有一所小学则是国民党监狱的旧址。而我外婆的家，不过是在一幢豪宅的车库里。瘦女子炫耀的，不会是先辈曾经依傍豪门的骄傲吧？

车窗里，仅剩那裸腿了。裸腿女子不喜欢嗑瓜子，聊天的时候她一直在护理手和脚，按摩或修指甲。短暂的歇息之际，比较适宜照顾脚趾。于是，只见裸臂与裸腿纠缠在一起，白嫩的脚高翘着，遮住了她那油彩很厚的脸。

她说她母亲的手才三十岁。她说她外婆直到老死，双手依然娇嫩如黄花闺女。

裸腿女子的家史，便不像点焊那般生硬了，有抚摸的亲和力，甚至有些性感。所以，她的叙述闪烁其辞，弥漫着一种暧昧的脂粉气。

对比她腿肚子上的疤痕，便觉得心惊了。那不是一个家族荣辱浮沉的印记么？

在这条铁路线上，我有个当列车员的女同学。刚进初中时，铁路分局要排一台话剧，演的正是我家一位邻居的家史，选她演女孩。她的任务就是哭，为地主逼死爷爷、工头毒打爸爸、恶霸抢走妈妈而号啕。

她哭得极为出色，赢得了满场的欷歔之声和震天怒吼。得益于那台戏的感染力，其生活原型成了当地名人，很风光了一阵。可是，当时不知为什么，他一看到我那女同学就哭丧着脸。她演的是他的姐姐。

公用自来水旁长舌妇的交头接耳，让我恍然。那台戏是有破绽的，既然恶霸抢走了妈妈，那么他不就来路不明了么？

一时光彩照人的邻居很快便委顿下去。那变化是令人惊奇的，因为再也看不到他扎在女人堆里打情骂俏的景象了。下了夜班，他便坐在自家门前，乘凉或晒太阳，不时瞅瞅自来水那边，目光警觉、狐疑又悲凉。

直到现在，他已退休近二十年了，几乎每天的任何时候，都能看到他贴着那栋平房的红石墙独坐，任由风蚀。整个墙面都风化了，唯有被他身体挡住的那一处，留着不曾风化的背影。

让他半生委顿的疑惑还没有风化吗？

古老的方言飘摇在年轻的红唇上。她们并不介意有人企图破译方言中的秘密，继续焊接或抚摸。

瘦女子忽然道出了一个与其家族有关的名字。她眼里焊花飞舞，让我相信那可能是在当地曾经臭名昭著的人物。"曾经"这个词，包藏着反叛历史的阴谋。曾经的腐朽，化为了神奇；曾经的耻辱，变成了荣光。如曾经泛白的唇，抹上唇膏，便鲜艳可人；如曾经受伤的腿，套上长袜，仍不失为两条美腿。

那个神秘的名字让裸腿女子肃然起敬，她慌忙把肥大的裤腿从身子底下用力拽出来。然后，对着光，扬起手，仔细地检查每个指头。像她外婆那样，朝那名字使了个媚眼；像她母亲那样，凝望着转瞬即逝的名字，一脸生不逢时的茫然。

她只好加倍地爱惜自己的手了。她问女伴：想知道保护手的秘诀么？

她披露的秘诀是，嫁个好男人，以护理手为终身职业。

飘摇的家史，或许早已坍塌了。宅基一片废墟，只剩下藏匿在家的深处的坛坛罐罐。家的深处，难道不就是家的羞处么？

这时候，我忽然渴望与我那善哭的女同学邂逅。搭她的车返程，回到红石的平房前，再好好看看那不曾风化的背影。

可惜，她退休了。而我该下车了。

两小时后，上铺的女子也将抵达终点。她们忙着用唇膏修复家史，续写家谱。

猩红的四片唇。

她们会将唇膏一直深入到口腔里吗？

沿着傍晚的心绪散步

是在我傍晚散步的路线上。偶有一群女人，从某条岔路，某团灯影，某些枝叶的背后，冷不丁地蹿出来。她们嘻嘻哈哈，拍着巴掌，走得很快，却不整齐，颠颠的小跑，追赶着大步流星。她们有时是三五个，多时怕有一个班。那掌声和步伐一样零乱，但很响。

所以，尽管我多次遇到，却屡屡受惊。在猛然遭遇的片刻间，第一反应是：她们干嘛？她们为谁鼓掌？

樟树荫护的路线成弓字形。一条常青的路径，却也是四季分明。春天的斜雨落到地上，就是沾满路面的枯叶，而夏天就是日渐加深的新绿了。我喜欢漫步在秋天里，路上一层层黑色的浆果，脚下啪啪作响，那声音能唤起很细腻的莫名的伤感和惆怅。不知是为果实的破裂，还是为破裂的爆响。

在弓字形的路线上来回，我一共要拐十二次弯。通常，在第一个拐弯处，我会遇到一对甩着膀子大步疾行的中年夫妇。女的很胖，男的瘦高，两人目不斜视，心无旁骛，板着脸埋头赶路。想来那女的要跟上丈夫的步幅，得小心劈叉；第二次拐弯，便有一个练竞走的年轻女子，划着双肩扭着臀，那花拳绣腿很是招摇，但她坦然自若，以微笑迎接路人的注目；接着出现的就是一家三口了，一个男人挽着两个女人，或被两个女人所绑架。依稀听得的片言只语，好像都涉嫌勒索。恰好那个弯处比较黑暗，于是那组背影便有些暧昧；后来我依次交会的是，一群叽叽喳喳的老太太，领着两条卷毛狗的少妇，颤颤巍巍拄着拐杖却能高歌"我家住在黄土高坡"的老头儿，总在老地方等谁的男人，边梳头边倒着走的长发女子，以及其他。

如果我能保证在晚饭后半小时即出门，交会的地点和顺序大致不会错。看来，生活的秩序是无法避免的，在不经意间，它就形成了。像十二个路口上的十二组散步者。一旦形成，它便左右着散步者的思路。比如，万一有谁没有在该出现的地方出现，我就会感到奇怪，并设想出种种原因。我有好几个月未再见一位打着响亮饱嗝的老妇人，于是，我猜想那可能就不是饱嗝了，是某种病。

当然，我期望没有任何负载，在一条孤独的路上走去走来，或者仅与散文做伴。可是，找得到这样的路吗？这已是我选择的最佳路线。

唱"黄土高坡"的老头儿，冬天是不出门的。他歌唱于春天和秋天。可能出于没牙的原因吧，他的五官以鼻子为中心聚拢，相互间的距离都很近，但他脸色很好，白里透红，是一张娃娃脸。他的步态、神态也像娃娃。急急的碎步，如乳儿蹒跚学步；痴痴地盯着路人，那目光充满孩子般的好奇。至于时不时地吼一嗓子，更有顽童的淘气了。

我一直努力回忆从前在哪儿见过他。终于确定，是在我家那台早已淘汰的黑白电视机里。

从前他在新闻里被如我的许多观众不经意地瞥见。

而现在他那么专注地欣赏着自己从前的观众。

连着几天不见他，我便感知了寒意，冬天来了；

突然再见他的时候，樟叶落了，桃花红了。

可去郊外赏花了。

几个姑娘迎面而来。手捧鲜花的少女突然止步，愤愤地把怀中的一束往路边的垃圾桶里塞。在暮色中，我认出那是红玫瑰。很大的一捧，应该有九百九十九朵。

金属的垃圾桶开口很小。姑娘再用力捅，也塞不进去。鲜花掉在路上。

她的三个女伴发现时，已经和她拉开一段距离了。她们一起扭头叫喊：你干嘛！你为什么扔掉！快捡起来！

我放慢脚步，频频回头。我不便停下来，等着看鲜花的下落。于是，我心里就有了悬念：她的女伴会跑过去，替她捡起来吗？她会接下被人捡回来的鲜花吗？

我甚至难为所有的散步者：那么新鲜的一束弃于路上，你们遇到，会爱惜地捧起来吗？

因为一束玫瑰，我认识了一个盛不下鲜花的垃圾桶。

拍着巴掌的女人，队伍越来越大。

十指连心，手足相关。她们为自己鼓掌。鼓掌是锻炼的一种方式，肯定能刺激血液循环。

所以，她们嘻嘻哈哈，笑得放肆而夸张。

我每天遇到的和将要遇到的路人，也会受惊吗？

一个人的城市

我经常找各种理由到那座城市去。那座城市因为一个名字，而成为我屡次旅行的终点，或者说，成为一座叫人牵挂的城市。

那座城市过去曾有许多人。许多人都向我叙述一个人的故事。而现在，大家都不知道那个人的下落了，对于我，那些人是否生活在那座城市也就不重要了。

我把横贯城市的两条河，东河与西河，视作她当年的舞影；把东郊和西郊的两个湖泊，视作她老爱握着的书本；那苗条而健美的城区，自然是她的腰身了；城区拉得很长，直到远方的丰隆处。我经常攀到制高点，望城兴叹。那是她忧郁的额头吧？

我在一个人的城市里寻找着一个人。沿着她身体的曲线，我记忆的边缘。

本来应该把那么明澈的湖喻作眼睛的。她的眼睛曾经碧波荡漾，起伏的是笑意，深藏的是羞怯。初三时，我为学校的墙报向她约稿，就好像站在湖边似的，有晓风拍岸，有柳絮迷眼，心也乱了。后来，催稿时，她说：你几时布置我写稿啦？

没想到，她倒是心不在焉。好像沉醉在老师对她作文津津乐道的讲评中。我最难忘的是老师对她妙用贬义词的夸奖，她在形容欣赏美丽时用了个词叫"贪婪"。

可能就因为那次表扬，她一下子被许多贪婪的心思盯上了。作为旁观者，我能感觉到那种贪婪的强硬和虚幻，也能感觉到她逃避贪婪的惊慌和茫然。

她的眼睛混浊了。高中三年间，我觉得她总是眼皮浮肿、慵懒无神的样子，没有了神采，写的作文也就不可能像从前那么脍炙人口了。

我再一次直面她的眼神，是在经历了下乡插队之后，在闷热的大学女生宿舍里。望着一伙来认老乡的新生，她依然呆呆地坐在黑黢黢的楼道上，顾自摇着纸扇。她在寻思长长的黑暗哪头是出口吧？如果不是她的同学一再提醒她该做些什么，那兴致勃勃的探访不知将怎样收场。

那时，我就预感到，她将在贪婪的热爱里落水。或者，落水的她，挣扎着爬上无桨无舵的孤舟，却见天水茫茫。

二十年来，我一直在搜索那座城市的消息。那座陌生的城市把她裹挟了去，这让我相信，下乡插队时，她和另一个人同分在一个村子绝非偶然，是村庄的阴谋。

村庄遥远而封闭。很难设想两个人的村庄是藤萝缠墙、绿荫怀抱呢，还是古井深巷，迷宫一般。

但城市是敞开的。在很长一段时间里，只要我一旦进入那座城市，便能感觉到她的存在。曾经生活在那座城市中的许多人总会很自然地说起她。我因此得知，结婚不久，她就得了某种神情恍惚愁眉紧锁的病；尽管有病，却是个优秀教师。如此等等。

有一年大水过后，听说她病得不能教学了，接着离了婚。我在那片傍河的居民区里想象她的病容。我想她的秀发一定像那些建筑，参差错落，杂乱无章，路边的淤泥、墙上的吃水线、瓦檐上的漂浮物都是雨季的见证；我想她的眼睛一定像那些路灯，明明灭灭，恍恍惚惚，照着曲曲弯弯、凄凄惨惨的窄巷；我想她的心一定像小吃店门前那只来历不明的乌龟，不知被谁踢翻了，仰面朝天扒拉着等待救助。可是，到处都是稀里哗啦的麻将之声，或者这个城市原本就是一个人的城市。她的城市。

正是在那天傍晚，我猛然记起，在我刚当文学编辑时，她投来一篇散文。写的正是傍河的黄昏，傍晚的街景。那时还没有洪水来犯，逐渐漫漶上岸的是阻滞在河床里的夜色，水一般淹没了平民区的日常生活，最后涨至眼睛那儿，眉毛便是吃水线。

我还敢把湖喻作她的眼睛吗？

我探访她的消息只为印证青春时代那幼稚的判断。很难设想，不多的接触，居然让我窥见了一条地下河的走向，它痉挛着的跌宕和曲折，被命运规定的溶洞和黑暗。我无法惊叫，当她躲闪在中学生的恋情里，当她被那段恋情移栽在乡野，当她穿过深邃的楼道抵达陌生的城市。

结局和我几乎失声惊叫时所想象的一样。我无法想象过程，过程也许像城里的河或湖，曾经满畔秀色。这可能是当局者迷的理由。我想起大学的一位女同学，学业对于她就是长达四年的逃奔，逃避疯狂的追求者和他贪婪的眼睛，校车被堵截了，她改骑车，自行车胎被扎破了，她徒步逃奔。奔跑在最隐蔽的林荫道最肮脏的下水道旁和最狭窄的书脊上。直到现在，我还能听到她粗重的喘息。但那毕竟是胜利的逃亡。

而以贪婪形容春天心情的她，一开始就被自己悲剧般的心情俘获了。

自从婚姻离开她并离开那座城市，关于她的消息来源就断了。好像婚姻不断地发布新闻，就为了最终的离去；而许多人就为了新闻生活在那座城市。

倘若鸟瞰城市，其形态就像她辗转不安的睡姿。她曾经工作的学校在肩膀上，她现在蜗居的地方是肚脐深处。此刻，我正沿着脖颈往下去，经过学校，走在学校和她的住所之间。那条路到处在开挖，不是铺管道就是建花圃，最可怕的是路的中段，用人体来标示的话，恰好在心脏那儿，准备建一栋带地下停车场的现代化商厦，仿佛城市的胸腔已被打开。穿行在堆积如山的余土之间，让我恍然如同走在她的身体里，血管里或骨骼上，呼吸里或呻吟中。如果那一堆堆余土确实是属于她的某些部分的话，我能分辨出哪些曾是青春的花朵，是少女的羞涩、矜持和犹疑，是美妙的作文、舞蹈和歌韵，哪些是极其短暂的美好和漫漫无涯的痛苦。混杂在土中的那些坚硬的锈蚀的石和铁，肯定就是揳入她身体和灵魂中的伤和痛，蛮横而狡猾地插在无奈的幻想中，插在孤独的迷惘中。

我终于失声惊叫。一定是土里的锐器扎伤了我。我知道在一个人的城市的死寂里，这声惊叫很可疑。

巴基斯坦的胡子

一登上从东京飞来的巴航飞机，我就疑惑，机舱里怎么有那么多大胡子的男人和日本女子成双成对？落座之后，我斜视左右，见那一对对举止亲昵，有的还带着孩子，便相信那些大胡子的巴基斯坦男子是娶了日本妻子。我断定她们是日本人，不仅仅依据肤色、相貌和装束，还在于她们踩着碎步颠颠地在过道上来回的那副样子。那些女子有的像个中学生，有的却是半老徐娘了，而她们身边的大胡子无不气宇轩昂，很是阳刚。

不知那些日本女子是喜欢巴基斯坦的胡子呢，还是仰慕他们在生意场上的本事？听说，巴基斯坦人很会做生意，巴航的这个航班原先是往来于北京与卡拉奇之间，因为旅客太少，就把航线延伸到了东京，于是，一群群大胡子商人飞进了阔大的和服里，或者一群群娇小的日本女子飞进了浓密的胡子里。

　　我之所以惊奇这样的配对，原因显而易见，女人总爱跟着法国香水跑的，这么多日本女人却成了巴基斯坦的媳妇，想来是件很值得发展中国家自豪的事情；换个角度说，她们舍弃人欲横流的东京而跟着自己心仪的男人飞往伊斯兰世界，这应该是令发展中国家女性自愧弗如的事情。

　　巴基斯坦离阿富汗很近。巴基斯坦还比较穷。巴基斯坦没有寿司，常见的主食就像新疆的馕，在那儿不能喝清酒，连干红和啤酒也不能喝。巴基斯坦天还没有大亮就要起来做祈祷。巴基斯坦的商店很晚才开门却很早就关门了。日本女人那急急的碎步，能忍受巴基斯坦漫不经心的踱步吗？

　　我犯不着为她们担忧。我是为能够跨越这一切障碍的爱而感动。短短的几天间，我匆匆走过卡拉奇、拉合尔、白沙瓦、伊斯兰堡，接受了许多花环，握过了许多大手，也浏览了许多大胡子。渐渐地，我相信，那些日本女子肯定是爱上了巴基斯坦的胡子。因为我也喜欢上了他们各具个性的胡子。

　　胡子差不多和男人一样多。无论是赶着驴车的农民模样的老人，还是驾着花车招摇过市的司机，无论是酒店的门卫、路口荷枪实弹的警察，还是古堡里的威风凛凛的军人，无论是大学的校长、教授，还是当着医生、职员、老板的诗人。车窗外，是不断闪现的胡子；机舱里，是一路同行的胡子；下了地，是比肩接踵的胡子；落了座，是热情好客的胡子。

　　我在一撇撇一簇簇一片片的胡子丛中穿行。我从黑胡子那里出发，经由红胡子，抵达白胡子，或者，反其道而行之；我告别茂盛的一字胡，邂逅陡峭的山羊胡，接着钻进了浓密的络腮胡，一不小心，就在其中迷路了。

在巴基斯坦，胡子是男人的标识，男人的名片，要记住一个朋友，只需记住他的胡子的颜色和形态，即使忘了他的身份和面容，他的胡子仍然清晰地留在记忆中。有位曾在北京工作过多年、当过中央人民广播电台乌尔都语播音员的作家说，在他眼里，中国人都长得一个样。他好歹算个中国通，尚且如此认为，别人就更不用说了。我想，人家之所以会产生这一错觉，可能就在于我们中国男人蓄胡子的很少，特别是敢于蓄大胡子的更是凤毛麟角。中国的大胡子十之八九是艺术家，剩下的那一个跟跟跄跄地走在乡间的土路上。

巴基斯坦珍爱自己的胡子，仿佛那是一个人的原始生态，仿佛是身体的植被，心灵的自然。

在卡拉奇，有个叫乌尔都发展委员会的民间机构，它团结联络了一批致力于乌尔都语言文化的保护和研究的学者以及从事乌尔都语写作的作家、诗人。在各色胡子的陪同下，我参观了那个机构。一列列书架上摆满了他们的研究、创作成果，当然，那都是叫我大字不识的乌尔都文。于是，我只管欣赏他们的胡子。有位领导人模样的学者，有着甚为引人注目的络腮胡子。他的头发是黑色的，头发通过两鬓与胡子连接起来，但颜色渐变了，由花白直至雪白。我不由得诧异：胡子怎么可以不管黑发、不管白头偕老的诺言顾自老去？他那白色的大胡子很浓密，很硬朗，也很熨帖。这些特点融汇在一起，白胡子仿佛就有了金属的质地，一根根似乎闪烁着金属的光泽。在那光线昏暗的书丛中，他的胡子是明亮的。明亮就意味着未曾老去、依然强壮。也许是为自己的胡子自豪吧，他双目炯炯，分外有神，让我想起了童话中的渔夫和猎人。

卡拉奇酒店有个红胡子的警卫。个高膀宽，面色黢黑，真如铁塔一般。那红胡子就好像铁塔上的装饰物，譬如气球或彩灯。我问他胡子是否染成了红色，他大致听懂了我的汉语加手语，便用英语回答"no"。我端详他的胡子，端详胡子从根部开始直至胡梢的色彩变化过程，我终于相信那是非常自然的过程。为了深入研究他的胡子，我端起相机，他欣然接受了。在那一天，我屡次进出酒店，频频享受着他含有微笑的注目礼。所以，后来我见到红胡子，再也不会怀疑它的真实性。

是的，我的相机里装满了各种胡子，我常常在电脑里将它们一一放大，以便仔细欣赏，和欣赏巴基斯坦的街景、花车、古堡一样。胡子里也有万种风情。拉合尔的民间艺人边演唱边打着清脆的响指，他的那一撇小胡子是机智的、风趣的；白沙瓦那个为我们做普什图文书法表演的老人，他的胡子是飘逸的、优雅的；哦，对了，还有白沙瓦那个唱诗的阿訇，他有一挂瀑布似的大胡子，却是黑得发亮，黑得深沉而庄严。

站在白沙瓦的古堡上，城市尽收眼底，古堡下宽阔的大街上美髯飘飘。再看远处隐隐约约的雪山，它似乎成了太阳和蓝天的白胡子。古堡也是军营。陪伴我们的指挥官正是一个英俊的大胡子。他满脸的胡子并不长，却是围绕双唇紧贴着脸颊、下巴颏儿，延伸到颈脖上，构成了他的版图。不知是否因为他戴着眼镜，且笑得真挚又含蓄，我从他的胡子读出的竟是儒雅。

　　他让我联想到白沙瓦大学的新任校长，一位退役的将军。将军也有那样的胡子，不过，将军的胡子已是黑白相间了。年轻英俊的指挥官未来也将成为大学的校长吗？

　　巴基斯坦的胡子很性感，所以，它很自信，很张扬。也许，这正是它的魅力所在吧？

带走一块拉合尔的石头

　　一下飞机我就认识了拉合尔的石头。机场大厅和过道铺的就是高贵、华美的石头。丰富而和谐的色彩。漂亮而飘逸的花纹。晶莹而温润的光泽。它的质地是柔软的,它的性格是热情的,它的襟抱是浪漫的。也许,这就是它被请来机场迎来送往的理由。

　　赴巴基斯坦之前,我就听说,最值得买的纪念品就是铜工艺品和玉石。铜不也来自石头吗?在驻华公使为我们举办的家宴上,我看到了琳琅满目地陈列在客厅里各种特色工艺品,其中也有很多精美的玉雕、石雕。当时,我更欣赏的是玻璃工艺,对那些玉石并没有特别的感觉。然而,拉合尔机场那么富丽堂皇的地面,让我惊讶不已。它是会叫人一见钟情的呀!难怪翻译说,他每次到巴基斯坦都会带回一大堆沉甸甸的石头。

　　因为出于天气原因临时取消了奎塔之行,提前来到了拉合尔，这使得我们在拉合尔的访问有了比较宽裕的时间。多出来的半天，几乎就是造访拉合尔的石头。

当代诗人穆罕默德·伊克巴尔的陵墓，是一座精致的红石建筑。它建于1951年，坐落在可容纳六万人做祈祷的巴德夏希大清真寺正门的右侧，四周古堡林立，寺院相拥。这位最早主张建立巴基斯坦作为独立的穆斯林国家、南亚次大陆伟大的诗人和哲学家，就长眠在这方伊斯兰文化的沃土中，长眠在红石、白色大理石交相辉映的建筑丛中。据说墓址是诗人生前选就的。由此可见，他对乌尔都语诗歌创作以及印巴社会生活与文化，产生过怎样重要的影响，以致成了当地人民的精神领袖。巴基斯坦立国后，伊克巴尔的诞辰被定为"伊克巴尔日"，每年都要举行纪念活动。

我们的拜谒仪式几乎和在卡拉奇拜谒国父真纳墓的规格相等，不同的是，伊克巴尔陵寝前持枪佩剑的卫队和鼓号齐整的仪仗队，全是身着民族服装，黑色或红色的上装，灰色的裙裤，头上孔雀冠羽状的帽子，鼓乐队还披着红底黑格子的披风。

这座陵墓的内墙和门框则用白色大理石装饰。墓中间的灵柩和墓碑也是大理石的，墓碑的正反面均用波斯文与乌尔都文镌刻着墓志铭。铺砌灵柩基座的大理石带有非常雅致的花纹，黄的，蓝的，绿的，一块块组合在一起，浑然一体又富于变化，像一帧帧清新的画幅，又像一行行优美的诗歌。我仿佛在其中读到他深切表达爱国之情的名句了 ——"身体一处痛苦，眼睛就会哭泣"。

伊克巴尔陵墓所在的巴德夏希清真寺被列入了世界遗产名录，又称皇家清真寺，是巴基斯坦最大的清真寺之一。在陵墓前环顾四周，尽是关于石头的印象。雄峙于晨雾中的是红石的礼拜堂，高耸着坐落在寺院四角的是红石的塔楼，沿着红石的台阶拾级而上，踏着红石的地面穿过可同时容纳十万人祷告的广场。在满目红色中，两侧有历尽沧桑的白墙衬托；在遍地红色中，其间有洁白的大理石施以点缀，那是喷泉水池和亭台楼阁。

礼拜堂顶上，三只巨大的银球在阳光下光芒四射，礼拜堂内顶上镌刻着各种美丽花纹和涂上金粉的古兰经，显示出浓郁的波斯和莫卧儿风格。流连在殿堂里，让我倾心的还是铺在地面上的各色大理石。在殿堂深处回望外面，光线通过拱形的门廊投映在地面上，形成渐弱的光晕，形成对比强烈且过渡柔和的画面。我情不自禁地按下了快门。我看见那黑色、灰色的石头是怎样把光线吃了进去，然后，再舒缓地释放出来。

拉合尔古堡是巴基斯坦唯一一座完整反映从迦兹纳维王朝到莫卧儿王朝数百年建筑史的建筑瑰宝。因为历代莫卧儿王朝的皇帝不断在古堡内增修、扩建花园、喷泉和宫殿，使得原本只具有军事功能的古堡成为一座金碧辉煌的皇家宫苑。城垣全用巨大的红褐色岩石筑成。城堡内共有二十多座建筑物。正中部位是一座由四十根红石圆柱撑起的宫殿，人称"四十柱厅"，当年的皇帝就在此处"办公"。穿过这个中枢机关，便可登上一个至今保存完好的大理石朝觐台，台子前后两端分别是一个小广场和一个设于水池中间的小舞台。当皇帝面向广场的一侧而坐时，可以检阅下面军队的操演，或者接见跪拜的臣民并亲自审理案件；若转身朝向舞台一侧时，则可欣赏水池里歌伎舞娘的曼妙表演。

在这里，石头纪历着莫卧儿王朝的强盛和奢华，也见证了沙·贾汗国王与爱妃泰姬的爱情故事。传说有天晚上，泰姬仰望灿烂的夜空，动情地对沙·贾汗说，她多么希望自己能拥有一座神奇的寝宫，即使躺在床上也能在一眨眼时便看见那满天的星斗。于是，对爱妃从不说半个"不"字的国王下令在古堡内为泰姬修建这样一座寝宫。

寝宫用上乘的大理石砌成，石块上还嵌有金银线条，拱门和柱子上饰以繁缛的装饰，地面用磨得滑腻透亮的灰色大理石铺就，宫殿内侧顶端有一个穹形圆顶，四面墙壁上镶嵌了各色珍贵宝石，穹顶和四壁粘贴着九十万片红色、蓝色和褐色的玻璃镜片，只要在大殿的中央点起一根蜡烛，各色镜片便可交相辉映出一片浩瀚的星河。这座华丽得登峰造极的寝宫因而得名"镜宫"，是整个拉合尔城堡中最为美轮美奂的经典之作。镜宫于1631年完工，可惜泰姬无福消受，在此之前一年就辞别了人世。

拉合尔以其斑斓璀璨的古代文化神韵而被称为"巴基斯坦的心灵"，人们说，只有来到拉合尔古堡，才能真正触摸到这颗心灵的律动。而我执意通过石头，去端详它的心房，端详那镶嵌在历史深处的诗意和哲理。

是的，石头冰冷而温暖，当它成为一座宫殿，比如阅尽沧桑的古堡，比如镜宫。石头坚硬而柔软，当它成为一件作品，比如诗人的陵墓和与之比邻的武器博物馆，比如诗歌和剑。石头滥贱而高贵。石头单纯而丰富。

出了古堡，我便买了一块石头。确切地说，那是一只比拳头要小的苹果。乳白色的，大概可以算是软玉了吧。当时，我爱不释手；现在，我把它放在书橱里，和一本看不懂的乌尔都语诗集在一起。我经常抚摸它。如同抚摸拉合尔。

古堡凝望着白沙瓦

　　从拉合尔飞往白沙瓦，乘的是小飞机。那是我乘坐过的最小的客机。小得像一只孔雀。当我在驻守基拉古堡的军营里，从会客厅那洋溢尚武精神的室内装饰中，忽然看到其中有一只开屏的孔雀标本时，我便联想到那架飞机。

　　在距离上次大地震只过了五十多天的时候，那架飞机把我送到距离阿富汗只有五十多公里的地方。在这座城市生活的主要是普什图人，可能正是出于民族的情感吧，近三十年来它所接纳的阿富汗难民数量竟达全市人口的一半。作为丝绸之路和南亚次大陆大干线上的重镇，它真是神秘而多情。听说，白沙瓦乃波斯语"边境之城"的意思，为它取名的是古印度莫卧儿王朝的皇帝。城外，有条著名的古栈道穿过狭长的开伯尔山口通往阿富汗，自古以来，既是商贾的必经之路，又是兵家的必争之地。

这些信息刺激着我在空中盘旋的心，好奇且忐忑。我一直鸟瞰着它的原野山川，它的乡村城镇，试图看清它的表情。然而，它的表情是平和的、宁馨的，并没有我想象中的不安。

我降落在被兴都库什山雪光映照着的阳光里，降落在它的微笑和鲜花之中。风有点凉。风是来自雪山那边吗？

第二天，我很真切地看到了兴都库什山，当薄雾被朝阳驱散，当许多穿着长袍的男人，不约而同地涌向某条通往清真寺的街巷。我是站在基拉古堡上眺望远处的雪山，并俯瞰脚下的城市的。

雪山离白沙瓦应该不算太远。因为，后来去白沙瓦大学的普什图学院，我发现它就在学院的对门；去拜会西北边境省的省督，我依稀瞥见它就在途中某条岔路的前方。基拉古堡则横亘在雪山和白沙瓦之间。我在古堡上清晰地看见了它的雪线、它的褶皱。白沙瓦与山那边仅仅一墙之隔。此刻，山那边会有一个和平宁静的早晨吗？像我眼前的白沙瓦？白沙瓦会贴着这座山、这堵墙，倾听那边的祈祷和呼吸吗？像我脚下的基拉古堡？

是的，基拉古堡一直在温情脉脉地凝望白沙瓦，倾听着白沙瓦。用它的高墙、城堞，用它的瞭望孔，甚至，用直指蓝天的枪炮。已经到过巴基斯坦的两个城市，我对这里的武器便有了新的认识。很多时候，它并不森严，并没有逼人的寒光。当它被作为雕塑陈列在大门口，或者庭院里。卡拉奇尤其酷爱作为艺术的武器。在大道两旁，时时可见机枪、大炮、坦克陈列在一些机构或私宅的大院门口，可能觉得意犹未尽吧，一些院子的花园草坪上，竟停泊着飞机、舰船。装置在大门口，它们仿佛就是中国辟邪纳吉且彰显尊贵的石狮；坐落在庭院之中，它们颇似点缀在中国江南园林中的亭台水榭、山石小品。这番景象给人的是刀枪入库的错觉，殊不知，卡拉奇所有的街口却站着荷枪实弹的警察。一些武器警觉地大睁着双眼，一些武器浪漫地依偎着花丛。我不由得为之怦然心动。因为，由这尖锐冲突着的现实情感，我品味到巴基斯坦心灵中的诗意了。

尽管，基拉古堡上仍然驻有军营，但架在炮台上的枪炮显然也是供参观的装置艺术。武器似乎成了一件件文物，一尊尊英雄的雕像。我抚摸它，如同抚摸挂在我脖子上的湿淋淋的花环，抚摸用普什图文写的诗集。最叫人惊讶的是，古堡大门的上方、高墙的半腰，有一个鼓突的炮台上居然安放着一辆崭新的军车，不知它是被大吊车从下面抓上来的，还是被军人们从古堡上放下去的，想必是很费一番周折的。这辆威武的军车从此失去了道路和奔驰，而成了古堡的饰物，胸前的玉佩，或者徽章。我更愿意把它看作是前卫的大地艺术，我由它与古堡巧妙结构的形式美感，得到的不仅是强烈的视觉冲击力，还有耐人寻味的情感寄寓。我将牢牢地记住，在一个敏感的边境之城，在一座雄峙于历史烽烟中的古堡上，有一辆浪漫的军车栖息在高处，像一只吉祥的蓝孔雀在炫耀它的斑斓，它眺望和平的眼神。

古堡就这样凝视着醒来的白沙瓦。昨夜白沙瓦大概做了一个好梦，早晨的天空明亮而纯净，初升的太阳温暖而妩媚。

它梦见了犍陀罗，梦见了犍陀罗艺术的摇篮塔克西拉城的那些长着阿波罗容貌的佛像了吗？当印度统治者与外族入侵者在这里轮番登场，在刀光剑影里演出一部部波澜壮阔的史诗时，印度文化与波斯、希腊、罗马等外来文化，却像蜂蜜、牛奶和葡萄酒一样水乳交融，以致佛像到了这里，居然有了希腊太阳神阿波罗或希腊、罗马哲人的头部，有了披着罗马长袍的身体。这种希腊化的佛像，就是东西方文化联姻的混血儿——璀璨夺目的犍陀罗艺术。

它梦见了老巴扎，那种风情别具、令人神往的市场了吗？因为时间的缘故，逛巴扎的日程被挤掉了。我只能站在古堡上，通过陆续出现在街边、巷口的摊贩，想象他们是怎样用自己的身体和来自整个中亚地区的商品填满老城区的每一个旮旯。在那里，即使一个小贩也能说好几种语言，我想，这大概是来自四面八方的食物、香料、烟草、织物、珠宝、古董、工艺品教的。那些商品是他们的语言教师。

一部关于战争的历史已成为古堡，成为任人凭吊的遗址。一部关于文化融合和商品流通的历史却依然健朗地活着，血脉相传，永远不会枯老，甚至越来越青春了。它就是这个城市真诚而宽厚的襟怀，就是人们淡泊却不无矜持、甚而有些莫名的自豪的神情，就是我所看到的从容不迫的生活节奏——

挨着古堡的墙根，躺着一条宽阔的大马路。花车穿梭往来，长袍穿梭往来，裹着整个脑袋的轻纱穿梭往来。当然，也有许多男女守候在路边，不知他们在等待什么。等待巴士，等待伙伴，或者，只是等待时间？

一个个气定神闲的样子。仿佛刚刚从历史的苍茫处走出来，从军营会客厅那反映部落武装跃马挥戈的油画中走出来。也许，因为来自印度洋和地中海的风在这里冲突、汇合，他们穿上了披风似的长袍；也许，因为亚洲、欧洲的阳光同时照耀着这片土地，他们有了不同的肤色；也许，因为反刍着走马远去的岁月，他们爱上了长在昔日马蹄窝里的鲜花，长在宗教情感中的诗歌。虽然是浮光掠影，虽然这座城市很容易让我联想到八十年代初期我国一座普通城市杂乱的街景，但是，由数不清的书店和诗集，我却领略到了白沙瓦的厚重。

阳光从人们的前后左右斜射过去。斜射的阳光把白沙瓦涂抹得朦朦胧胧、斑斑驳驳。清真寺的穹顶和兀立的塔楼已经着色，蛛网般的街巷仍藏在阴影里，团团簇簇的树，点缀在其间。传说释迦牟尼曾在这里的一棵巨大的菩提树下顿悟成佛，那些树是菩提树吗？

古堡凝望着白沙瓦。

俨然一个沉思的智者，一个慈祥的长者。

卡拉奇的飞翔和仰望

　　巴航是中国民航的老师傅。因为从前中国民航的驾驶员是巴航培训的。师傅果然技高一筹，下降时还侧着机身盘旋了一阵，做了些带花样的动作，着地时也比我经历过的飞行要平稳。途中经停伊斯兰堡时，我就感觉到了。在伊斯兰堡，换了一拨空乘人员，平稳的感觉依然未变。

　　但卡拉奇街头却叫人不安。所有路口都有一堆堆荷枪实弹的警察，和警察一道把守路口的是乞讨的老人和女孩。我们在凌晨四点半住进酒店，八点整便要拜谒真纳墓，护送我们的警车更像那种小四轮的农用车，不过，警察们手里操着的长枪并非烧火棍，而全是真家伙，子弹在枪膛里醒着。

　　在这个城市，醒得更早的是乌鸦。凭着它们滑翔的姿态，我固执地认为应该是鹰。依我的经验，乌鸦的飞翔总是扑扇着翅膀，鹰才能作优雅的滑翔。随后几天我们为此争论不休。我甚至还用数码相机把它们拍下来，带回酒店悄悄地研究。我有点心虚了。那些鸟儿虽有兀立于枝头的孤傲者，更多的则显得比较亲切随和，个头还算大，羽色却不是一抹黑，脖颈乃至腹部是浅色的，最重要的是，它们毫无鹰的表情、鹰的神采、鹰的气质。不过，鸟也不可貌相，听说，它们竟能够战胜真正的雄鹰。也许正因为这般勇猛吧，它们在这里备受喜爱，人们认为它们是报喜的吉祥鸟。所以，作为海港城市的卡拉奇上空竟然尽是乌鸦盘旋着、滑翔着的翅膀。

是的，晴空中无数悠然自在的翅膀，将我们心头关于恐怖主义、南亚大地震的阴云一扫而去。赴巴前一周，伊斯兰堡附近还闹过一次五点七级余震，踏上这片土地不免有些忐忑。然而，头顶上的乌鸦已把它们吉祥的飞翔投影在我们心里。

真纳是巴基斯坦的国父。坐落在市中心的真纳墓建于1970年，这座庄严的建筑为白色大理石拱顶的伊斯兰式宫殿，里面悬挂着中国政府赠送的十吨重大吊灯。为我们举行拜谒仪式的是海军仪仗队，在他们的引领下，我们沿着大理石台阶进入宫殿，肃立于陵寝前，由阿訇唱诗。后来，我所经历的会议、宴会，都是以唱诗开场。在参观了宗教学院、乌尔都发展委员会并拜会了信德省的首席部长之后，便是与卡拉奇作家座谈，所谓座谈其实是庄重而热烈的欢迎仪式，于是，我有机会拍下了阿訇唱诗的镜头，放大仔细端详，竟见他眼里噙着泪水，那神圣的泪水润湿了沉浸在友谊中的喜悦心情。

巴基斯坦的国名意为"圣洁的土地"或"清真之国"。每天拂晓，城市在此起彼伏的祈祷声中醒来，人们以宗教的虔诚对待生活、对待自然，同样，也以圣洁的情感对待友谊。他们对中国有着特殊的感情，个头高大、当过大法官的首席部长在会见我们时满脸倦容，好像在打瞌睡，但是他很清醒地说，早在一千多年前，先知就告诉我们，求知要到中国去。因为这句话，总担心他会睡着的我顿时抖擞起来。而卡拉奇的作家更是热情洋溢，有一位说得好，我们欢迎中国朋友是和欢迎其他国家的朋友不一样的，我们为中巴的友谊自豪。这种友好的情感是用鲜花编织起来的花环，是用棉麻编织起来的披肩，是用语言编织起来的赞美和自豪。为友谊而自豪，如此承载友情的心灵还不圣洁吗？

卡拉奇属信德省，巴文学院信德省分院有会员一万八千多，赶来参加座谈会的卡拉奇作家有上百人，其中有不少女作家。她们有的穿着时髦，有的很传统，把自己包裹得严严实实，只露出一双眼睛，那双眼睛还藏在镜片后面。有位曾在北京工作过的作家说得很有意思，他认为中国人长得一个样，所以中国人聪明。他的话调动了我一天的强烈感受，这就是巴基斯坦人的相貌要比我想象中的南亚人的形象，丰富得多，动人得多。他们差不多每个人都有鲜明的相貌特征，这些特征表现在肤色上、五官上、体形上以及胡子和头发上。在我行色匆匆的视线里，卡拉奇几乎是个美女如云的城市，好像东西方女性的美都汇聚到这里来了。酒店里、车窗外时时有俏丽的年轻女子袅袅娜娜地飘然而去，黑的似黑牡丹，白的如白玫瑰，很是惹眼。行前，我被告知，为巴基斯坦女性拍照需征得同意，可能是未经允许偷拍的原因吧，我在参观、聚会时拍的一些较为突出女性的照片全糊了，特别是在宗教学院举行的欢迎大会上，我坐在台上，见半边会场几乎都是洁白的纱巾，在灯光的照耀和纱巾的衬托下，众多的脸极其生动，那纱巾一棱一棱的，拍下来肯定很有意思。照理说，有桌子做依托手是不会抖动的，可惜我连拍三张仍是糊的。我将保留这些模糊的照片，以此证明禁忌中潜藏着的神秘。

2005年最后一个夜晚是漫长的夜晚。经过漫长的等待和漫长的宴会之后，已是2006年元旦的凌晨两点。临近半夜才举行的宴会，并不急着开吃，而是先要畅叙友情，被安排在上座的主人几乎每人都要发言。宴会其实主要是开会，宴席上倒是很简单，信奉伊斯兰的主人不能喝酒，客人也只能以水代酒了。友谊当然令人感动，但是因为头晚在飞机上熬了一夜，若是再拖下去，困倦可能就顾不得友谊了。在新年的第一天，我们更加深入地体验到了主人的耐心。一天中，只是按日程会见了卡拉奇的市长，在此之前，一直等在酒店大厅里，好不容易盼来了主人，被领着去了博物馆，谁知，刚进门又被领出来，而整个下午都是在机场度过的。因为飞往奎塔的航班由于天气原因最终被取消，我们不得不改飞拉合尔。

未能看到海港和阿拉伯海，未能看到被称作"海军教堂"的巴图大清真寺，更不用说那作为世界文化遗产的塔达古城和远在四百公里处的公元前2500年印度河流域古代文明的遗址了，就连满城穿梭往来的五彩缤纷的大篷车，我们都没有机会看个端详。我在车上一直端着相机，企图逮住它们的身影，可是它们跑得太快了。

卡拉奇让我记住了酒店门口大道边的两个女孩，那是瑟缩在新年的晨光里乞讨着的瘦棱棱的女孩，她们猛然扑向我的时候，我牢牢地记住了她们用微笑遮掩住凄凉的眼神。所以，后来连续好几次听到关于卡拉奇的灾祸的消息，我都会情不自禁地想到那微笑着仰望着乞求的眼神。

黎明时分漫空飘洒的祈祷声能拯救她们的眼神吗？

整天在头顶上盘旋的翅膀以及友人馈赠的诗集能拯救她们的眼神吗？

我不知道。我的心隐隐发痛，当我听到灾祸的消息。

我愿为那个美丽的城市祈祷。虽然我来不及好好地饱览它的美丽。

让美丽和浪漫如影随形

抵达巴基斯坦的第一个早晨，在酒店门口的路边，我惊呆了。疾驶而过的是什么呀，是广告，是画作，还是一件件装潢艺术？片刻间，我大喜过望，端起相机狂拍起来。

一辆辆花车驶入我的镜头，却和快门擦身而过，冲出显示屏扬长而去。是的，它们根本不在乎我身边就是十字路口，就是红绿灯和荷枪实弹的警察。它们的速度让我的相机很无奈，很沮丧，因而，很是不甘。

我兴奋地徒劳着。这个早晨拍的花车不是残的就是糊的。只有那慢悠悠的驴拉大车是完整的。赶车的老汉瑟缩在他肥大的衣袍、头巾和浓密的胡子里。他的眼睛瑟缩在毛驴的背影里。他好像在笑话我。有一辆载客的中巴完全是出于好奇，才在我身边停下来，却把屁股对着我。从后门跳出一个脏兮兮的男子，直冲我做手势。于是，我拍下他和中巴屁股的合影。这辆中巴也是浑身涂满了色彩，可惜它以色块为主，图案却是简单，屁股虽然鲜艳，但那毕竟不是讲究艺术性的屁股。

而奔跑在我眼皮子底下的，却是绚丽多彩的颜色、繁缛堆砌的图案、令人眼花缭乱的装饰。不管是巴士、卡车，还是三轮，不管是载人的、装货的，还是油罐车、清洁车，它们中的大多数都把自己打扮得花枝招展。车头上镶嵌着各式的金属装饰物，仿佛遍插银簪，云鬓弄影；车身上画着各种吉祥的纹饰，仿佛浑身锦绣，裙裾飘飘；有些车辆还在车前车后甚至车厢周身密密地吊着流苏、环佩似的饰物，跑起来，如风中铃铛。

其实，卡车的装饰是很叫我们中国人跌眼镜的，它最初给人的感觉是不快的。它在驾驶室的上面戴了一个大檐帽，那帽檐很容易让我们联想到一种晦气的形象。据说，中国作家里曾有人刻薄地讽刺过它。而我却一心想着要接近它，好好地给它拍几张照片。可惜，在头两天里，频频往来于卡拉奇的大街，竟没有停下来拍照的机会。到了拉合尔，短暂的机会来了，可是，那里却难寻花车的踪影。难道是一地一俗，拉合尔不作兴花车？

我以为此行将会带着这一遗憾结束。不料，白沙瓦和伊斯兰堡满足了我的好奇心。它们是真正的花车之城、花车之都。城市里尽是流动的色彩，乡间的景象更是壮观。由白沙瓦至伊斯兰堡数百公里的道路，居然成了极其壮观的花车展厅，似乎成了世界上最长的画廊。应接不暇的画面争先恐后地追逐着，或者，相向交会而后各奔西东。恍惚间，我感觉在路上飞奔的汽车，都不是出自汽车制造厂，而是出自画室、银铺、装潢店；都不是工程师的心血、工人们的汗水，而是画家、银匠、工艺大师智慧和才艺的结晶。

是的，它们是描绘、雕刻、镶嵌出来的，像童话一样烂漫天真。在川流不息的各种汽车上，描绘的形象真可谓丰富驳杂、包罗万象，比较常见的有孔雀、蝴蝶、鱼和鹰，棉花、麦穗、日和月，还有一些文字，不知道是不是唱给真主的颂诗。

在白沙瓦街头，我还两次看见那个叫盼盼的熊猫。我不由得一振。它的出现让我相信，花车上纹饰图案的选择并没有出于民族的、地域的集体心理诉求的规定性，并不像中国民间传统纹饰那样，具有蕴含某种精神寄托、且被民间心领神会的象征性。它在向自然、向生活撷取美好的形象时，似乎是个人化的，随意性的，选择的标准大概就是美好、吉祥、可爱。

当然，注定会有一些形象因为镌刻着民族的、集体的文化记忆，而成为普遍的最爱，成为人们情不自禁的选择，赢得广泛的钟情。比如，温暖着、滋养着这方土地的长在国徽里的棉花和麦穗；比如，高贵完美的孔雀或一枝枝雀翎。巴基斯坦对孔雀有着别样的情感。酒店里的门童、总督府里的侍从、婚礼上的新郎官、大诗人伊克巴尔陵墓前的卫兵，都戴着一种奇特的帽子，帽顶高耸着折叠的扇面，像鸡冠，也像孔雀头上的冠羽。当我得知生活在南亚的蓝孔雀与我国云南的绿孔雀最大的区别在于，绿孔雀的冠羽像一把镰刀，而蓝孔雀的冠羽则像一柄招扇时，我确信这就是蓝孔雀的图腾了。但是，这种传统的帽饰，同出生于养孔雀家族的孔雀王朝建立者是否有何渊源呢？可惜，我无从请教。

人们美化自己的坐骑、自己的车辆的热情真是不可思议，也不知这一习俗起于何时，又是如何风行开来的。听说，当人们买了汽车，首先要做的事情就是不惜代价包装它，装饰最铺张的，费用多达几万人民币。算一算，的确也需要。车身上要铺满色彩和图案，甚至车轮的轮圈里、轮盖上，连油箱也不放过；重点装饰的部位是车头，除了绘画，还有许多金属镶嵌的装饰物，显得珠光宝气的，驾驶室的玻璃上则饰有多处贴花，也不怕遮挡了司机的视线。最叫我忍俊不禁的是，有些车灯居然也被抹上了月牙似的一道颜色。再看那车灯，就像浓眉下的一双大眼了。

巴基斯坦，你有一颗多么天真烂漫的童心！

这颗童心在路上奔驰。这颗童心也被收藏在伊斯兰堡的民俗博物馆里了。尽管花车时时与我擦身而过，能够从容地打量它、欣赏它，并为它留影，却是在博物馆院内。它作为一种文化被收藏着，被骄傲地展示着，被尊重着。

也被我由衷地敬佩着。真的，当我不经意地瞥见面有难色的城镇、似有苦涩的微笑，我由衷地敬佩这些从平民百姓的生活信心中驶出来的花车，敬佩这烂漫的精神和心灵。难道它没有理由被尊重被敬佩吗？

我把我的敬佩写成了诗歌。

我用我的诗歌来装饰对花车的记忆 ——

　　——多么圣洁的心灵

　　真诚地吸纳着世间的美好

　　热情地表达着对生活的钟情

　　仿佛每一次普通的出行

　　都是盛妆的巡游

　　仿佛每一个平凡的日子

　　都是盛大的节庆

　　携着大自然所有的美丽上路

　　让美丽的生命和浪漫的梦

　　如影随形

在韩国江陵过端午节

打折的团体机票便宜得可以，从南昌出发由上海出境到首尔，往返才两千六百元，可见中韩两国距离在咫尺之间。文化如随风飘去的树种落地生根，也就毫不奇怪了。

凭着江陵市关于参加江陵祭活动的邀请函去办出国手续时，一工作人员称：端午节是我们中国的，却被他们拿去"申遗"了，你们还去给人家捧场呀！

这真是一个令人难堪的话题。说心里话，我正是怀着惘然若失的心情降落在仁川机场的。入境后，巧遇几位由北京飞来、也是应邀去参加端午祭活动的著名学者，一阵寒暄后，都忍不住谈到头一天早晨在电视里看到的新闻——W市近期发起了一场声势浩大的"砸龙舟运动"，其辖区内X区、Y县所有乡镇近千条龙舟悉数被毁。而我则是在飞机上通过《文汇报》刊载的一幅漫画得知的。一幅关于中国端午节的漫画，竟飞往了韩国端午祭的现场。

呜呼哀哉！这样一来，我们的端午节真的沦落为名副其实的"粽子节"了。

其实，天下何止一个 W 市。我后来在别的地方无意间谈起此事，没想到，当地的朋友漠然一笑，说：这算什么，我们这里好多年前就禁绝了。

为什么？早先的理由与封建迷信、宗族械斗有关。W 市的理由就比较与时俱进了，称：主要是因为端午节期间划龙舟人员较为集中，容易诱发安全事故和治安事件。

也是巧了，端午节前的好些天，我在 W 市另一个县一位领导的办公室里，正好听到该市在发布"收购龙舟"的指令。但那位县领导毫不犹豫地拒绝执行，我听到了那斩钉截铁的回答："这是伤害老百姓感情的事，做不得！"

那个县的赛龙舟活动照常举行。让舆论一时哗然的 W 市，多少也因此挽回了一些面子。

后来，我得知，W 市如此决策，是照顾了老百姓的利益的，所以，砸龙舟是以收购的形式进行的，即根据龙舟的新旧程度，每条龙舟由当地政府赔付给村民一千至三千元人民币。据说，当地财政为此至少支出二百万元。

因为那些寿终正寝的龙舟，我们的江陵之行注定是感伤之旅。

江陵是个靠山面海的小城市，人口仅二十四万。它曾是古国的首都，当时有"舞天"的宗教庆典活动，端午就是五月祈求丰收的播种庆典。江陵端午祭形成大规模的庆典习俗，早在1603年即有详细记录，其内容包括从农历四月起的锯神木、迎神、演戏等一系列祭祀习俗，以及融"大关岭山神祭"与"村庄城隍祭"于一体的村落祭奠等，参加人员上至达官贵人，下至黎民百姓，形成官民合一的庆典形式，而这些庆典均与地区的"大关岭山神"、"大关岭国师城隍神"、"大关岭国师女城隍"等神话传说相联系，意味着"地区历史"、"地区人物"已成为人们心目中敬奉的对象，成为这一地区独立的信仰体系，因而具有明显的地域性。这样的祭祀活动，除了有保存文化、辟邪求福的功能外，还蕴含着陶冶民众性情、防止各族姓群间的分裂，以实现大同社会的目的，这也是江陵端午祭得以流传至今的根本原因。

大巴车离开机场经过三四个小时的行驶抵达江陵。这天是农历的五月初三，匆匆吃过晚饭，我们便被催着上车去观看民俗活动。显然我们已经迟到了，挤进一座人头攒动的广场，只见为我们预留的场地上放着一盏盏六棱形灯。提在每个人手上的灯是一样的，内置一根蜡烛，外裱剪纸纹饰，其上有"江陵端午祭"字样。几支当地的队伍在台上作简单表演后,天色已暮,这时，我们才感觉到接下去的活动是踩街。因为担当联络员的志愿者，对活动的具体安排并不清楚，让我们带去的萍乡傩队甚为遗憾。如果知道要踩街，穿戴上服装面具，岂不是一次极好的展示机会？

参加踩街的不仅有来自世界各地的民间艺术表演队伍，更多的是市民，包括抱着、牵着孩子的妇女。在市区里的行走约摸长达四十多分钟，鼓励人们坚持的力量大概来自信仰吧？

我们在浩浩荡荡的队伍里，就像江陵的市民。带着灯的祈愿，追随着灯的方向。

踩街的终点是江边，是水面。络绎不绝的灯纷纷入水，随流而去；络绎不绝的人纷纷登高，望灯祷祝。这放河灯的场面，我们应该非常熟悉了，在文字里看过，在传说里听过，通过想象我早已领略。有一年春节，我凭着报纸上的线索，想去看"故乡的河灯"，便和那位作者的"故乡"联系，然而"故乡"在县志里，河灯也在县志里，也许那位作者盼之心切吧，竟让死去的乡俗复活在他的假新闻里，且写得煞有介事。

真没想到，亲睹河灯，却是在异国他乡！

我想起儿时的端午节。在我成长的小城，也是这般热闹。

在节前几天，就可以听到四乡传来的隐约鼓声了。不知道是为龙舟下水举行仪式呢，还是热身。那鼓声仿佛来自遥远，来自梦中，是一种暗示，也是一种召唤。孩子们是最敏感的，迅速地做出了反应。他们的胸前因为那鼓声，而戴上了红线编织成的小网兜，网兜里装的要么是粽子，要么是蛋，一些女孩则喜欢放入一只红的或青的李子，像一种饰物，很是好看。

一条通往江边的长街，两边店铺的门头上，都挂着两束植物，一束是剑一般的菖蒲，一束是我认得的野艾。我认得它是因为刚刚被大人逼着用艾叶熬的水洗澡。大人还以粽子为诱饵，让孩子乖乖地在眉心处抹上雄黄。

端午节前后，必定要下几天大雨，江里必定要涨水。但那时的雨很多情，很人性。节日那天几乎都是时晴时雨，孩子们管它叫太阳拉尿。我年年淋着太阳尿在江边看划龙舟。太阳尿让龙舟很开心，穿着蓑衣来的汉子干脆打着赤膊。咚咚的鼓声湿了又干。

那时竞渡的龙舟并不多，每年也就五六条吧，这是永远不服输的一群，所以，他们年年相约。赢了，当然就是龙头老大，据说奖品是粽子。有时候眼红了，难免争抢起来，以至于拳脚相向。

作为孩子，我们其实揣着幸灾乐祸的心理，是希望隔岸观火的，有一年，龙舟上有个鼓手可能是得意忘形，身体失衡轰然落水，两岸的观众一起欢呼，孩子们更是雀跃不止，那人落水时的姿态叫我们模仿了好些天。

可是，直到我们长大后龙舟消失了，我并没有看到真正意义上的斗殴。

在江陵，我却差点与主办方斗气了。我们带来的傩舞节目长度不过十分钟，在出国前已得到主办方认可了，谁知，这是因为组织的粗疏和衔接的不便，双方间产生的误会。可是，在当面为此磋商时，对方有位负责人把话说得比较难听，我一时性起，让主人难堪了好一阵子。当然，最后还得握手言欢。

好在萍乡傩队带了锣鼓家什，离开了伴奏带，也能撑满在端午祭现场表演的一小时和为专家做专场表演的一个半小时。这一具体的表演安排，我们直到正式演出的前夜才得知。

端午祭活动场所设在江边，叫"端午场"，两岸的帐篷排成了两条购物长街，被称为"乱场"，靠城市一侧河沿上搭起了两座临时舞台和一座临时祭坛。各支表演队伍按照指定的时间段，由联络员领着找到舞台，后面的排练或正式演出就是自个儿的事了。

观众如流水一般，来去很随意的。我感觉人们更热衷于购物，坐在舞台前的大多是在此歇歇脚，各种民间艺术表演都很难长时间地吸引人们眼球，主要是营造气氛罢了。

但是，本地的传统民俗活动却深受市民的喜爱。江陵地区的端午祭活动真是丰富多彩，除指定的儒教式祭仪和巫俗祭仪外，还有诸如官奴假面戏、农乐竞赛、儿童农乐竞赛、汉诗创作比赛、乡土民谣竞唱大赛、时调竞唱大赛、拔河、摔跤、荡秋千、射箭、投壶等娱神和娱人的民俗活动。

在节日里，最亮丽的就是游戏着的妇女和表演着的孩子了。在高高的秋千架旁，在投壶的棚子里，妇女们穿着鲜艳的民族服装，不时发出一阵阵极为夸张的惊呼或掌声；而在"农者天下之大本"的旗幡引导下，敲锣打鼓的孩子们仿佛行进在他们的绚丽的帽饰中，一片片彩色的绒球，一簇簇洁白的羽毛。对了，我注意到，在这个五彩斑斓的传统节日里，红与蓝，是主色调。红与蓝，是一种寄寓、一种抒情吧？

初五上午，我自个儿在端午场漫游，无意间发现了那座临时祭坛。祭坛上方供奉着花篮和果品，场下端坐着许多神情庄严的观众，他们大部分应是信士吧。我知道，在这里举行的就是从初四至初七的"朝奠祭"。由于端午祭是祈求江陵、岭东地区丰收太平的礼仪，因此，江陵官员依次担任初献官、亚献官、终献官。主管执事选自德高望重、经验丰富的社会贤达。先举行儒教祭仪，以奉读汉文祝祷词的形式进行，祝祭的内容涉及除祸招福、健康安宁、治愈疾病、农渔丰收、禽畜繁盛等，每次约一小时。之后，便开始举行巫俗祭仪，直到深夜。

这就是说，毕恭毕敬跪拜在祭坛前的那些男人，不是当地官员，就是社会名流了。

他们跪拜在千年的民风里，跪拜在民间的信仰里。

儒教祭仪和巫祭所保持的原生形态，正是端午祭历史价值、文化史价值和美学价值之所在，也是被列为韩国国家指定的无形文化遗产的根本所在。

　　我后来无意间看望了那些被砸毁的龙舟，仿佛鬼使神差一般。我本来只为看看一座祠堂戏台，谁知，进了那座百柱祠堂，我首先看到的竟是架在头顶上的龙舟。

　　受了伤的龙舟在呻吟。有好几条，其中一条还是新的，年轻得就像一位血气方刚的小伙子。也许是人们心有不忍，或者是苦肉计吧，只在它的船头部分砸了个不难修补的洞。

　　憩息在宗祠里的龙舟，正好证明它与宗族的亲密关系。听说，在赛龙舟时发生的械斗，往往是因为举什么旗引起的。有的地方以乌龙为大，便有村庄或族姓在竞渡之前就高举乌旗妄自称大，于是引起别人的不满。若然，何不参照"流动红旗"、锦标赛的智慧，让那乌旗也流动起来？也许，事情并不那么简单，但砸的做法无疑太简单了，简单得叫人不可思议。

　　平时躺在宗祠里的龙舟，到了端午该下水时，一定也有庄严的仪式。可惜，我不曾见识。但我在农村插队时，隐约感觉到了。我插队的农场后面有座山，传说是当地龙脉所在，在山上某个洞中撒把谷壳，会在十多里外的江面上出现。每年端午节前，都有老农很确切地告诉我，他们听到了阴鼓响。他们把身体出现的奇怪的疼痛，认定为被阴箭射中了。在他们的信仰中，有着怎样神秘的世界！

尽管我曾一次次在他们的示意下，用心谛听，却从未听到。我缺少信仰的耳朵。

阴鼓好像是自然的暗示，季节的暗示，是神灵与人的一种沟通。踩着急遽的鼓点穿浪疾驶的龙舟，曾经有着怎样的精神负载？

盛装的人们在享受着自己的节日。桥上的旗帜猎猎飘飞，那上面喷绘着关于端午祭活动的图片，是历史，而我眼前的场景与其如出一辙，是现实，也是历史。这大概就叫传承吧？

在该吃粽子的这一天，我们与江陵一道在享受着它的节日。在这一天，韩国人要吃艾子糕，喝益仁汁，妇女们用菖蒲汤洗头发或饮用菖蒲水，或用菖蒲露化妆，称为"菖蒲妆"，士大夫人家的门柱上贴朱砂符借以避邪，君臣之间要互赠端午扇表示祝贺。仅由这些传统习俗，也不难看出中国文化对其的影响。然而，在分享过江陵的欢娱之后，我们便只有怀想粽子，悼念龙舟了。

据说，每年的端午祭期间，来自韩国和世界各地的分享者达百万人之多。看来，对于民族的传统节日，只有自己传承下来、重视起来并且尽情地享受着，才有可能让别人来认可、来分享。

当然，江陵给我的启示远远不止于此，所以，我讨人嫌地追忆着龙舟。不知这段文字能够回答关于"捧场"的质疑否？

在廊桥边折一管茅花

婺源的廊桥应该认识我。我去过三次。和许多人，和一个人，和自己。

岸上的茅花打春天开到秋天，打前年开到如今，仿佛从未衰败，只是褪去了春的浅紫，变得洁白。秋阳下，有一些花絮随风轻飏，有一些黄叶为秋鼓瑟。

秋水的表面和深处，都只有我。凫游在春天里的那两头牛，经历了漫长却短暂的热天，互赠一管茅花，便各自上岸去了。我还记得它们在廊桥的投影中嬉水的样子。我为它们拍过合影。它们深潜于水，只露出两个鼻头，用沉重的喘息相互试探；或者，踏水而歌，呼唤着彼此的名字，用凌厉的犄角相互抚摸。当水沉静时，有两个人影恰好骑在它们的背上，以彼此的视线为缰，以各自的茅花作鞭，如一对牧童。

　　我记得，我到对岸的水碓房旁边拍桥，桥洞里是牛和它们的犄角；回到河这边来拍水碓，取景框里只有巨大的木制水轮和依山叠彩的茅花了。

　　现在，无论在此岸，在彼岸，只有茅花依在，却是晶莹似雪。

　　我在秋水的表面和深处。我也觉得水凉了。我在桥上拍下了凭栏俯瞰的自己，在水里飘摇的自己。水把我揉碎了，再折射到廊桥上，嵌在傍河古村的某幅雕刻里。

　　我想我一定会是画里的一匹倦马，一钩冷月。或者，就是画外那凝滞于岸边的水轮了。超然于故事之外，梦之外。

　　我知道打开一个梦并不困难，只要轻轻地提起闸板，激情的水就会奔泻而下，激活每一块叶片，巨大的圆便飞旋起来，带动原始的工具，奏出古典的音韵。

　　然而，假如碾槽、舂臼里没有稻谷，我难道能够仅仅为了欣赏一段民谣而启动水碓吗？

　　我只是游人，就算我要去彼岸，也是过客。和那些人，那个人一样。在画舫一般的廊桥上，顺逆水流游走的都是人。还有他们抛下的茅花，怅然漂远。

　　我以木刻的立场，回味着桥下的梦。

　　我依稀听得那抚摸发出金属的脆响，像两件兵器在厮杀，是两颗心在格斗吧。我知道爱情是靠肉搏完成的。我知道用来敷伤的也是爱。如沿河的茅花，绷带一样绵长，药棉一样轻盈。足足能够包裹一条河。这条河也在它们的厮杀中受伤了么？或者，这条河原来就是一条容易受伤的河，于是，有这一脉碧流，便有两岸茅花。

那两条中年的牛！

我能想象它们心怀着怎样深刻的皱纹、怎样苍凉的微笑，怎样在这里不期而遇，怎样耳鬓厮磨地翻阅着投影中的插图，面对那些风花雪月的雕刻共同追忆似水年华；我能想象一番温存之后，它们嘴上衔着的茅花是怎样忧伤。有多少祈望能够最终如愿？有多少允诺能够最终兑现？许多的分手就是分离，许多的告别就是诀别。即便共饮一河水，同作一畈田。它们谁目送着谁先上岸呢？谁的身体裹遍了花穗？谁的眼睛栖满了飞絮？它们离去的步履踏破了河边的草滩，踩碎了岸边的水线。我就是通过那些深深的蹄窝，来想象它们久久的缱绻，久久的怅惘，久久地反刍它们深深的慨叹。

我折了一管茅花。我记得在春天它的浅紫是油亮的，鲜嫩的，如婺源古民居那些雕刻所表现的爱情故事。而现在它的洁白膨化了，嚣张而脆弱，恰似所有步入秋天的生命。我知道那茸茸的碎花是它最后的寄托，所以，我把茅絮撸下来，种植在岸边的蹄窝里。

为自己种植，为一个人种植，为许多人种植。

衔着千年的瓷片嬉水

听说瑶里镇原先叫窑里，可能不雅吧，改作了琼瑶的瑶。

于是，瑶里溪中的鱼，便饮着琼浆玉液。

考证那个被取代的字眼，拨开汉字的秘密，就会发掘出千年的窑火，千年的釉果。

在瑶里，曾有二百多座古窑遍布在群山中，曾有许多架木制水轮飞旋在溪流边。一条古驿道迤逦而去，前往徽州，前往瓷器向往的远方。

我想，可能与瓷器的向往有关，有一天窑厂纷纷迁往百里外的大江边，瓷器从此登上了雕龙的古船，体体面面，风风光光，漂洋过海，登陆于梦想中的所有口岸。

去往徽州的驿道边，古镇冷落了。水轮凝滞着，水碓哑默着，滤池干涸了；作坊荒芜着，窑砖风蚀着，瓷器破碎了。

但是，柴烟散尽的碧空，有云来驻；余烬犹在的残窑，有风来朝。松与茶，枫与槠，来窑址上播种，在废墟里生长，竟然以无边秀色覆盖了满山瓦砾。仿佛，春的花容，秋的叶色，都来自漫山遍野的历史碎片，来自青花与粉彩。是瓷器上的图案，瓷土里的精魂。

我不禁讶然。那么繁盛的一段历史，怎会被繁茂的植被包裹得如此严实？

我去溪边寻找答案。

我看见满溪的秋色，满溪的游鱼。瑶里的鱼可能是世界上最幸福的鱼了，在这条溪中，没有诱饵的阴谋，没有渔网的恐怖，水是和平的。鱼们无忧无虑，自由自在，一尾率领一群，零散追逐团队，咬着水波里的呢喃，啄着水面上的秋阳，从容而优雅地踏水漫步。或者，就是一种行为艺术罢，用集体的身体，集体的泳姿，依着水轮的弧线描圆，依着石桥的倒影画桥。水里的白墙青瓦、飞檐翘角，水里的红叶青枝、高树修竹，都是它们临摹的作品吧？

好像瑶里的鱼是通灵的。

因为，这里有着禁猎禁渔的传统。祖祖辈辈的禁忌，衍生出了一个现代组织——民间自发组成的禁鱼协会。他们的禁令公布于镇上的显要处，大概只是警示外人，当地的餐桌上从来都是别处的鱼。

我不愿把这条溪流视作养生河。

我浪漫地怀想着民间的浪漫。我想，当窑厂纷纷迁徙，也许有一些陶瓷艺术家没有走，领着他们的子子孙孙，以山为坯，以水为料，在蛮荒的高山上画着釉下彩，画在煅烧过的丘陵间，就是釉上彩了。否则，很难设想，被窑火熏黑、被瓦砾覆盖的古镇，会有这种血脉相承的自觉。

或者，他们养山养水，是为了保养永远激荡于内心的艺术感觉，为了保养崇尚山水师法自然的人生境界。

为了在风景里写生。鱼是他们的模特儿。

我不知道溪中最长者高寿几何。我看见，一条红色的大鱼被自己的队伍簇拥着，下潜到深处，去参观铺满河床的瓷片；我看见，那些年轻的鱼惊奇地在艺术的碎片中寻找着自己的宗谱、自己的历史；我看见，那条红鱼衔起千年的瓷片一跃出水，仿佛展示自己的肖像。

更多的鱼，在桥下走台。一群一群，交叉穿行，袅袅娜娜，分分合合。如月在云端，雁过湖天，花开庭院。

瑶里的鱼别是醉了。

沉醉在醉卧于自然中的历史里。

笔钓鄱阳湖

老人和湖

鄱阳湖边曾有一座名叫青山的古镇。那座古镇如今唯有一户居民。那户居民住在青山古街上。

那条古街在青山脚下、绿水之畔，在浪涛以西、林涛以东，在山间石径的尽头，在水上航线的中途，在密林深处，在岁月远方。

是的，古街也不复存在。或者说，它容颜已改。它的街邻再不是店铺、客栈、酒楼、茶肆，而是杉树、梓树、柿树以及茶树和杂草；它的客人再不是来往于鄱阳湖上的船工、商贾、官员和诗人，而是常年寄居在这里的鸟与兽。

连废墟都湮灭在草木之中了。只有潜藏在绿荫里的新旧两幢房屋，似乎为证明古街及古镇的历史而执著地守护在这里，日日眺望着湖上的船来船往，云驻云飞。

如今的青山古街唯一的住户便是宋金山一家。如今的宋家只有宋金山老人独自陪伴着眼前不老的湖。老伴和五个儿女都搬迁到山那边的新居去了，其间距离是四五十分钟的山路。

六十六岁的倔犟老人，舍家弃口，执意守望着一个六十岁的梦。

晚唐诗人赵嘏在《发青山》一诗中写道："凫鹥声暖野塘春，鞍马嘶风驿路尘。一宿青山又前去，古来难得是闲人。"想必，引我去寻访青山的那条石块铺就的山道，就是赵诗中的驿路。

我沿着唐诗到达湖滩，再折向山坡上的宋家。进入宋家，需经过五道院门。姑且让我来为之命名吧。头门，网门。竹木搭的篱笆墙开一大门，以渔网为门扇，网上吊着一些易拉罐，一碰叮当作响，好比门铃；二门，石门。石板为桥，桥的那头，石块垒墙，竖起的四根毛竹就是门框了，依然以悬挂易拉罐的渔网为门扇，简易的门匾上题有"进入人间"四字；三门，树门。不知是一棵什么树，被主人弯成了一道拱门，门上还开着一朵不肯凋谢的牵牛花；四门，藤门。借生长在崖边的野藤之势，饰以酷如长蛇的绳索，而巧构成门形；最后才是正儿八经的院门。

看看，进入这个老人的世界将经历怎样的曲折，怎样的关锁。

其实不然。宋金山老人是热情慷慨的，质朴率真的。笑容里有几分腼腆，目光里却是一片诚挚。闪烁其中的，就是对湖的迷恋之情了。他以收藏鄱阳湖奇石而渐为世人所知晓，时有各色人等不辞辛苦登门造访。大约是先有媒体为之命名，随后他乐享其成，索性也自号"奇石老人"。

一个渔民居然成了收藏家！

一个渔民居然不惜把一辈子光阴投入风浪，苦苦搜寻着鄱阳湖的"真相"！

他的确是这么说的。加起来一共只读了三百天书的奇石老人，从孩提时，就梦想着"寻找真相"。我听不懂他的星子方言，再三追问什么叫"真相"。原来，他指的是化石。

对了，化石里生长着真相，珍藏着真相——关于宇宙和地球，关于海洋和陆地，关于自然万物和我们自己……那是怎样绚丽的真相啊，竟让一个孩子在痴迷的寻找中不觉间变成了老人，竟让一个渔民总在卸下满舱雷电后又划向浪涌的彼岸，竟让一个老人夜夜醉卧在漫长的孤独里？

寻找是有凶险的。比如，六十多年前的那声爆炸，至今仍回荡在他的记忆中。当年，国民党军队为阻止日军兵舰进入鄱阳湖，在湖上布下了水雷。宋金山的大哥便捕得一枚水雷。二十岁的年轻渔民心想：这是啥玩意儿呀，拿它做个米缸倒是挺好的。于是，便与伙伴一道把水雷拖到湖滩上，操起家伙，砸呀砸呀，硬是把它给砸开了瓢，成就了一口米缸。随后，他大哥又拾到第二枚水雷。第二次就没有那么幸运了。一阵猛砸之后，水雷爆炸了，三条生命化作了从湖滩上腾空而起的一团黑烟。

化石虽不至于爆炸，但它们总是藏在恶浪的血口之中，怒潮的利齿之下，狂风才可以把它们唤醒，暴雨才可以让它们现形。所以，打风暴的日子才是寻找化石的好时机。每每风暴未曾消停，宋金山老人便已驾舟出行，他踏平了鄱阳湖风浪。有时候，化石则是毒蛇的眠床。我便从他的右臂上看到了十分新鲜的蛇伤。我采访他的时候，咬伤他的那条眼镜蛇正趴在他的小院里，和我一样，直起脑袋用心地听着他的故事。莫非，他把蛇抓了回来，就是为了向它炫耀自己的珍藏？

那么，他穷尽毕生，甚至不惜身家性命，究竟得到了一些什么宝贝呢？

看过院子，看厅堂，看厢房，看厨房，到处都摆放着石头。我不懂石头。在我看来，奇则奇矣，却非想象中的那般动人。我以为，石亦如人，有表情有性格有思想，故能叫人一见如故、一见倾心。坦率地说，它们大多缺乏应有的魅力。仿佛为了让我兴奋起来，老人舀了一瓢水，往一块大石头上一浇，化石显露出它的"真相"。我果然一阵惊奇。那上面竟密密麻麻地镶嵌着大大小小的管状、螺帽状物，构成了奇异的纹饰。像金属，也像螺贝及某些海洋生物的骨骼。也许，它就是鄱阳湖生成的见证？

可是，老人随后从塑料袋中掏出的石头，又让我不以为然了。他认为那是某种动物骨骼的化石。对此,我内心生疑。因为,我屡次在湖滩上行走,也曾为拾得类似的石头而欢呼,向导却冷酷得很,说那不过是陶瓷的残骸而已。比如茶壶把手或碗底。是的,水是能够对付一切坚硬材料的雕刻师。

我不禁暗自担心:老人是否果真寻找到了"真相",他的全部收藏究竟有多大的价值?对于这位显然缺乏赏石常识的渔民来说,他评判奇石的标准大约就是自己的直觉和幻想吧?他的直觉和幻想可靠吗,总不至于让他碌碌终身而一无所获吧?

老人却自信得很。他用别人为某块化石所给出的价格来坚定自己的信心。他的自信感染了我。是的,不要嘲笑他几近偏执的性格,即便他的珍藏并无多大的价值。他的执著,难道不是人类面对喜怒无常的大自然所应取的探究态度吗?这种探究,是一种抗争,也是一种热爱。

这恰好正是宋金山老人的立场。他说,他离不开湖。所以,他夜夜枕着湖的呢喃入梦,日日踏着湖的吆喝出行。这是一颗伴着鄱阳湖水一起搏动的依恋之心。

也许,寻找化石,只是他为自己留守湖边所创造的一个理由?

也许,所谓"真相",其实就是老人替我们收藏着的一种精神?

老人和湖,共同替我们珍藏着。

现在，我循着老人慈爱的目光走向鄱阳湖，继续我绵延多年的造访。我知道，它的珍藏是极其丰富的，不仅仅是老人认定的化石，更多的珍藏，依然鲜活，在人们的记忆中穿梭往来，在方言土语的传说中蹦蹦跳跳。所以，我用心为饵，以笔垂钓。

鄱阳湖再次令我怦然心动。

因为，湖泊是大地的眼睛。眼睛与眼睛，无须三分钟的对视，就会生情。而我的凝视，仿佛一只鸟，投影在它明亮的眸子里；仿佛一尾鱼，泅游在它炽烈的目光里；或者，是一艘船吧，航行在它的脉脉深情里。

其实，多少年来，整个江西就一直这么热切地凝视着鄱阳湖。从改革开放之初提出"山江湖工程"，到 98 抗洪之后的"移民建镇"，直至如今决定建设鄱阳湖生态经济区。因为人们共同的珍视，鄱阳湖候鸟保护区成为中国第一个越冬候鸟保护区，鄱阳湖湿地成为中国第一批列入"国际最重要湿地名录"的湿地之一。

相爱着的眼睛总是格外明亮。浩淼无边的爱意，如碧波荡漾，让飞翔的生灵横生妒意。

于是，无数的翅膀从东北、西北飞来，从西伯利亚、蒙古、日本、朝鲜飞来。从一个泽国到另一个泽国，从一个季节到另一个季节。它们的迁徙需要怎样的毅力，又是什么在诱惑着它们呢？

当大地的众多眼睛就要沉睡了，它们飞临一只醒着的清澈的眼睛。

在那儿照影梳妆，衔羽传书；在那儿踏浪旋舞，交颈欢歌……

它们年复一年践行着自己的允诺。在北方和南方之间。如今，许多的摄影家都精确地掌握着候鸟飞回鄱阳湖的日期，那个日子就像明白无误地标注在远方发来的传真上。年年都有年轻的鸟儿与鄱阳湖结缘，他们得扛着机子赶到吴城、沙湖山，或是别的什么地方。他们成了婚纱摄影师。

我愿和他们结伴同往。紧随其后，翻阅湖的履历，拾取湖的记忆，探问湖的心思……

寻访鄱阳渔鼓

文字里的鄱阳令我兴致勃勃。那是民间艺术的鱼米之乡。它是雍容华美的，又是古朴深邃的，如脱胎漆器；它是率真放达的，又是清新悠扬的，如鄱湖渔歌；它是苍凉粗犷的，又是温婉醇厚的，如鄱阳渔鼓。

作为江西道情的一支，我想象鄱阳渔鼓应有波光粼粼、熏风阵阵、白帆点点，应有漂在湖上的草洲，掠过水面的河豚，追逐飞舟的江鸥。因为，它一定伴着安泊在码头边的樯橹，沉醉在酒馆茶肆里的漕工，和被夜晚从湖里捕捞上来的渔人，它是他们的桨和舵，酒和茶，生命中的抚慰和欢乐。

我要去访问鄱阳渔鼓。却不是为了自己的想象，而是为了一个叫人感伤又惊奇的故事——

我的同事小李，为调查民间艺术资源，去到鄱阳。看罢脱胎漆器，又要寻访鄱阳渔鼓。四下探问，大多浑然不知，偶有恍然忆起。唯一让人欣慰的告知是，可能还有个传人，不过，他是个盲人，已经好些年不见其踪影了，或许不在世了吧？

小李是鄱阳人，与亲戚聊着寻访的结果，挺灰心的。亲戚沉吟片刻，道：他要真是个盲人，那就好办了！

——如何？

——跑到大街上随便找个盲人一问，不就知道了吗？他们之间相互都认识。

原来，在一个黑黢黢的世界里，有那么一群人，他们各自高擎心灯，让对方辨识，为彼此照明。

此法果然奏效。亲戚上了趟街，立马就把那位盲艺人的住址带回来了。小李按照那条线索，很快就找到了他家。他不过年近花甲，却有好几年没再出门了，既然流行歌曲横行于世，想来他也是知音难觅，无奈得很。

可是，这位艺人并非鄱阳渔鼓的传人；

他倾尽一生演唱的是鄱阳鼓书。

我的寻访不曾开始，便可料知结果。那么，我就把寻访当作一次追忆和缅怀吧。

渔鼓，亦称道情，曾普遍活跃于江西各地，形式大致相同，曲调则因方言、语音不同而形成多种风格。我朦胧记得，儿时似曾相识，它是被一个年轻女子竖抱在臂弯里的竹筒，它是那个女人击筒伴奏的歌声。我记得她身后藏着个小女孩，那才是属于她的明亮的眼睛。当年真该问问，她是随远方的火车流落到我的小城，还是走信江来自鄱阳。她在铁路边的宿舍区挨家挨户唱着，后来，不知道那双天真的大眼睛把她带向了何方。

此刻，我从鄱阳几位朋友的口中，追寻着关于渔鼓的蛛丝马迹。言谈之中，历史如雾，一群群，一团团，在浩淼的湖面上奔走，鄱阳古城时隐时现，明明灭灭闪烁其间的是一些词语和诗句，比如"舟车四达，商贾辐辏"，比如"十里长街半边商，万家灯火不夜天"。樯帆之间，酒旗之下，楚骚遗风、吴越旧习、中原古韵顺水随舟而来，在此登岸靠港，自是交汇混杂，相互影响；就像在南戏和弋阳腔的基础上发展起来的高腔，与乱弹、徽剧、秦腔、昆曲等皮黄声腔熔融糅合形成了饶河戏一样，想必南北的民间说唱艺术也在这里找到了共同的码头，它们交相辉映，共生共荣。

烟波之中，渔鼓的讯息微弱得时断时续。我仅仅得知，鄱阳渔鼓主要活跃在鄱北一带，演唱渔鼓用以伴奏的道情筒，筒底蒙以河豚皮的护心皮，蒙时，鱼皮是湿的，干后绷紧，击打便发出清脆的响声。我知道，流传在南北各地的道情，其道情筒一般蒙的是猪皮羊皮，鄱阳渔鼓的渔区特色也体现在击乐器上了；而它唱腔的特色在于，吸收了当地的鼓书、山歌、渔歌及民歌小调的旋律，具有浓郁的水乡风情，曲调富于变化。传统曲目以长篇为主，取材于历史故事和民间传说。解放后，出现了反映现实生活的新曲目。七十年代，由当地的曲艺家陈先贤作词、作曲家黄河九作曲创作的《莲子情》等两个节目，先后在《海峡之声》电台播出。当年，黄老师还用那种宽宽的老式磁带录了音，如今磁带尚存,可惜却找不到能够放音的录放机了。看来，黑色幽默有时也是生活的本真。

两位老师回忆着渔鼓，很自然地想到一个叫"牛子"的盲艺人。这个名字也在年轻人的唇边跳了一下，也许它触动了年轻人的童年记忆？若然，那么，"牛子"就是一个被集体记忆湮没在深处的神秘名字了。

牛子已作古多年。牛子姓周，没有人知道他还有否别的大名尊号。但陈、黄二位老师仍能你一言我一语地勾勒出他的音容笑貌。周牛子个头在一米六五左右，稍胖，大脸盘，天门饱满；声音中气足，但可能不太注意保养嗓子，演唱时嗓音有些沙哑，"像老化的磁带一样"，唱高腔时感觉要好些；牛子应变能力、记忆力很强，能通过声音来认人，哪怕人们有意变声逗他，他也能分辨得出来。

早年，牛子卖艺谋生的所在，是鄱阳县城东门头的会仙楼茶馆。每天上午、晚上各一场，每场一二小时，他演唱的内容有封神演义、施公案、彭公案，等等。

我寻访着鄱阳渔鼓，不知不觉，却又叩响了鼓书的门儿——朋友们领着去找牛子的传人，没想到，这位盲艺人恰恰正是我的同事先前访问过的那位鼓书艺人。看来，牛子是十八般技艺样样皆通，这也是和鄱阳渔鼓融汇鼓书旋律的唱腔特色相吻合的。

他叫徐安主，是牛子的大弟子，十一岁时就跟着牛子学鼓书，十四岁时进了县赣剧团的曲艺队，学拉小赣胡、吹笛子。听说这个曲艺队是特意为集合散落城乡的民间艺人而成立的，当年牛子也进去了，从徐先生的年龄判断，其时当在六十年代初期。

徐先生听说我的来意，立即进了里屋，打开了录放机。原来，他已录下了自己执云板、敲圆鼓伴奏的演唱——

　　一人一马一杆枪／两个不和动刀枪／三气周瑜芦花荡／四郎失落在番邦／伍子胥大骂昭关过／六郎镇守在山关／七擒孟获诸葛亮／八仙跳海老龙王／九反中原四太子／十面埋伏楚霸王……

这是鼓书的鼓板头，仿佛戏曲正本前的"跳加官"。我听不懂词，便盯着徐先生瞧，忽然觉得人们描述的牛子倒是活像了他，也是那样的个头、体态，也是那样的脸盘、表情，也是那样的中气和嗓音！

徐先生的妻子也是一位盲艺人。让我惊讶的是，徐先生腕上竟戴着手表，而他们的家里收拾得干干净净，厅堂里挂着壁钟，里屋有一台电视机，门口还悬着一只鸟笼子。这一切全都属于明亮的眼睛！

录放机里，徐先生在唱各色人等的苦乐哀愁了。作为盲人的民间艺人更需要某些特异的生存能力，比如记忆力，一般的鼓书文本，他们听一遍就必须强记住，复杂的，至多容你再听一两遍。然而，一旦唱起自己的生活，却是豁达得很，那乐观里甚至不无浪漫——

> 小小鼓儿圆纠纠／出在苏杭并二州／说书人将钱买到手／供（jiong）家养眷度春秋／白天把它当战马／晚上把它当枕头／千里不带柴和米／万里不带点灯油／吃饭穿衣找它要／五湖四海凭我游……

从前须"买到手"的才艺，现在可是滞销了。我的同事曾问过他收没收徒弟，他不无揶揄地说，而今收徒弟岂不要给人家付工资？离开徐家后，我总在猜他养鸟的目的。哦，对了，笼中的一对翠鸟，不会是他最后的听众吧，或者，能够鹦鹉学舌的关门弟子？

一阵怅然之后，我还是感激这次寻访之旅。这是一次精神还乡，乡土的生活和艺术渐渐地隐退于记忆之中，但这记忆也足以激活我们的想象。我为今后只能通过想象来领略的民间艺术感动不已。

我感动于陈老师学唱的搬运号子、排工号子和成为黄老师创作素材的插秧号子。那是承载着生活重负的身体之歌，那是伴随着劳动节奏的生命吟唱；

我感动于串堂。那种走村串户、坐堂清唱的表演形式，十分灵活，一伙文场，一伙武场，仅需十来个演员就可以让老百姓过足戏瘾。它把饶河戏请出了祠堂、剧场，使之获得了更为广阔的舞台；

我感动于徘河。陈老师描述的徘河，发生在一个个意境优美的夏夜。那时，江湖边还没有圩堤；那时，指的是现在的老人还是少年的时候。没有圩堤的水边，漫漶的夜也没有圩堤，只有船如阵、桅如林，影影憧憧一座水之城、月之城，一叶叶轻舟载着唱小曲的民间艺人，流连在水月的街巷，徘徊于船家的庭院。所谓"徘河"，就是因此得名的吧？徐先生的妻子就是唱小曲的，我想，当年那穿过桅林、披着月光登上岸去的歌声里，一定有她的妙曼，她的甜润；

我感动于鄱湖渔歌。最动听的渔歌总是伴着桨声欸乃，唱在半夜时分。那时，夜捕的渔人离开夜深人静的湖岸，追着月光水色，划向万籁无声的迷蒙处。大约也只有此时此刻，渔人才是湖的主人、夜的主人、自己的主人，他们会很放肆地唱起来。我想象那自由的歌声一定会撩醒某座岛上的宿鸟，一定会追赶着游鱼在湖上撒欢儿，得意极了，那歌声甚至会跳进波光里裸泳。

说到夜捕，陈老师给我介绍了一种叫渔卡的渔具。那是用毛竹桠削成的竹针，使用时扭弯套上芦苇管，插入饵料。鱼儿咬钩，竹针便绷直了，撑在鱼嘴里，谁让它贪嘴呢。传说姜太公直钩钓直鱼，用的正是这种很人性化的渔卡；而渔人夜捕，就是把"贪鱼"打捞进舱。莫非，夜半的渔歌因此才无愧无悔、无拘无束？

七十二岁的作曲家黄老师陶醉在夜捕的渔歌声中，而我陶醉在自己的想象之中。黄老师鼓舞着我的想象，他很确定地说：等到秋天你来，肯定听得到。

陈老师插话强调道：要有望月。

不必问为什么了，从今天起，我等着一个有望月的秋夜。

水边的灵神

上世纪八十年代，我第一次乘船经过老爷庙水域时，曾见龙头山老爷庙前鞭炮大作、湖上也鞭炮轰鸣的情景。人们或上岸烧香许愿，或在船上对着老爷庙跪拜，一团团青烟随风随船，在湖面上奔走。听说，直到如今，过往船只依然要按照旧俗，朝向老爷庙顶礼膜拜。

因为，那个方向就是一帆风顺、鱼满船舱的吉向。

最近的一个枯水季节，宽阔的湖面萎缩成了一条蜿蜒的河道，来往的船只挤挤挨挨地缓慢通过，夕阳下，裸露出来的湖底是一片金色的沙滩，是一片开着紫色小花的草洲。我漫步在沙滩上，只见不远处有两座沙丘，沙丘之上是两堆白得耀眼的乱石，走近才恍然，那是两船将被沙子完全掩埋的水泥，水泥是用白色塑料编织袋包装的，其出厂日期为2003年。

面对两条货船的新坟，我不禁想追问：我漫步走过的草洲、沙滩之下，该有多少人的声嘶力竭的呼号、船的已经腐烂的骸骨？

是的，作为咽喉要道的老爷庙水域，是鄱阳湖上的"魔鬼百慕大"。喇叭口似的特殊地理环境，让肆虐的大风在一年里刮跑了一百六十三张日历，经常出现的龙卷风能把船卷起十多米高，再摔成碎片；而在水陆交界处，由于湖面与陆地的热力差异常在水域周围形成积雨云，积雨云大多沿着湖边移动，即使停泊在港内的船只也会被雷雨大风掀翻；这里的水文情况也相当复杂，吉山、松门山两岛把这片水域与南湖大湖体隔开，赣江的数支与修河、抚河等几股强大的水流在此交汇，注入长江，由于此处骤然狭窄，同样造成水流的狭管作用，水流紊乱，流速增大，在主槽带产生涡流。由此可见，吞噬了无数船只和生命的魔鬼究竟是谁了。

然而，在先民的眼里，这里的风是青面獠牙，雨是锋利魔爪，浪是血盆大口。其实，在生产力水平低下的历史远方，整个鄱阳湖，所有的江河湖泊，哪里不曾潜藏着灾祸和凶险？于是，人们只能把平安的祈愿，郑重地托付给形形色色的水神。

鄱阳湖上最威猛的水神，该是鼋将军了。传说它是鄱阳湖老龙王九个儿子中最难看的老大，大头，大眼，四只蒲扇一样的脚板，背上还有厚厚的甲壳，外形酷似甲鱼，重达千斤，力大无穷，名"大头鼋"。如此龙种，当然令龙王不悦。大头鼋挺无奈的，便去求寿星炼的仙丹，企图脱壳以讨龙王喜欢。仙丹需佐以玉柱龙的龙涎吞服，岂料，当玉柱龙吐涎时，湖上突然狂风大作，许多渔船都被掀翻了，大头鼋忙着抢救渔民，竟忘了去接龙涎，以至再也无法脱壳了，只好定居在鄱阳湖中。从此，每当风兴浪起，大头鼋都会奋不顾身去保护渔民。它成为鄱阳湖的保护神。

关于鼋将军的另一个故事是，当年朱元璋与陈友谅大战鄱阳湖，因遇风浪，朱元璋的乘船折断了风帆，舵也因触礁毁坏。危急关头，大头鼋以身代舵，救出了朱元璋，并保佑朱元璋取得了胜利。后来，朱元璋感念大头鼋的功德，封其为"定江大王"。历尽沧桑的老爷庙，其主殿内便祀有"定江王"塑像，殿前石柱上有对联赞曰："数百年庙貌重修偏颂吾王功德，九万里威灵丕显顿平蠡水风波。"

鄱阳湖渔民、船工崇拜大头鼋，恰好反映了浩瀚时空背景下，面对种种神秘无解的自然现象，面对无从把握的生命之谜、生活之惑，人们在生存苦难面前的丰富复杂的心理现实，反映了人们不肯屈服于命运，企图通过幻想来征服大自然的美好愿望；老百姓凭着自己的想象力和浪漫精神所创造的众多水神，既集中体现着人的意志，充满了人性，又代表着人所敬畏的天地，充满了神性。所以，它们是能给心灵以爱抚、给精神以支撑的可亲近的灵神。

然而，面对"百慕大"风浪之下的呼号，不知大头的鼋将军面有愧色否？

历史上的江西，造就了众多的、大大小小的水神，大的灵显天下，小的护佑一方。也许，这是江河纵横、湖泊密布的地理条件所决定的。其中，影响最为广泛的水神当属许真君无疑，它的神迹不仅遍及全省各地，在南方多省也有它的传说。还有叫萧公、晏公的两位地方水神，明初因朝廷推崇而成为具有全国性影响的水神，职司平定风浪，保障江海行船，因此各地纷纷立庙奉祀。如果说，它们是走出江西的水神的话，那么，杨泗将军则是被江西民间普遍信奉的外来水神了。

鄱阳湖沿湖地区也信奉萧公、晏公和杨泗。土生土长的水神则有大王爷、二王爷、三王爷等，以饲养渔鸟捕鱼的渔民，另有自己的专业神，他们尊薛元帅、千岁老子等为主神。过去，渔民在岁末收船靠岸时、年后第一次出船时，都要去祀奉水神的庙宇烧香朝拜。一旦新船下水，便要给新船披红挂彩，放炮点香，烧纸元宝以供诸神，求福求财求平安。每逢水神的祭日，必定要举行盛大的祭祀活动。

鄱阳湖上有座长山岛，属鄱阳县管辖，原名强山，岛上现有三千人口，以杨姓为主，兼有陈姓，杨姓于明末由都昌县迁来。沿着码头而建的渔村呈带状绕岛半圈，村中有座福主庙建在山坡上。站在门前望去，万顷碧波尽在眼底，庙内祀奉的却是包大人和三大人，庙里的老人告诉我，那位三大人是屈原的三儿子。世世代代在风浪里讨生活，如何拜个黑脸包公做福主呢？追问起来，老人也茫然。于是，我想：莫非当年杨姓是蒙冤含恨，不得不背井离乡、偏安一隅的么？

坐落在鄱阳县城里的晏公庙，应是鄱阳湖区水神崇拜的集大成者。我在几次访问鄱阳后，偶然得知此庙，便兴冲冲穿过那个叫管驿前的渔村，带着浑身鱼腥味来到庙前。

立庙六百年之久的晏公庙，除了祀晏公外，还有一时间"灵显饶城"的定江王，也就是老爷庙里的鼋将军。然而，有着前后殿的晏公庙其实是一座"信仰超市"。前殿左右的神龛中分别端坐着土地和社公，后殿上方神龛为晏公神位，左右两侧的神龛供奉杨泗将军神位和护国周王神位。列位神像的前面，还有一群群小神像。靠在墙上的一排已经陈旧的鱼形灯彩，分明在告诉人们，这里的庙会充满湖区特色，那是鲤鱼、鳜鱼、鳊鱼们的狂欢，是船工、渔民及各色人等的祈福聚会。想必，那时，鱼虾鳖蟹们一定会簇拥着龙王和各路水神巡游。

就在我认识这座晏公庙不久，巧逢此庙举行两年一度的庙会。为期一周的庙会始于农历十月初三。这已是第十七届了。

我到达的那天，正赶上信众们在"度关"。鞭炮声中，守候在庙院门前的人们忽然蜂拥而入，更有青壮汉子，从人潮中跳起来，伸臂去扯头上的红灯笼。男男女女挤挤挨挨，步履匆匆，在庙门前绕行一圈。值得注意的是，人们要么牵着、抱着孩子，要么紧紧搂着襁褓似的衣物。可见，"度关"的意义在于保佑子孙平安，人丁兴旺。

至于为何叫"度关"，据说，典出老子过函谷关的故事。公元前491年的某日清晨，函谷关令尹喜忽见东方紫气腾腾、霞光万道，断定紫气东来必有异人过，立即安排人打扫街道，盛情迎接。来人却是西渡隐居的老子，后来老子在那儿写下了《道德经》。既然如此，悬挂在晏公庙院门上的红灯笼就是祥瑞的象征了，难怪，两只灯笼被撕扯得七零八落。

与平时相比，盛装的晏公庙里除了更热闹外，还显得更为森严。后殿上空架起了罗汉宝座，层层叠叠地挂满了神像，它们是二十八星宿，三十六雷神，仿佛天庭一般，故有匾额称"咫尺天颜"。有许多女人在前殿敬香叩拜，拜了众神，又拜那纸扎的太平龙船、顺利凤船。到了送神日，这龙船、凤船将随晏公等水神巡游于管驿前窄窄的街巷，领受人们虔诚的香火，然后，去参加送神仪式，在饶河河滩上被付之一炬，化作缕缕青烟随神明而去。

水边的灵神，在水一方。试问，天上地下，又有哪位尊神能满足老百姓内心中那阔大无边的祈愿，能让他们高枕无忧呢？

然而，鄱阳湖区驳杂的民间信仰，像水，融入生活，深刻影响、甚至酿成了一方土地特有的风俗习惯；像鱼，游弋在广阔而深邃的文化空间里……

湖中神话岛

鄱阳湖曾经是一位故事大王。

它的故事像湖里的鱼群，游弋在粼粼波光中，潜藏在狂风骇浪下，或者，随着暮归的渔船，拥挤在夜的码头、梦的港湾。

湖色就是它神情动人的脸色，瞬息变化间也许就是生离死别；水声就是它娓娓道来的讲述，抑扬顿挫中注定蕴含喜怒哀愁。我相信，鄱阳湖的故事是讲给包藏祸心的风浪听的，是讲给和湖一样辽阔的夜晚听的，是讲给那些即将落网的鱼儿听的。

我想，鄱阳湖的故事应该能够感动许多鱼，因为有些故事的主人公就是鱼，鱼是渔民的前生，或者后世，是他们的亲朋好友、妻子儿女，或者他们自己。

比如，俗名叫"江猪"的江豚和非常罕见的白鳍豚。它们一个浑身黢黑，就像真正的渔夫；一个洁白俊秀，仿佛渔家的掌上明珠。是的，在传说中，它们的确是一对父女变的。

这对父女的生活悲剧发生在女儿七岁生日那天。那天，母亲朱玉给女儿戴上亲手绣的荷包，父亲江珠要去给女儿买件漂亮的新衣裳。谁料到，就在他上岸不久，一队来湖边买鱼的官兵看见朱玉母女，顿生歹念，他们上船抢走了朱玉。

江珠回来时，只见一条无助的空船，便心急火燎地操起一把鱼叉，上岸寻找妻女。找了三日三夜，喉咙叫哑了，眼泪哭干了，人也像疯子一样。从此以后，这个老实巴交的打鱼人完全变了样，他把渔船卖了，在别人的大货船上当老大，而且，吃喝嫖赌，玩世不恭，只想糊里糊涂打发一生。却不知，女儿并没有死，她被卖给了烟花院。

一晃十年过去，江珠已经四十多岁。一天，他跟船来到湖边的镇子上，在酒馆里喝得八成醉后进了当地有名的白玉楼，点了名牌上价钱最高的白琦陪夜。第二天醒来时，细看白琦，再问她的身世，又验证了绣花荷包，江珠仿佛五雷轰顶，全身发抖。白琦见江珠失魂落魄，已是心知肚明，她又羞又恨，蒙着脸冲出门，冲向湖边。

江珠追到湖边，眼看着白琦纵身一跃，跳进了湖里。他跌倒在地上，一边呼唤着女儿，一边磕头。

风浪也是有情物。这时候，湖天乌云陡暗，湖面巨浪翻腾，白琦的尸身在浪里漂来浮去。江珠万念俱灰，也跳进了湖水里。江珠一扑下湖，白琦的尸体就沉入水下，但江珠还一扑一扑地寻找着女儿。

大慈大悲的观音娘娘闻知这对父女的冤情，就让他们变成了水族。于是，后人便称之为"江猪"和"白鳍"。白鳍恼恨人间的不平，总是藏在水底，从来不肯露面；江猪只要一见天暗有风雨，就会拱出水面，还想寻找女儿。

所以，我们现在几乎看不到白鳍豚，那貌若天仙、命比纸薄的女子了；

所以，现在我们一旦看到江猪，便见它仍在水面上一拱一拱的，仍是那集深仇大恨与奇耻大辱于一身的苦命父亲的形象。

"江猪拜风"的故事曾在湖区广泛流传。那些耕作在湖面的渔民、奔走在浪尖的船工、织补在湖滩的妇女、留守在湖岛的孤寡，口授着这个凄惨的故事，忘记了自己的悲苦。他们浩瀚无垠的悲悯，弥漫在广袤的鄱阳湖上，温暖着众多飘零的孤独的心，抚慰着那些浮沉的寂寞的岛，也打湿了他们自己的眼睛。

我第一次听到这个故事，是在上世纪八十年代的客船上。那艘客船在正午的星子码头，载上我和灼烫的风，横穿满湖的桅林和帆影，驶向都昌的灯火楼台。我记得有几个女孩正好奇地摆弄着同伴胸前的十字架，那是忽然流行一时的金色饰物，而一个手指湖面惊呼"江猪"的陌生汉子，激动之余，把江猪的身世告诉我了。

那时，他的眼里有湖水溢出。一只不知名的鸟儿，避开逐浪翻飞的鸥群，竟落在他身边的栏杆上。我不知道，是如此深沉的情感滋养了那些鲜活的故事，还是那些动人的故事培育了一颗颗情感丰富的心灵？我想，以船为家的人们，就像那只在湖面上飞倦了的鸟儿，需要蓊郁的山林，烂漫的花朵和坚实的峭岩，甚至，还需要可以远眺的山巅。于是，在我看来，民间故事就是撒落湖中的一座座小岛了，人们飞临其上，亲密地依偎，自由地鸣唱，或者，任意用尖利的喙，啄击世间的不平和人心的恶。幻想和语言是他们生活的另一处湖天。

难怪，湖边的山、湖中的岛，都被人们口口相传的故事传说，赋予了灵魂、性格和情感。在人们的想象中，石钟山本是为王母娘娘的蟠桃园雕制的两口玉钟，只缘挑着玉钟路经鄱阳湖上空的高力士，为鞋山上的美貌女子而意乱神迷，一个趔趄，弹起的扁担打缺了嫦娥姑娘捧着的圆月，坠落的玉钟化作了上、下石钟山，山后一座名叫嵩山的小山，则因压着遭玉帝惩罚的高力士而得名。邻近的月亮山、扁担洲都和这个传说有关。

鄱阳湖上有岛屿四十多座，多数在中低水位时表现为滩丘，可分为石岛、土岛、土石岛和沙岛。每座岛也是神话岛。它们各有来历，语言却是它们共同的故乡。传说印山是玉帝听信谗言用左手抛下的一枚玉印；鞋山是天界瑶池玉女大姑丢下的一只绣花鞋，爱恋渔夫胡青的大姑，用它压住了企图抓走胡青的渔霸；七姐妹墩是七仙女立机纺织之地，当年她们就是在这儿，一夜之间将一堆无头丝织成十匹锦绢，才使得董永三年长工改百日，"夫妻双双把家还"；帮助七仙女私自下凡的丫鬟莲花，却被王母娘娘打入了鄱阳湖水牢，因而，花山岛生得怪石嶙峋、状若莲花；棠荫岛则得名于鄱阳湖蚌神之女棠荫与打鱼郎王小庆的爱情故事……湖天茫茫。对于耕作在风浪里的胡青们，谁说那些岛不是爱情之岛、温柔之乡呢？

岛屿是真善美的纪念碑，也是假恶丑的墓志铭。比如，马鞍山下就压着贪心的乌龟婆和她那好逸恶劳的小儿子。乌龟婆有两个儿子，小儿子才是她亲生的。她对亲生子宠爱娇惯，对勤劳善良的老大却是刻薄狠毒。大儿子得自己亲娘在天之灵的庇佑，能够呼唤白龙驹献宝，乌龟婆和她的亲生子便施计企图偷走金马鞍，结果，母子俩葬身马鞍形高山之下，永远不能复生了。

鄱阳湖上最小的岛屿罗星墩，因传说葬有金口玉牙的罗隐而得名。罗隐为唐末文学家，弃官隐居后，足迹遍及赣、浙数省。有史料称："隐才思敏捷，即事指物滑稽诙谐"，"事俗近怪者，皆隐所为"。江西各地都流传着他嘲弄权贵、惩恶扬善的逸事，在那些传说里，他是玩世不恭的，也是机智的。都昌县传说，他冒犯天神被抽去龙骨，侥幸留下一口龙牙。从天庭回来后，罗隐定居在矶山，凭着金口玉牙，他喝山山变色，喝水水改流，给浩淼的鄱阳湖增添了几分秀丽。民间对智慧人物的崇尚，由此可见一斑。

鄱阳湖区的民间故事，生动表现了老百姓对美好生活的向往，广泛反映了惩恶扬善主题和我们民族崇尚的勤劳勇敢、聪慧善良、尊老爱幼、知恩图报、爱情忠贞、疾恶如仇等传统美德，这是无疑的。值得注意的是，当湖与岛乃至一切风物在方言俚语中获得灵性后，它们不就成了渔人的亲朋和友邻吗？更何况，还有许多传说强烈地传达出人们对生存环境的珍视之情。

比如，彭蠡开湖的传说。相传远古时的勇士彭蠡为造福于民，锲而不舍地坚持挖湖，哪怕千年成精的绿头蜈蚣不断填塞他挖出的湖。天上司晨的西星官为彭蠡的事迹而感动，遂命儿子大鸡、小鸡下凡，帮助彭蠡打垮了蜈蚣精。虽然，战败的蜈蚣精变成了僵卧在碧波之中的松门沙山，可大鸡、小鸡生怕它僵而不死，便化作大矶山、小矶山，时刻盯着它，忠诚地守护着这一湖清水。

原来，这些浪漫的神话不仅蕴有教化人心的意义，也饱含着古人对天地、自然的朴素认识和敬畏之情。它们不仅仅是坐在颠簸的夫妻船上讲给漫漫长夜听的，也是讲给子子孙孙听的。所以，后来我屡次行走在鄱阳湖上，一旦发现江猪，惊喜过后，便是无尽的感伤……

鄱阳湖上的每座湖岛依然年轻秀美，可是，它们的故事却老了。是关于湖、关于岛的神话传说养育了万顷碧波和湖里的一切吧，那些白发苍苍的故事？

天鹅之恋

我曾这样写道：许多的摄影家都精确地掌握着候鸟飞回鄱阳湖的日期，那个日子就像明白无误地标注在远方发来的传真上。

现在，我瞥见摄影家手里的传真了，无数的鸟衔着那个共同的日子，正向我们飞来。它们就在湖的翘望之中，在我们的头顶之上，它们是遮蔽天日的翻滚涌动着的云，是在高空呼啸着的风，或者，就是我们倾听到的千啼百啭。

现在，我要追着那千啼百啭，抢在众多摄影家前面去迎接白鹤、天鹅以及所有的翅膀。说起来，真是惭愧，年年都动了去鄱阳湖看鸟的念头，一耽搁，便是冬去春来。殊不知，候鸟是不等人的，片刻都不等。在一个早春，我曾领略过迟到的遗憾。那是在吴城。湖天茫茫，鸟影寥寥，只有几只白鹭踏水而行，似在收拾白鹤、天鹅们遗落的羽衣。它们张望于草洲，搜寻于苇丛，突然又飞了起来，却不知飞往谁边。几多的落寞，几多的惆怅。而圈养的一对天鹅呢，它们眼里的感伤犹在，离情依然。这一切让我相信，候鸟大约是头一天告别鄱阳湖走的。候鸟悄悄地飞走，正如它们悄悄地来。

可是，我错了。万万想不到，候鸟的到来和离去，竟是热闹非凡的，壮丽无比的，就像我们的节日，我们所经历过的最为隆重、最为难忘的典仪。凭着摄影家的介绍，我想象着那不可思议的场面。

在我的想象中，初冬的鄱阳湖是一座辽阔的广场。所有的翅膀纷至沓来，降落在碧波荡漾的水面上。确切地说，所有的候鸟不约而同，首先要齐聚在主湖区，仿佛就为了举行到达的仪式、盛大的联欢，庆贺成功的抵达，庆贺友好的重逢，庆贺亲情的团圆。白鹤的方阵来了，天鹅的方阵来了，东方白鹳的方阵来了，鸿雁的方阵来了，许多的方阵中，包括被国际鸟类保护区组织列为世界濒危鸟类的十三种鸟。它们快乐地歌唱着，激动地叙说着，或者，它们的歌唱本来就是叙事长诗，叙说着遥远的草原、沼泽和荒野，叙说着去年的离愁别绪，去年的怀想如梦，以及此刻的美梦成真。在这个共同的仪式之后，各种的鸟类，无数的翅膀，带着意犹未尽的心事和歌唱，一群群地去找它们各自的家了。它们冬天的家园，分别在各座小湖里、港汊里，却有一样清澈的水路相连，一样纯净的暖阳临窗。

我在沙湖山看到的天鹅们，也许就是刚刚离开联欢会现场吧？一个个的，好像还忘我地沉浸于那万鸟来朝、众声欢鸣的情境之中，它们仍在放声歌唱。那嘹亮的歌声、铿锵的和鸣，具有金属的质地、金属的光泽，穿透了密密的芦苇丛，飞扬在整个湖湾里。远远的，还没有见着湖，我就听到了天鹅的喉鸣。我说，这么热闹，大概是中央电视台的心连心剧组来了吧？成千上万只天鹅的喉鸣，营造出来的，正是心连心的氛围。它召唤着人心，像孩子似的，撒欢儿一般扑向天鹅的家园天鹅的湖，扑向天地之心。

芦苇在湖滩的这边，芦苇是天鹅的篱笆；水岸在芦苇滩的那边，水岸是天鹅的庭院。天鹅在自家的庭院里排练，我在天鹅的墙外、窗下窥望。芦苇丛中的我，成了踮着脚尖的一杆芦苇，或笑眯着眼的一柄花穗。芦苇似幕，芦花似帘。拉开大幕，卷起珠帘，便是精美绝伦的《天鹅湖》。成千上万只天鹅聚集在一起，却是仪态万千。一群群的，仿佛在温习昨天赶排的集体舞；成双成对的，或以喙相碰，或以头相靠，大约是忙里偷闲说几句悄悄话；三三两两游离群体的，应该是找僻静处练嗓子去了；至于那些把头钻入水中觅食的天鹅，在我看来，它们一定是正在给自己换上新的舞鞋。

天鹅们成群结队游弋于湖上的情景，不仅令我联想到那出著名的芭蕾舞，也让我恍然：为什么人们把候鸟王国鄱阳湖，称之为"中国第二长城"。所谓"第二长城"，大约是用来比喻令人叹为观止的"白鹤长城"的，其实，当成千上万只天鹅那么优雅那么自在地沿着水岸铺展开去，何尝不是一道气势磅礴、蜿蜒逶迤的天鹅长城呢？这是以有翅的船队筑起的长城。

法国科学家、作家布封在其名篇《天鹅》里对天鹅之船有生动而细腻的描写："它的颈子高高的，胸脯挺挺的，圆圆的，仿佛是破浪前进的船头；它的宽广的腹部就像船底；它的身子为了便于疾驶，向前倾着，愈向后就愈挺起，最后翘得高高的就像船舳；尾巴是地道的舵；脚就是宽阔的桨；它的一对大翅膀在风前半张着，微微地鼓起来，这就是帆，它们推着这艘活的船舶，连船带驾驶者一起推着跑。"

何止是跑起来呀，它们连船带自己都飞起来了。不知是受到了惊扰呢，还是风怂恿的，尽管湖上是无边的宁馨，却时有一些天鹅突然在水面上向前冲跑一段距离，然后起飞，飞翔时长颈前伸，徐缓地扇动双翅。而更多的天鹅依然从容地栖息在水上，它们庄重地伸直脖子，欣赏别个兴致勃发的飞行，就像品味自己雍容高贵的仪表。所以，一次次起飞，不过是短暂的表演。

沙湖山的天鹅，有芦苇作篱笆，我可以潜入其中，小心翼翼地接近水岸，接近它们的呢喃和鼾声。而在吴城却不可以。吴城附近的湖面，也是天鹅的家园。住在观测站里的几个老外，应该知道飞临沙湖山、吴城及鄱阳湖别处越冬的天鹅分别来自哪里。

吴城的天鹅以高高的堤岸为屏障。我在高高的观鸟台上俯瞰它们，它们成了盛开的莲花，一朵朵，一簇簇，遍布在近岸的湖面上。那是会唱歌的莲花，它们把一些别的鸟都招来了。

水边，有一位摄影家正悄悄地把镜头对准了它们。它们早已是明星模特儿了，它们一定认识许多摄影家，许多年来拍鸟的记者，那些记者已被当地百姓亲切地唤作"鸟记者"。可是，天鹅们即便在自己熟悉的鸟记者面前，仍带着几分矜持，几分腼腆，几分羞怯，就像任何一位天生丽质的少女。不过，那是欲抱琵琶半遮面的羞赧，发现镜头后，由天鹅组成的水线缓缓后退，天鹅们一个个环顾左右，犹豫徘徊，很不情愿似的，也许，它们中有谁还想抢镜头呢。

天鹅们在歌唱着鄱阳湖。其实，在天鹅的歌声中，我分明听到了鹤唳雁鸣，听到了百鸟的抒情。它们不远万里，飞临鄱阳湖的冬天，就是为了歌唱这里的水和风，云和月，花朵和人心吧？对了，还有铺满四季的绿，在芦花和荻花上开放着的暖融融的阳光和目光。

接下去，我要赶紧造访白鹤、白鹳及其他。我要把它们的歌声和恋情一并记录在我的文字里。因为，到了春天，它们就要迁徙。在它们刚刚抵达的日子里，我想象着候鸟离别鄱阳湖的情景。

告别候鸟的鄱阳湖，就像一座机场，一座车站，一个码头，就像我们为亲人送行的每一个现场。整个水乡泽国都在为它们送行。野花含着笑，青草噙着泪，万顷碧波频频挥手，大约挥了一万次吧。草洲上的牛，喃喃的，咀嚼着它所亲近的某只鸟的语言。而候鸟们不约而同地启程，正如它们不约而同地抵达。它们从各自的家园各自的湖湾起飞，却像约定了似的，都在鄱阳湖上空反复盘旋，一圈又一圈，它们盘旋在自己的歌声中，盘旋在大地的眼睛里。此刻，它们的啼鸣催人泪下，因为里面有万般缱绻。

它们把千吨依恋都播撒在烟波浩淼的鄱阳湖里了。然后，它们分道扬镳，各奔前程。

所以，鄱阳湖呵护着它们，或者思念着它们，就像对待自己的孩子。是的，通灵的鸟啊，多像人类，多像我们自己。

浒湾再访金溪书

我要前往浒湾。

当地朋友一次次纠正我，说"浒"字在这里不读"hu"，读"xu"。他们对这个字是很认真的。他们不厌其烦地强调，词典中就特别标注了浒湾这个地名的读音。

屡屡犯错，不禁有些惭愧了。其实，我是不应该误读的。十多年前第一次来浒湾，我就被人再三告知"浒"字的来历。面对这个字，怎么就不长记性呢？

都是乾隆皇帝惹的祸。传说，乾隆下江南，由鄱阳湖入抚河，到得油墨飘香的浒湾，不知是波光耀眼，还是酒旗蔽目，愣是把个"浒"字认作了"许"字，脱口便呼：许湾。皇帝金口玉牙，谁敢冒犯？那就只好把它看作钦定，将错就错吧，是非因此颠了个个儿。

传说是当不得真的，不过，乾隆皇帝应该知道浒湾这个地方。因为，明清时期的金溪浒湾镇已经以雕版印刷名扬天下，所谓"临川才子金溪书"就包含了对它的赞誉。镇上有平行并列的前、后两条书铺街，其街口石拱门的匾额上分别刻着"籍著中华"、"藻丽嫏嬛"，盛名之下的浒湾，居然敢以天帝藏书处相比拟，当年的风雅由此可见一斑。

我在长长的雨巷里辨识着旧日的书香。

我始终不肯相信，那么儒雅的历史在告别这个古镇时，不会留下它的墨宝、它的赠言、它的叮咛和缱绻。我把自己对浒湾的十分贫乏的模糊记忆，归咎于第一次造访的匆忙和草率。是的，我宁愿怪罪自己，也不肯接受历史杳无踪迹的事实。我浪漫地怀想，历史也许会像个顽皮的孩子，突然从他藏身的某个旮旯里蹦出来，或者，像个沉默的老人，在警惕的打量之后，会悄悄地向我展示他的珍藏。

历史对于浒湾，应该就是一册册发黄的书籍，一块块黝黑的雕版，一件件我们可以想象的印刷工具，以及一幢幢建筑在书山学海上的老房子了。

在我被雨丝扰乱的目光里，书铺街显得更老了，仿佛有银丝纷纷飘落。建筑的苍老，就像人的衰老一样，里外都顾不得讲究了，任由作为脸面的门面华落色衰，任由显示襟抱的室内装饰腐朽了去、破败了去。然而，几乎所有的老房子里都胡乱地悬挂着、堆放着许多什物，这也颇像老人，脑子里装满散乱的记忆，却是无从梳理了。

来浒湾之前，我去过同属金溪县的竹桥村。那里尚存的上百幢明清建筑有一个特点引起我的注意，那就是墙体的墙裙部分多以大块的青石垒砌，在三四层坚硬的青石之上再砌青砖，据说，这是为了防止盗贼破墙入室。铺着青石板的村巷，贴墙处则留着深而又窄的明沟，夜里若是不小心跌落下去，会摔得很惨，所以，村人也有理由认定它同样具有防盗的功能。建筑对防盗功能的重视，披露了男人们外出经商的历史信息，由此，也可以想见竹桥当年的富庶；而此村的"养正山房"、"苍岚山房"等处，正是过去的雕版印书作坊，它证明经营文化曾是财富的来源之一。

浒湾的青砖大屋也保留着以大石块为墙裙的建筑特点，但在这繁华喧闹的街市上，我更愿意把它看作是基业坚固的象征。

这是光宗耀祖的基业。自南宋出了陆九渊兄弟三人，金溪一带就被誉为"理学名教之区"，谓之"理学儒林裒然冠江右，忠贤相比，人文兢爽"，崇文重教的传统在百姓的血脉里代代相袭，对读书藏书的喜好酿成了广布民间的社会风尚，刻书业正是在如此儒雅的土壤中逐渐萌生，而后蓬勃发展。

这是盛极一时的产业。浒湾在最盛时竟聚集刻字工匠六七百人，书铺街上的店铺达六十多家，并且，它们顺着水路把生意做到南昌、长沙、芜湖、安庆、南京，甚而远至北京。书籍里有衣食温饱，有滚滚财源，所谓"书中自有黄金屋，书中自有颜如玉"，大约到了这份上，才能真正成为现实吧？

那些满腹经纶的文人有许多是精明能干的。比如，三让堂的主人吴会章，因为喜好书籍，遂以书肆为业。他于乾隆初年在湖南衡阳创办三让堂书局，道光六年又在长沙开设分店，同时在老家创办三让堂。在他的作坊里，"梓行经史子集，镂板堆积如山"。三让堂经营二百余年，所印书籍如《韵府群玉》等，被海内推为善本。

那些家财万贯的老板有许多是学富五车的。那位吴会章与儿子都"知书识礼，广交游，结纳名俊，终日与探讨剖析古今典籍，野史稗乘，毫无倦容"。红杏山房的创始人赵承恩更是学养深厚。虽然，他在咸丰、同治、光绪朝曾三次被荐举为孝廉方正皆不就，但是，这并不影响他作为一个学者勤奋地著书立说，其一生著述颇丰，有《周易诸言》、《诗注辨误》、《性理拾遗》等多种。值得注意的是，他是为了便于自己著述付梓行世，而创办红杏山房的，既刻书销售，又藏书自娱。从咸丰年间起直至清末，红杏山房刊刻了大量抚州乡贤遗著，如《抚州五贤全集》、《陆象山全集》、《汤文正公全集》等，其刊印的《赵氏藏书》、《汉魏丛书》等，则为多种多卷本的大型丛书，素来为学者所重视。

为了自己出书、藏书的方便，不惜开个书铺，办个印书作坊，如此嗜书成癖，真是叫人叹为观止。看来，在浒湾乃至金溪，这印书业原来是种心养心的产业，人们在木板上播种文字，为的是收获天下的书籍、天下的才情！我觉得，他们应该称得上是真正的儒商，这些儒商把生意做得潇洒极了。比如，竹桥村的余仰峰回乡开办印书房，他"刊书牌置局于里门，昼则躬耕于南亩，暮则肆力于书局"，这种奇特的生活方式让我感到，学会了经商的古人依然割舍不了对土地的眷恋，或者说，人们在经营土地、经营生意的同时，其实也在经营着自我的内心，经营着传统文人的人格理想。

引我去竹桥村的吴老师，是县文博所的所长，喜爱收藏。不过，只收藏古籍和古钱币，用他的话说，"也只能收得起这些东西"。看得出来，言辞之间，对全县历史文化遗存如数家珍的吴老师，面有窘色，心有隐痛。但是，当他把自己的藏书打开来后，却见满脸自豪。

每册古籍也许都有一段颠沛流离的经历，都有一个阅尽沧桑的故事。我小心翼翼地翻开它的封面，翻开它的身世，我看到由浒湾旧学山房藏版的《诗经集注》、《古文观止》，看到由旧学山房仿两湖书院精本校刊的《地球韵言》和仍是由旧学山房梓行的《鉴略妥注》，看来，这个旧学山房在浒湾、在当时应是十分的显赫。

果不其然，凭着刻在匾额上的"旧学山房"四个大字，我在浒湾的前书铺街上很轻易地找到了它的高墙深宅。听说前书铺街的临街门面均为店铺，印书的作坊则在宅院的后面。站在街上探望旧学山房的内部，我的视线穿过窄小的前院，穿过昏暗的厅堂，经天井再往里去，是一片深不可测的黢黑。我不知道，那位叫谢甘盘的书商，是摇着蒲扇在前院里摆着书摊子呢，还是闲坐厅堂品茗研读，且等舟船泊岸顾客盈门？

旧学山房广罗旧刻版本，精心校印，其刻印的《天佣子全集》、《太平寰宇记》、《谢文贞公文集》等，也是被学界所珍视的古籍。然而，旧时的书香门第大约早就换了主人，曾经的儒雅只在建筑中留有蛛丝马迹。

当地的朋友领着我四下寻找两副被县志所记载的对联。问了青年问中年，或漠然摇头，或茫然乱指，串了好几户人家，最后幸亏问到了一位坐在竹椅上养神的老婆婆，这样，我才在寻常人家杂乱的厅堂里，揭去新贴的红纸对联，读到了刻在房柱上的文字。其一曰："结绳而后有文章，种粟以来多著述"，其二称："玉检金泥广国华，琅留宝笈徵时瑞"。寥寥数字，却是一部浩若烟海的文化史，透过字里行间，我看到的是先人们面对书山学海那谦恭而勤勉的情状。

可惜，在偌大一个浒湾，能够鲜明地印证历史的文化遗存已经十分稀罕。想来，这里最富有的该是雕版了，过去的六十多家店铺，哪家不曾是书版盈架呢？然而，如今要想在这里找块雕版看看，却是不易了。

当地朋友把我带到他的老师家，说这位老师收藏有《康熙字典》的雕版。不料，主人最近已把雕版全都卖光了，卖的是"跳楼价"，一共只卖得区区二百元钱。横下心来处理它的理由是，经常有学者登门来看书版，还要耐着性子听任他们拍照，主人嫌烦了。当我为之惋惜时，主人便有些羞恼，嘟哝着抱怨道，你们光来看又不开发。也许是毕竟当过老师的缘故吧，他接着理直气壮地声称，雕版遭虫蛀快烂掉了，一抹便是一层的朽木屑。也是，毕竟闲置了许多年。

是印刷业的进步决定了雕版印刷业的凋零，新兴的铅字印刷成为雕版印刷历史的终结者。清末以后，浒湾的书铺街就门庭冷落日渐衰微了，大约艰难撑持到上世纪三四十年代，还是免不了曲终人散。如三让堂便于1935年继长沙书局倒闭后，接着关门大吉。但是，在为我担当向导的当地朋友的儿时记忆里，家家都有成堆的雕版，家家都拿雕版当柴火烧锅。他大概四十岁左右，也就是说，尽管雕版印刷早已寿终正寝，但浒湾人家仍将书版保存了几十年，直到三四十年前才迫不得已填进了灶膛。

我惊讶于这个事实。原来，文化的情感始终盘桓在浒湾的记忆之中，缠绵在书乡子弟的内心深处。几十年的默默相对，几十年的依依不舍。世上还有什么样的情感，能在无情的现实面前，无助地守望这么久，无奈地缅怀这么久？

从此，一旦走进古村镇，我将叮嘱自己：面对已消亡或被破坏的民间文化，不要轻率地归咎于那里的人们，不要想当然地指责人们的麻木和无知，其实，珍视的情感天生就存活于人们的血脉中，否则，很难解释当线装书作古之后人们保存书版的那份自觉，只是拗不过漫漫岁月，躲不过凛凛世风，人们心灰意冷罢了。在很多情况下，他们也是无辜的受害者，他们的内心一定会随着书版被扫荡净尽而变得空虚落寞，曾经的骄傲灰飞烟灭，曾经的儒雅斯文扫地。

听说，早在上世纪五十年代，省里来金溪收购古籍图书，是在浒湾集中打包而后运往南昌的，那一次就装满了两三条船。我不知道在此之后浒湾是否还有古籍这么隆重地登船离去，若然，它们便是十分幸运的了。

我总禁不住自己，想象吃饱了油墨的书板在灶膛里火色怎样。它会像含有油脂的干柴那样哔剥炸响吗，会像潮湿的松毛柴那样浓烟弥漫吗？或者，像烧透的木炭，红红的火光里舒展着蓝蓝的火苗？

燃烧文字蒸出来的米饭，会不会有某种异样的气息？燃烧著述熬出来的菜汤，会不会有某些苦涩的味道？

雨淋湿了抚河，也淋湿了河边的古镇。空空的长街上，只有雨在行走。偶遇行人匆匆穿过，恍惚之间，我不知道眼前的景象如梦，还是我的怀想如梦。

二十多年前，金溪县文联曾经办过一份文学刊物，刊名就叫《金溪书》。在某个职称评审会上，当讨论到一位曾任该刊编辑的金溪人氏时，有评委啧啧赞叹：这人了不得！金溪书原来是他编的，金溪书谁不知道啊，可有名啦！

我无意取笑别人。他的赞叹其实很生动地道出了一个叫人心酸的事实。虽然，"临川才子金溪书"的标榜像一个文化口诀广泛流传，但是，究竟有多少人了解它的内涵，甚至具体所指呢？因此，有人把特指古代雕版印刷的"金溪书"，当作一本在猴年马月产生过影响的书刊，也就不奇怪了。

前书铺街那自诩"籍著中华"的拱门外，两座墨池长满了丰茂的水草；后书铺街那夸耀"藻丽娜嬛"的拱门中央，刷在凉亭墙上的"洗澡"广告分外抢眼，那字迹和指示箭头血一样鲜红，藏在哪个旮旯里的澡堂子不会拿过去贮墨的石盆当作浴盆吧？

看来，寻访旧日的书乡，只能前往梦乡了。

叩问石塘寻洛阳

石塘镇在鹅湖书院的前方，在永平铜矿的前方，在横亘于闽赣边界的武夷山下，在一条满是鹅卵石的河流上游，在厚厚的故纸堆里，在薄薄的折扇之中。

石塘镇是一本本奏章，一册册典籍，一页页契文，一轴轴书画……对了，石塘镇是纸上的古镇，纸上的家园，为纸而聚居于纸上，因纸而扬名于纸上。

我通过纸的倾诉，得知了石塘；

通过石塘，我要叩问纸的消息。

河床无语。虽然，因道路泥泞我不得不绕行，此时依然下着小雨，而那么宽的河面上，却只有一线细流蛇一般游走，团团簇簇的茅草齐人高，草秸上飘摇着上次山洪留下的纪念物。满床的石头更是历次山洪的见证。

枯槁的河流是一种暗示。暗示着石塘已经老去，纸的历史已经发黄。因为，水是纸的生身父母，是纸的肉体和灵魂。不信，请读清人程鸿益所作的《铅山竹枝词》——

未成绿竹取为丝，三伐还须九洗之。
煮罢皇锅舂野礁，方才盼到下槽时。
双竿入水揽纷纭，渣滓清虚两不分。
掬水捞云云在手，一帘波荡一层云。

这首词，生动形象地描写了铅山纸包括石塘纸的制作全过程，民谣则称之为"措手七十二，一纸方荡成"，而在造纸的这么多道工序中，始终离不开水。石塘镇是纸做的，而纸又是水做的。

那么，我为干涸的河床而感伤，也就不奇怪了。

然而，流水有情。原来，水早已走街串巷，登门入户。它在古镇的长街边徜徉，在许多人家的庭院里流连。像一个袅袅娜娜的女子，在雨巷中时而隐没，时而显现，狐媚一般；又像一帮捉迷藏的孩子，纷纷藏进别家的门户，甚至谁的床下，终是憋忍不住，在大门前探出明澈的大眼睛。

这是一条长达二千米的官圳，明嘉靖年间由铅山知县倡建。官圳在南面的石塘河上游引水，入口处的来龙山嘴正好有一块龟背形乌石，人们因地制宜凿石开洞，借用乌石的坚固，使之成为控制来水的闸口。河水沿着鹅卵石与三合土拌浆嵌砌的官圳，经镇东一片民居的地下蜿蜒穿过，而后分流成"人"字形，沿潘家弄和下街流去。每户人家的青石板下都有潺潺水声，有的人家索性引水入院，形成一个个方便盥洗的内官坑。

流水认识每一张人面桃花。流水也记住了枕边所有的呢喃和梦呓。官圳为人们的生活提供便利那是无疑的了，我想探问的是，这源源活水，是否也倾注了以纸为业的人们对水的膜拜和感恩，对财富的来势的渴盼呢？若然，这是多么虔敬的膜拜，多么真挚的感恩，多么生动的渴盼！

我追溯着石塘河水的来路，探究石塘的造纸历史。

早在元代，这里就有纸槽云集。至明代中叶，造纸业已十分兴旺，工艺水平也大为提高，当时，每年产纸上千万张，其中三十余万张作为奏本用纸被官府收购，其余则投放市场。正因为石塘及该县的陈坊和杨村一带纸业发达，明代的铅山县成为我国江南地区的"五大手工业区域"之一，与松江的棉纺织业、苏杭的丝织业、芜湖浆染业和景德镇的制瓷业一道名扬天下。清乾隆、嘉靖年间，印书制纸的大量需求推动了石塘纸业的进一步发展，其时，从事纸业者竟占当地总人口数的十分之三，最盛时仅抚州籍工人就有三千人。各地商贾自然纷至沓来，那早已倾圮的山陕会馆，那依然幸存的饶州会馆、抚州会馆，便是当年纸醉金迷的见证。

我追寻着石塘河水的去路，摄取石塘远行的背影。

在这里，满山竹海是造纸取之不竭的原料，茂盛的植被中富有各种可为纸药的植物，来自山中的流水不仅为制料抄纸提供了优质水源，这条石塘河还与古驿道联手，把石塘纸的美誉播撒到四方。石塘纸"名色亦异"，品种繁多，有关山、连史、京川、贡川和毛边，等等。关山纸作为石塘的名产，用途较广，尤为北方市场所青睐。民国时期，石塘造纸厂生产的毛边、关山等纸，运往外地销售时都要打上"江西铅山石塘造纸厂"的朱红钤记，其中"石塘"二字稍有歪斜。听说，建国初有一批关山纸销往香港，当时的纸厂办事人认为原钤记上的"石塘"二字歪斜不美观，便重新雕刻了一枚"江西铅山石塘造纸厂"的印章加盖于上。不料，香港商家竟据此认为是假冒产品，要求退货，经厂方致书说明，那批纸张才被收下。这件事给了石塘一个教训，此后，外销之纸，一如既往使用老印章。谁让那歪斜的钤记早就成了石塘纸的身份证呢？

沿着有水声相伴的街巷，我进入纸上的历史，纸上的生活。雕刻精美的门面就是它的封面，敞亮气派的厅堂就是它的内容，居家生活的场景就是它的插图。对了，如今在石塘能够看到的，就是一座座古民居了。那些老房子依然以纸号为标榜，它们的门匾依然陶醉在"赖家字纸行"、"查家纸行"、"复生源纸行"、"金鸿昌纸行"、"松泰行"的荣耀里。在众多纸行中，"复生源"名气尤大，杭州、天津乃至黑龙江均有其分号，北方有不少纸店都以挂牌经销"复生源"纸品的办法来招揽顾客，而铅山县城所在的河口街上，一些钱庄则以与该纸号有业务往来为荣幸。

鳞次栉比的建筑曾是财富的纪念碑，如今，它们正在老去，正在颓败，便成了金钱的墓志铭。

年三十夜弄、商会弄、天后宫巷这样的地名，连接的是商贾辐辏、市声扰攘的旧日繁华；而在一座月亮门之上，"品重洛阳"的匾额指向的却是，石塘纸的质地，古镇生活的质地。

纸的质地，让石塘的骄傲底气十足；纸的质地，来自复杂的工艺和讲究的选料。在石塘，纸品不同，选料、制料方法也不同，次等纸用的是生料，即用石灰等腌制嫩竹为料；而连史、关山等上等纸则用熟料，即以嫩竹制成竹纸后，还要经蒸煮、漂白等道工序方可下槽抄纸。生产连史纸所用的嫩竹，于立夏前后砍伐取用，纸料需经过几个月日晒雨淋而自然漂白，生产周期为一年，纸质洁白莹辉，细嫩柔韧，有隐约帘纹，防虫耐热，永不变色，有"寿纸千年"之誉，旧时，贵重书籍、碑帖、契文、书画、扇面多用之。关山纸的主要原料除了竹丝，还需稻草，而且，必须是一季晚稻的稻草。加工的每道工序也是非常严格的，如抄纸时，每张纸只能用帘在槽中抄二次半，同时规定，第一次只准抄半帘，即帘床帘皮在槽中没水二分之一的面积就要立即提起，第二次、第三次方可抄全帘，这样，才能确保每张湿纸厚薄均匀如一。

因为资源丰富，历史上的江西有许多地方都是纸产地。如永丰县的毛边纸也是较为著名的纸品。它的原料也是没开枝、没长大的嫩竹，当地人称为"竹麻"。每年立夏前后半个月砍伐竹麻，放在池塘里加生石灰腐沤四十天，而后，洗净石灰，再用清水浸泡发酵三十天，就成了造毛边纸的原料。这时，要手工剥去青皮、竹节等，放在一种特制的工具上凭着脚踩捣烂，再用竹帘在水中抄制。纸张基本成形后，刷在风房的火墙上焙干，焙干后的纸张是白色的，光滑、匀细、韧性好，吸水性强、不淡墨，字迹经久不变，而且，百年不蛀不变色，是书写、印刷之佳品，故有记载说："凡印书，永丰绵纸为上。"据说，永丰在唐代就曾用蕨类植物纤维制成"陟厘纸"，被列为官廷用纸。到明代，永丰的竹纸则因备受一位常熟人的青睐而扬名，那人名叫毛晋，以经营校勘刻书为业，他印书所用的纸张都是在江西定做的，采买之后，他喜好在纸边盖一个篆书"毛"字印章，永丰"毛边纸"就此得名。

凭着道听途说，我不厌其烦地记下造纸工艺之皮毛。我之所以如此好奇，是因为传统工艺不仅仅是单纯的生产技术手段，其中还充溢着中国传统文化和哲学的基本精神。中国最早的工艺典籍《考工记》中有言称："天有时，地有气，材有美，工有巧。合此四者，然后可以为良。"原来，工艺就是合天时、地气、材美、工巧四者的造物过程，工艺，本是一个蕴有天地造化的生动而美妙的名词。这种工艺创造观，是"天人合一"精神的阐释和体现，显示了一种力图全面把握、协调宇宙万物相互关系的高远意图。

　　传统的造纸工艺显然也浸润着这一工艺思想。眺望岁月的远方，但见那里是新笋拔节、清泉潺潺，是波光潋滟、雾气氤氲。造纸的生产时空与自然顺应不悖，造纸的行工技艺与物材性理顺应不悖，纸张的文质品性与人格身心也是顺应不悖的，追求纸质洁白莹辉、细嫩柔韧的那番匠心，何尝不曾渗透对幽雅、高洁的人生境界的崇尚呢？

　　我又想到了水。所谓"地气"就是水了吧？在许多的传统工艺中，水都是必不可少的。因为，柔软的水，其实是特别有力量的。经水淬火，煅打的铁器无坚不摧；经水淘洗，宝贵的矿石露出真容；同样，经水沤泡，坚硬的竹材化为玉帛。

　　于是，我更愿意把官圳的源源活水，看作是石塘人对水的膜拜和感恩。这番虔敬，我在广丰十都村的王家大屋里曾经领略过。王家大屋建于清乾隆年间，祖籍山西的屋主人王直贤正是因经营纸业而定居此地。整个建筑群占地四十余亩，除厅堂外还有房间一百零八间，三十六个天井和四个水池相嵌在大屋的回廊之间。如此规模宏大、结构繁复的大院内，所有建筑只有一个榫头。因此，尽管长期无人修缮，它依然能巍巍然栉风沐雨。最让我感兴趣的，是那用石头垒砌的水池，据说，它们连着村边的丰溪河水脉，河中水涨，池中水满，河中水落，池中的水却也不会干涸。尽管，昔时赏月观鱼、吟诗赋句的清静之地，如今已被居住在其中的村民因地制宜，利用水池养鱼、养水浮莲，然而，在我看来，那步入大屋中的水脉，该是当年王老爷家的座上客了，四座水池便是四把饰以精美石雕的太师椅，水端坐在王家亲切的目光里，像一尊尊神明被那虔诚的眼神供奉着，祷祝着。

石塘的官圳，则是所有庭院共同的好友。它依然流连在家家户户的门前，日夜和人们促膝交谈，可是，它的话题已不再是造纸带给古镇的生气，流水所象征的财势。

砖木有心，流水有意，它们该是在诉说自己对"品重洛阳"的缅怀吧？

青花

青花瓷器的釉彩名。是一种白地蓝花瓷器的专称。先在瓷器毛坯上用钴土矿描绘纹饰，再上一层无色透明釉。以高温烧成。元代已相当发展，明代达到成熟阶段。以景德镇烧造的最佳。

——摘自《辞海》

青花，是一个娟秀的名字。是裹不住春光的衣衫，掩不住妩媚的围裙，是飘逝在茶园深处的头巾，是追着那头巾翩翩飞去的燕与蝶，云和雨。

青花，是我少年的玩伴。是飞旋在辘辘车上的舞姿，萦绕在利坯刀上的儿歌，藏进匣钵里的谜语。在古窑遗址，拾一片瓦砾，便是她的手绢；在瓷土矿山，捧一团泥土，便是她的信物。

店铺因青花而蜚声，街巷为青花而延伸。

青花，是我心仪的女子。她清脆的歌声如水，炼泥成形，便是动人的曲线；她羞怯的回眸如墨，挥毫写意，画出来的美便是爱；她炽热的目光如炬，点燃窑火，烧出来的你便是我。

我在千年的碎片中寻找青花。寻找她的来路，便是寻找自己的去向；

我在艺术的城市中探访青花。探访她的消息，便是探访自己的心思。

我所端详的青花是残缺的。缺失的一片瓷，一片留给我的秘密，留给我的空白，像严父的面容那么冷峻。父亲说，你该在古窑的废墟上寻找，该在千年的烟火里寻找，找到了那一片，就找到了完美。

我所想象的青花别具风韵。她的美，要倾倒青花的窑厂，青花的长街，青花居住的城。父亲的眼神依然那么严厉。父亲说，你该去心的远方寻找，该去梦的笔端寻找，找到了你自己，就找到了青花。

父亲一生都在寻找自己的青花。

父亲有秘不示人的心事。

提着鸟笼，唤着狗，他又出门了。躲过早晨的问候，躲过邻里的视线，也甩掉了我的追踪、我的逼视。那诡异的举止间，那苍老的背影里，藏着家传的配方、家传的技艺。

以遛鸟的名义，他进了深的山。那神秘的形迹分明是拒绝我的探究。

出身在陶瓷世家，我是他唯一的传人。

他用美术哺育我、用瓷艺滋养我，难道，不是为了那郑重的交接么？

傍晚，最先进家的是亲昵的犬吠，接着，是鸟的啁啾。父亲没有声音。父亲只有颜色。鞋上的黄泥，裤腿上的红土，衣袖上的绿汁，脸上的血痕，还有手里的一包配料。

包裹在树叶里的配料，是水之魂，云之魅，草木之精神？是山之魄，石之髓，矿土之性灵？

——或者，是一个绚丽的允诺，把父亲的脸色映照得灿烂而温存。

莫非，那笼中的鸟知道，父亲的青花在河的那边，在雾的起源，在层林尽染的梢头？

莫非，那疲惫的小狗知道，他涉过深深的溪涧，深深的荆丛，攀上高高的山路、高高的悬崖？

一次次神圣的点火，伴随着虔诚的祈祷。我通过窑孔，窥望着炉火纯青的过程，窥望着理想在燃烧中的奇妙窑变，窥望着父亲无情拒绝我的真相；

一回回隆重的开窑，洋溢着喜庆的醉意。我通过震耳欲聋的爆竹，聆听着瓷的天籁之音，创造的天籁之音，聆听着父亲的微笑和内心。

祖辈的青花，永远属于祖辈；

对父亲的赞誉，永远属于父亲。

我要在青花中寻找自己。有点儿委屈，却是不甘；

我要在自己中寻找青花。有点儿抱怨，却是发愤。

我就这么端详着用碎片黏合的记忆，梦想着青花。在梦想中，我仿佛活过了一千年。

我就这么凝视着满室画稿，满地毛坯，梦想着青花。在梦想中，我仿佛痴情的少年。

我轻轻地呼唤青花，用呼唤抚摸内心深处最温情感伤的一隅。

我深情地描绘青花，用料笔想象她的肌理，她的神韵，她的风骨。

我想象青花来自春野。来自草滩，那牛群的后面，有个梳着羊角辫的牧童；来自山间，那花径的尽头，有个披着羽衣霓裳的仙子；来自弯弯的小桥、弯弯的田埂，弯弯的笑眉拥着一位勤勉的村姑。

我想象青花来自秋水。来自清澈的溪流或深深的湖。在水里成长，在水里欢乐，把艺术哲理演绎得质朴动人。如一尾鱼，依存于水，游弋于水。把水激活了，把每个日子都激活了，平凡的生活荡漾起一圈圈涟漪。

我追着青花而去，前往梦的笔端。前往青花走过的名山大川，前往青花生活的村舍田园，前往青花浣纱汲水的清流鸣泉，前往青花栽种呵护的春风秋月。

我看见我的青花俏立于枝头。是枝上的一叶，叶下的一朵。是缠树的青藤，藤上的青果；

我听见我的青花婉转于云天。是云端的歌唱，云里的呢喃。是拍天的羽翼，羽上的彩饰。

我追着青花而去，前往心的远方。前往青花乘坐的古船，漂洋过海，前往青花曾经登陆的口岸；前往青花翘盼的花轿，吹吹打打，前往青花毕生神往的境界。

我听见我的青花用泥述说，用泥歌吟。声声如磬，如钟，如弦。澄澈处，有翩翩舞姿呼之欲出；苍茫中，有行吟诗人流连其间。

我看见我的青花用火洗礼，用火梳妆。洗去了一千年的岁月之尘，抹上了一千年的青春之釉。朴素而华美，平凡却高贵。镜一般明亮，玉一般圣洁。

锲而不舍地翻寻着历史的遗址，我终于拾到了缺失的那片瓦砾，那方青花的手绢。仿佛，它是一个美丽的寓言；

孜孜不倦地追索着青花的踪影，我终于窥破了父亲的心机，那无言的鞭策。仿佛，它是一个深奥的哲理。

我怀抱着我的青花，擦拭我的汗，我的泪，我的心血。

父亲扫净满地的爆竹屑，满地的欢喜和赞誉，把家传的配方交给我。

那是再简单不过的仪式。只有父亲钟情的笼中鸟做司仪，只有父亲疼爱的小狗做嘉宾；

那是再单纯不过的配方。只见一朵青花，一枝青梅，一竿青竹，一袭青衣，一脉青峰。

欣慰的父亲打开鸟笼。一对青鸟，犹豫着，有几分不安，几分依恋，又充满渴望。父亲用颤颤巍巍的手，放飞它们。

远飞的青鸟，一只是我，一只是我的青花。

飞往梦的笔端。

飞往心的远方……

井冈杜鹃

　　和纷纷扰扰的日历道了声再见，躲过熙熙攘攘的时针渐行渐远。我疲累的心宛如一个多愁善感的少女，花枝招展的三月江南不曾留住茫然的脚步。匆匆前行，是为了采摘一片绿盈盈的清静么？

　　或者，那在林中飘荡的倩影就是我落寞的心，寻寻觅觅，是为了追回一个红艳艳的花季么？

　　一直走进山的深处，云的深处，春的深处。

　　一直走到林的边缘，崖的边缘，梦的边缘。

　　朦朦胧胧的烟雨，朦朦胧胧的前方；斑斑驳驳的树影，斑斑驳驳的感叹。

　　路在崖边断了。

　　却见花在崖下红了。

就这么悄然地绽开。

一枝枝，一簇簇，伫立在村舍边、山溪畔。是娇羞，也是热切的，拨开潇潇春雨，翘望着春的来路；

一团团，一片片，是晨雾里的火炬，是暮云中的霞光。是娴静的，也是野性的，往泉声里钻，往浓荫里藏，诱人一步步踏入山花春世界。

就这么昂然地绽开！

仿佛，它们是一群群淳朴的井冈女子。不约而同地，争先恐后地，去赶赴一个喜日。到达争奇斗艳的花期，忽然都收住了脚步，好奇地簇拥着，窃窃私语。在推推搡搡之间，鼓突的心事如撑不住的花苞，一齐开放了。

原来是这些绚丽的精灵在引领着我，去结识那些壮美的生命；

原来是一个动人的传说在召唤着我，去寻找那杜鹃的花魂。

我涉过溪涧寻找你的踪迹。我真切地听到你的山歌了。

那妙龄的山歌唱得瀑在奔泻，云在翻卷，花在怒放。

你和将要远去的战士依偎着花树，你让真诚的花树见证着来年的重逢。你的信物是绣着杜鹃的荷包、子弹袋？还是飘着花香的汗巾，染着花汁的草鞋？

或者，就是这漫山遍野的花，如火如荼的红。朵朵含情，声声啼血，把爱的盟誓那么鲜艳地满世界张贴了去，挥洒了去，把岁岁开花的心愿那么牢固地缔结在一起，构筑在一起。

我攀上山岩仰望你的表情。我清晰地看见你的眉目了。

那青春的笑颜映得瀑生虹影，云若霞飞，花作浪涌。

战士远去了，你成为英姿飒爽的女兵；鹃花凋谢了，你成为坚贞不渝的大树。你的信念四季常青，满目滴翠，是竹海，是松涛，固守着自己的阵地，固守着共同的诺言。

或者，就是这密密匝匝的鹃林，绵延十里的花廊。生在百鸟和鸣中，长在云天相衔处。纳日月之精华，汲山川之灵毓。雾是鹃林的裙裾，花为峰峦的霓裳。随带雨的山风且歌且舞，伴嶙峋的怪石同吟同赋。

这些看似柔弱却坚韧的树，不就是你的品格的写照么？

一棵棵，盘旋虬曲，从岩缝里挤出来，旋出来，树皮上斑斑驳驳的苔藓尽是含辛茹苦的纪历，树皮剥落了，便是金属般的质地；

一片片，顺山势倾斜，如龙蛇腾空，哪怕穿破云天也要郑重地舒展自己的枝条，哪怕不露痕迹地与山石融为一体，也要庄严地奉献自己的花朵！

历史的传奇，被记载在杜鹃的年轮里；开花的精神，被融化在你的美丽中。

许多年前，你就是在这片含苞欲放的花丛中被捕么？你就是其中最俊俏的一枝么？

许多年前，你就是穿过这座蓄势待发的花山，把敌人带进断魂的密林么？你就是这样以花一样的生命，制成了箭一般的武器么？

我手捧花束，目睹你走向深邃。

深深的荆丛，深深的林瘴，深深的险境。在你的视野里，杜鹃为你轰然点燃，燃得蓬蓬勃勃，燃得汪洋恣肆。

大片大片的鹃红，用红得毫不暧昧的声音，为你吟咏："杜鹃花与鸟，怨艳两何赊，疑是口中血，滴成枝上花。"

大片大片的鹃红，用红得似血的赤诚，向你倾诉：美丽的生命，自有一个读不尽的花期。

或者，那么盛大的典仪只是向你提示那个相约的日子。

我挥舞花环，目送你走向崇高。

高高的峰峦，高高的林梢，高高的云端。在你的脚下，猎猎飘扬的红，召唤着万紫千红汇聚在一起，交织在一起，织成彩练，织成朝霞，织成灿烂的花季。

是井冈石的精魂，自有石的忠贞；得井冈雾的性灵，自有雾的缠绵；怀井冈瀑的心思，自有瀑的奔放。一树树壮硕的花朵，纯净得没有一点杂质。

——是红，就能注入生命，就能燃烧；

——是白，就能织成婚纱，就是天使。

或者，那么隆重的场面只是向你展示永远的纪念。

你纵身跃下。比瀑更果敢，比鹰更刚烈，比云更飘逸。

你的秀发栖在绝壁，长成了迎客松；你的声音洒在谷壑，长成了井冈兰；你飞溅的青春，落在山脊是杜鹃树，落在山下是映山红。

我记得你鬓边插着一星花朵。我想你是为鹃林中的古松而容。

那些多姿的古松，是威武挺立的战士，是凌空长嘶的骏马，是昂首探海的蛟龙。它们是杜鹃眼里的英雄么？它们是杜鹃心里的怀念么？

这片多彩的鹃林，与苍劲俊秀的松相依相恋，缠缠绵绵，坦坦荡荡，从从容容——

一棵棵，摇曳婀娜的肢体去仰慕刚毅挺拔的品格，舒展所有的臂膀去拥抱亘古不灭的诺言。与松血肉交融，与松互为连理。

千般缱绻万种风情，令你感动，令你留恋，而你义无反顾。

我记得你曾回眸一笑。我想你是看见我了，那笑意照耀了漫长的岁月。

含着露，含着情，含着晶莹的心事；偎着春光，偎着井冈，偎着不败的花季……

灿烂而温存，多情且奔放。年年岁岁，以浓墨重彩，把生命的热情抒发得如此浪漫动人。

执著而坚韧，自信且骄傲。岁岁年年，以脉脉深情，把红色的传说演绎得如此扣人心弦。

一树树的花团锦簇，一树树的人生哲理。

在春的深处，我的心宛如那寻梦而来的少女。越走越深，一直走进山的血脉。

路在脚下红了，花在路上伸展。花与路形影不离，路与花魂牵梦萦。饱经风霜却无怨无悔，岁月无痕却烂漫无涯。

一生就为了这一回回盛开。

开放，便无私地袒露出全部的美丽，即使一柄柄花蕊也春意盎然，即使搂抱着岩石的虬根也春情漾动。

开放，便得雨得风得阳光；开放，便是自己，便是永恒。

在梦的边缘，那踏花归去的倩影恰似我的心情。掠过林间，却俏立于枝头。

花在心头昂首，心在花中绽蕊。有许多的秘密被花映红了，有许多的心愿被花催醒了。

短暂的花事，竟是这般壮观！

为了那个约定的花期，一些杜鹃甘愿在灌木丛中长成了盆景；一些杜鹃不屈不挠挺立为大树的形象。为了传诵那个美丽的故事，一些杜鹃正花浪翻卷，彩云拂天；一些杜鹃方衔日初醒，呼之欲出。

从三月到五月，从早春到初夏，从昨天到明天；从丘陵到峭岩，从山野到庭院，从自然到心灵。红与紫传切，黄与白交接，五彩缤纷的繁花，把次第到来的花期连缀成一个完整的春天。

灿烂的花季，竟是这般漫长！

漫长如一次精神游历，走过季节，走过世纪。令我忘情于其中，真诚地绽开！